短歌ムック

ねむらない樹

vol.3

ねむらないただ一本の樹となって
あなたのワンピースに実を落とす
笹井宏之

短歌を志す人は、だれもが自分のなかに自分だけの「ねむらない樹」を
抱えて生きているにちがいない。その樹は、どんな権威や強風にも揺るがず、
孤高の志を持つ一本の樹として、すっくと立っていてほしい。

Contents

いま一番気になる一首

私は……

東直子

旧姓をランチタイムに明かし合う私は黒江《くろえ》私は光田《こうだ》　田中有芽子

ランチタイムに伝える「旧姓」が、裏の顔を告白しているようでドキリとする。起こっていること自体は、会社などでは普通にありそうなことなのに、なぜドキリとしたのだろう。「明かし合う」という動詞が選ばれていることがポイントなのではないかな。秘密にしていたことをこっそり告げているニュアンスが出ている。ポエジーを盛り上げるような「サビ」は持たない、淡々とした文体だが、細心の注意を払って言葉が選ばれているように思う。「旧姓」というものが存在してしまう制度への問いがあることは、間違いないだろう。

この歌が収められている田中さんの歌集『私は日本狼アレルギーかもしれないがもう分からない』は、いろいろな面で斬新である。一首一首、目の付け所がおもしろいし、発想も独特なのだが、そんな歌のおもしろさを際立たせるためか、歌が索引のように五十音順に並んでいる。

掲出歌は、当然「き」の項に入っていて、前後に次の二首が並んでいる。

君の名と同じ響きの島があり煌《きら》めく砂を輸出していると　同

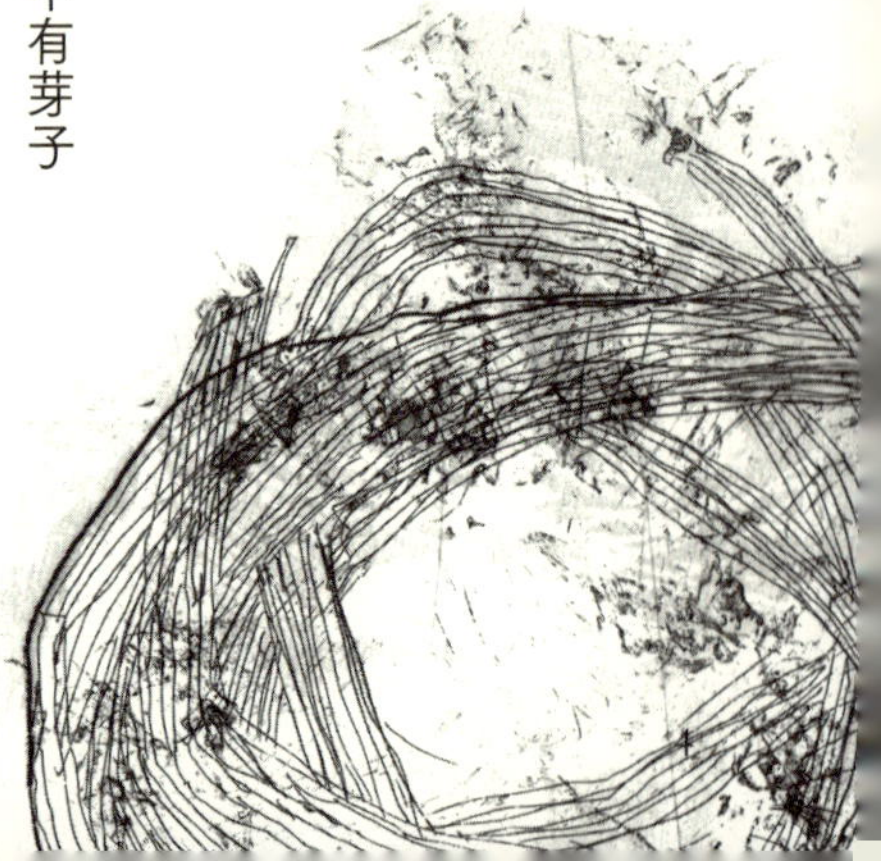

急な坂下ると笑うちんちんがくすぐったいとチャイルドシートで　同

　同じ「き」を頭に持つ歌三首。カ行で始まった歌は、カ行が印象的に響く歌が多い。他の音でもそういう傾向はあるようにも思うが、カ行は少し特別である。言葉が、きらきらした光を放ちながら響く。「旧姓」が「黒江」と「光田」なのは、想像の産物なのか偶然なのかは分からないが、必然性を感じたから置いたのだろう。「君の名」→「旧姓」→「チャイルドシート」という流れを、煌めきと響きを感じながら、楽しく読んでしまう。色鉛筆の箱を開けたときに目に入るグラデーションの気持ちよさのような、歌集の新しい読み心地を感じる。

　この歌集は、オンデマンド出版されていてAmazonで購入できる。

　そういえば、この頃特に歌集の形態や出版方法も多様化し、自由になってきたように思う。

日焼け止めのにおいをかぐと眠くなる　君の手首をつよくにぎった　宇都宮敦

　平成初期の口語短歌のテンションの高さの名残りのあるこれらの作品が入っている『ピクニック』は、とても大きい。版元のサイトに「『少年ジャンプ』サイズで堂々刊行」とある。

あれが山、あの光るのはたぶん川、地図はひらいたまま眠ろうか　吉田恭大

　不思議な構図の歌である。吉田の歌集『光と私語』は、ふらんす堂の「短歌日記」シリーズと同じころんとした小ぶりなサイズ。クールなデザインを担当した山本浩貴が主宰する「いぬのせなか座」のサイトで購入できる。ISBN番号が見当たらないので普通の本屋さんには並びにくいのかなと思うが、届く人には届くはず、という信念も感じたのだった。

わたもふ

初谷むい

そっくりそのままきみにあげるよ　嘘つくよ　死なない猫になって向かうよ

夢には夢の、ぼくにはぼくの現実のすべてがほろびる国だとしても

テレビはちいさい窓だからきみのちいさな人生が現れないかずっと待ってる

まじでここどこ？って毎日思いたい　そこからどこまでだっていきたい

炭酸のペットボトルに花をさす　猫扱いもうれしかったよ　今さら？（笑）

短歌やめても好きだよ　きみならだいじょーぶ　なるべく本気でぼく《きみ》におしえる

再会のためのパスワード　nandodemo　今世も来世も今日のつづきよ

夜。きゅうにでてくるラブホ街、ひかりといえばですが、海のむこうのが好きだった

ことばにはことばのための愛でしょう?捨てても戻ってくるきみ《ぼく》の歌集

ぼくらになかった未来かあ……ウケる　考える　電車が川を渡りきるまで

あつあつの串かつおいしーさようなら食べたらなくなるあつあつの串かつ

結ばれ　したっけ駅で待ってるね、駅がなくても、勘で、待ってるね

まちがったままパスワード　nyanconeco　そうだねかわいいから無敵だよ

きみも普通。　わたしも普通。　きみもふ　わたもふ　だいじょーぶでしょ

にゃー　といえば人間猫には届くでしょう　人間猫?　…………………おまえだ!!!

甘い火

小佐野彈

真夜中のＬＩＮＥスタンプ「助けて！」とゆるキャラゆゑにまあるい文字《もんじ》

相談

肯つてしまひたるのちはつとして野口あや子に電話をかける

翌日。

英雄のやうな名前をもつ君に騙してもらふため会ひにゆく

うまい話なんかないつて　はつなつのウッドデッキに言へざりしこと

冷笑があまねく街にひろがつて無声映画のやうな夕方

アール・デコのランプかはゆきデッキにて数字七桁はじかれてゆく

精巧に動く右手のやはらかい箇所に思はず気づいてしまふ

青い血が流れてゐさう　無精髭撫でて落ち着かざるその指に

磔刑が似合ふくらゐにやつれたる頰が西日に灼かれてをりぬ

まごついてゐる間に袖はよれてゆき、また計算が合はなくなつた

言偏の横に点々打ちながらあなたが探すやさしいことば

セロファンをぴりぴり剝がす指先のかつて触れゐし粘膜思ふ

鈍色のジッポの甘い火を貸してあれよあれよで了はる契約

永遠《とは》に立つ言葉見つからざるままに昏れてシヤチハタだらけの渋谷

だいぢやうぶ、かならず返す。切実な響きもろともたそがれる街

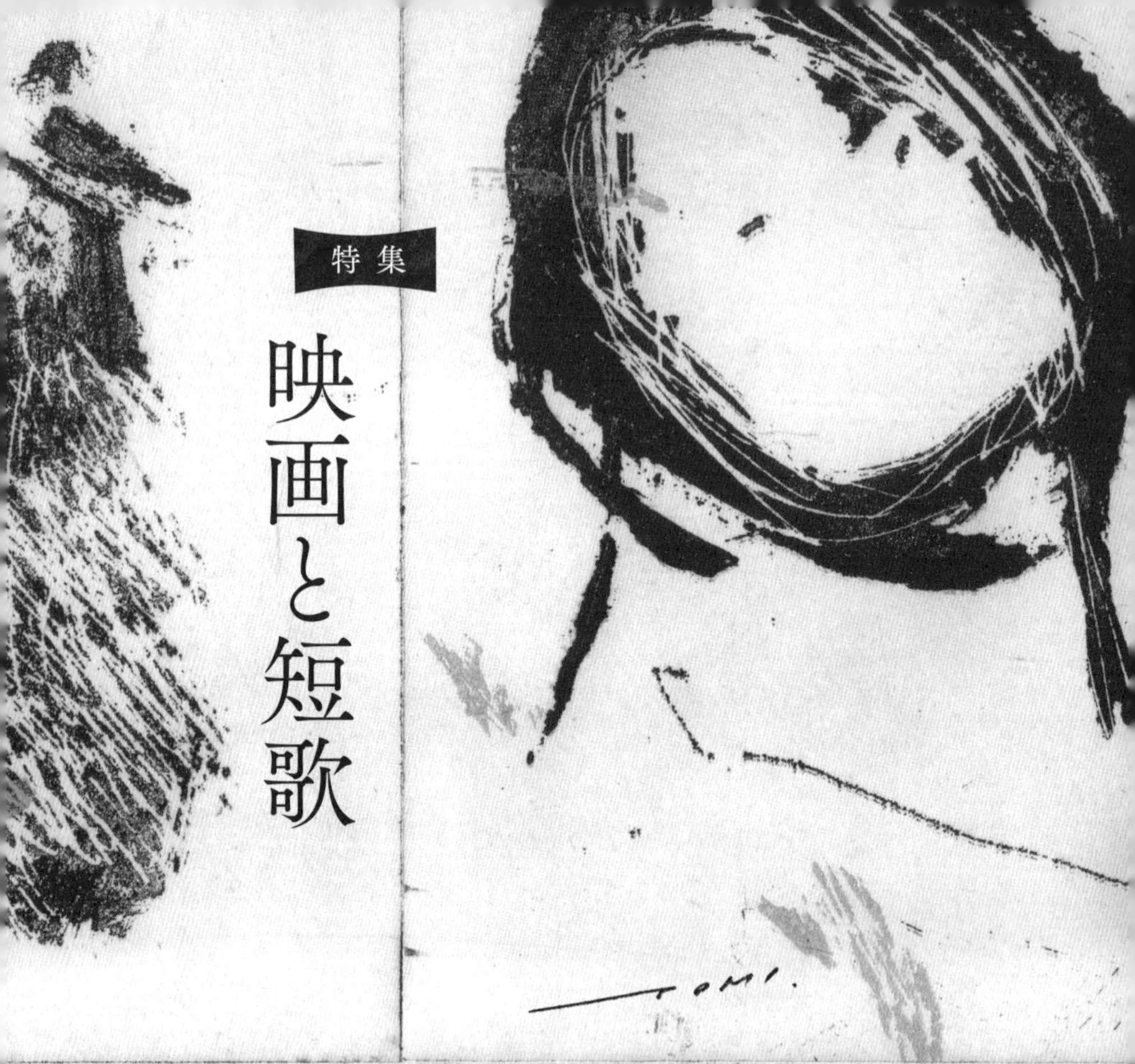

特集

映画と短歌

1. 対談　木下龍也×町屋良平
2. 歌人が映画を観に行く　尾崎まゆみ×門脇篤史
3. アンケート　歌人の好きな映画
4. 座談会　映画『ひかりの歌』をめぐって
5. 論考　映画の中の短歌、その感動（寺井龍哉）

映画だからできること　短歌と小説にしかできないこと

対談

ハネケの『ピアニスト』はすごい映画。

木下龍也

『ノーカントリー』は20回観ました。

町屋良平

とにかくオチだけを知りたい

町屋良平（以下、町屋）　今日はよろしくお願いします。木下さんはどのくらいの頻度で映画を観ますか。

木下龍也（以下、木下）　昔はよく映画館に行っていたんですが、最近は全然。休みの日に家で観ることが多いです。

町屋　昔はどうでしたか。

木下　友達が全然いなかったので、とりあえず独りで映画を観ていました。

町屋　映画を最近観れていないのは自分も同じ状況で、働いているからエネルギーが吸いとられちゃって、出不精になってしまっています。映画を観ていると嫌なことを一瞬全部忘れられるんですね。それは小説とはちがう。活字を読んでいると集中って難しい。小説だといまの自分がかたわらにいるんだけど、映画だとそのかたわらの自分が飛ぶ感じがある。

木下　最近何か観ましたか。

町屋　『愛がなんだ』ですかね。あとはゴダールの『イメージの本』。去年は『寝ても覚めても』とか『きみの鳥はうたえる』を観ました。木下さんがお好きな映画は何ですか。

木下　ホラー映画ばっかりですね。でも、こわがりなんですよ。映画館で観るとビクッとなっちゃう。基本は家で部屋を暗くして観る。一回早送りで最後まで観て、流れをつかんでから最初から観る。

町屋　おもしろいですね。

木下　そうしないと心が乱されるので。流れを知ってから要素を楽しんでいく。

町屋　早送りしているときは、体験としての怖さはあるんですか。

木下　何が知りたいかというと、本当はオチだけ。

町屋　それは興味としてですか。

木下　僕は世のすべてのもののオチだけ知りたいんですよ。ホラー映画はそこが顕著だからおもしろい。一回やった手を何回も使うB級ホラーでも、突然変異的に新たなアイデアを生んでくる監督がいるんですよ。

町屋　派生でってことですか。

木下　そうですね。既存のものに新しい要素を加えてくる。

町屋　二時間サスペンスはどうですか。

木下　あれは演歌ですからね。結局最後も崖で何かがあるだけなので観ないですね。

町屋　こういうオチもあるのか、と知りたい欲求があるということですね。

木下龍也氏

同じ作品を何回も観る

町屋　僕は「いま映画を撮っているぞ」という意識が映り込んでいるような映画が好きですね。

木下　監督の熱意が見えるということですか。

町屋　メタっぽいというか、監督が撮っている自分を考慮に入れているというか。こないだ観たミヒャエル・ハネケの『愛、アムール』がまさにそうでした。新作『ハッピーエンド』が公開されましたね。ペドロ・アルモドバル監督も好きなんですけど、要するにあの人たちは映画を撮っている自分とは、みたいなところがある。自分の頭のうしろからの映像も意識しているような感じがありますね。

木下　ハネケの『ファニーゲーム』は好きです。

町屋　ホラー的なところがありますよね。

木下　あの夫婦がどうなるかはもう知っているんですけど、何回も観ちゃうんですよね。

町屋　やっぱり最初は早送りなんですか。

木下　USA版とオリジナル版があるので、交互に観たりしますね。好きな映画は何回も観ます。

町屋　僕も同じ作品を何回も観てしまいます。分かっているからこその楽しさがある。

木下　一回目より二回目のほうが細部に気づける。ここを工夫して撮っているなとか。

町屋　映画でも小説でも一回観ただけだと筋が覚えられないんですよ。ぼんやりとした運動しか記憶に残らない。二回目に観たり読んだりしたときに、初めて人に筋が説明できるようになる。二回目性が好きですね。

木下　小説を書いているときにそこは意識していますか。

町屋　一回目って前からうしろに読むから、情報の与えられ方が決まっているじゃないですか。でも、初回の情報の与えられ方では気づき得ない部分がある。そういうのがある小説とない小説がある。二回目性こそ小説の喜びと言えるかもしれません。

木下　小説って一言一句覚えられるものじゃないですよね。短歌はまるごと覚えられますが、小説では難しい。

町屋　詩歌に対する憧れの一つは、そこですね。逆に覚えられなさを利用して、小説を書いている自覚もあるんです。覚えられなさは、こだわりきれないということにもつながってくる。詩歌は他者に覚えてもらうことが可能なので、作者が一〇〇%のこだわりを持つことが可能なジャンルだと思っています。小説は突き詰めることができないジャンルだから、こだわっているフリになってしまうことを意識しないといけない。

木下　助詞これでいいのかなと、「を」にするのか「が」にするのかずっと考えるときはありますね。そんなことはこの世に必要ないだろうと思うんですけど。

町屋　小説は自分自身でも覚えられないわけですよね。だからフリになってしまう。そのフリとどう付き合うか。

木下　小説は木みたいなものですよね。短歌は枝をずっと独りでとがらせたりしている感じ。そして、ポイッと捨てられるからまた次に行く。そのサイクルはすごく速い。自分でも病気かなと思うのですけど、一首をずっといじっているんですね。小説にその同じエネルギーで向き合うと狂って死ぬんだろうなと思います。

町屋　一首をずっと考えるというのは具体的にどんな感じですか。

木下　作り方としてはフレーズから浮かぶこともありますし、映像や一つの画のようなものから言葉を当てはめていくこともあります。推敲は永遠にできるんですよ。一首なんて自分の手の中でころころ転がせるからコントロールが可能。物や動詞を変えてみたりと、永遠にできる。

町屋　それがある種の定型に関わってきますよね。終わりがあるのがすわりが良いという感じですか。

木下　終わりがあるというのと、もうすでに器が用意されているから自分はそこに何かを入れたらそれで良い。自分の中でこういうことが言いたいなとか、この記憶を言葉にしたいなとか、そのまま言うと恥ずかしいんですね。器に入れることによって作り物っぽさが出せる。距離が生まれるから定型が好きだというのはある。

町屋　定型と同時に作中主体の問題があると思うんですけど、一本主体が立っているからこそ、すこし嘘でも恥ずかしくなく提示できるという感じですか。

木下　まったくのフィクションで作ることはないんです。ノンフィクションの要素は絶対に入れるようにするんですけど、短歌にすることによって、一言で済むことを三十一文字にもできるし、百文字あることを三十一文字にもできる。創作だなって感じがするんですよね。それだとあんまり恥ずかしくない。こうして話しているほうがよっぽど恥ずかしい。

町屋さんは短歌読みますか

町屋　どうやって短歌はできてくるんですか。

木下　電車のなかでずっと考え、会社の休憩時間でも考え、それをかたちにしないといけないというときは、夜にパソコンを開いてじっとする。

町屋　小説に関していえばなるべく自分にストレスのない状況を作っておいて、偶発的に何かを迎えるという中間状態になるべく心を砕くようにする。

木下　短歌は本当に困ったら目についたものを置いていくだけでも作品になりますからね。

町屋　職人的な気質でできあがっているということですよね。ずっとやっているわけじゃないですか。困ったらスポーツ的なことを出せるという感じですか。

木下　でもそうすると、同じ手を使ってしまうんですよね。自分っぽくなっちゃう。第一歌集のあれっぽいなとか。それが嫌なんで、なるべく避けるようにはしているんですけど。短歌は一人の歌人が量産できる。だから、毎回ちがう手を使わないといけない。

町屋　毎回ちがう歌を作るようにするなかで生まれる作家性みたいなものはあったりするんですか。

木下　僕は自分の短歌って好きじゃないんですよ。短歌はそもそも何の役にも立たない。自分の短歌を好きだと言ってくれる人はたくさんいるんですけど、その人のことも大丈夫かなと思うんですよね。この程度のことでそんなに心を動かされて良いのか。

町屋　マジシャン的な気持ちなんですかね。種はわかってるのにって。

木下　短歌はコントロールして書くので、仕掛けは全部わかっているんです。わかりきって出したものに感動されるとすこし引いてしまう。

町屋　木下さんの短歌って普遍性を意識さ

れているじゃないですか。正直さに特異なものがあると思うんですよね。自分しかできない表現への夢想みたいなものはありませんか。

木下　短歌は短すぎてオリジナリティというのは難しいんですよね。歴史が長いじゃないですか。過去の人たちがいろんな手でやっているんですよ。それを僕らは昔の歌集から簡単に吸収できる。歌集は成功したものだけが載っているわけですし。すでに濾過された成功をちょっとアレンジして、自分を入れて現代風にして出している。過去にさかのぼって「僕が三十一文字という短歌のかたちを発明しました」というところまでいけばちがうんですけどね。型も言葉も与えられたもの。申し訳ないなと思います。町屋さんは短歌読まれるんですか。

町屋　短歌に関しては不勉強なんですけど、大森静佳さんの『カミーユ』を読みました。すごく好きでした。もともとは枡野浩一さんの存在が好きだったんです。エッセイを読むうちに短歌や『ショートソング』も読みました。自分が散文をやっているので、散文に短歌が混じったときの効果がすごいと思ったんですね。そこで短歌そのものも読めるようになった。『玄関の覗き穴から差してくる光のように生まれたはずだ』を読んだときに感じたのは、散文との親和性でした。形式は短歌なんですけど、散文を意識している感じがしたんですね。そこから服部真里子さん、井上法子さんなどの歌集も読みました。

木下　どんな歌が好きなんですか。

町屋　いま名前を挙げた方はそうだと思うんですけど、世界から見られる自分みたいなものをかなり強く意識として持っている歌。主体的に語っていて全能感が出てきがちなんだけど、実は世界から覗かれていますという視点がおもしろい。さきほどの映画監督の話もそうですが、見られている視点があるものは興味深いですね。短歌の定型がそれに一役買っている気もします。昔からのテクニックや歴史を享受していまの自分たちが書いているというのは小説もそうで、続いてきたものがあって、たまたま自分がいま作品を発表しているというところがありますね。

映画は音楽を流せる

町屋　好きな映画の話をつづけると、ハネケの『ピアニスト』。僕はそもそもピアニストの存在に魅力を感じているんですが、すごい映画です。

木下　僕は人が死ぬ映画が好きですね。なかでも一番好きなのは『ノーカントリー』。

町屋　むちゃくちゃ死にますよね。

木下　死ぬんですよ。これまでに二十回は観てますね。好きなところは、悪役の武器が異質。牛を殺す空気銃で人を殺したりする。手錠かかったままの腕で人を殺したり。怖い奴なんですけど、ちゃんと怪我もする。撃たれて足が血だらけにもなる。何が恐ろしいかって、治療しながら追いかけてくる。そして、任務を遂行する。不気味さがたまらない。ああいう歌人になりたいですね。

町屋　どういう歌人なんでしょうか（笑）。

木下　目的のためなら自分の体調がわるくても治療しながら目的を達成する。そこに何の感情もない、ぐらいになりたいですね。

町屋　周りの意見に影響されず、コツコツと自分のものを作る。

木下　そうですね。人のせいにはしたくないので。

――映画じゃないとやれないことは何ですかね。

町屋　まずはBGMですね。映画で音楽を流せるのはすごくうらやましい。リズムを外部的に作れる。あとは友だちと同時に観れること。出来事にできる。

木下　短歌デートとかありえないですから

町屋良平氏

ね。同じ歌集を二人で読むのは、なんかちがいますし。僕は中学校のときに初恋をして、最初の彼女もそのときにできたんですけど、まずは映画でしたね。初のデートで『ホテルビーナス』を観に行きました。LOVE PSYCHEDELICOの音楽が流れていた。肝心の映画の内容は覚えていなくて、意識はずっと彼女の方にありました。音楽だけ強烈に覚えていますね。最近ツタヤで借りて観直したんですが、こんな話だったのかとやっとわかった。

町屋　借りて観ちゃったんですね。

木下　イーグルスの「デスペラード」も映画の中で流れていました。『ホテルビーナス』の記憶がずっと残っているから、テレビでこの曲が流れてくると映画を思い出して、彼女のことも思い出す。これを断ち切りたくて、ちゃんと観直したんですよ。

町屋　なるほど。ちなみに映画を観た前後のことは覚えているんですか。

木下　地元の山口にはデートに行く場所がないので、カップルはみんなショッピングモールに行くんですね。イオンに行って、プリクラを撮って、映画を観る。そのあと終電まで話して帰る。

町屋　映画を観るってその日の前後とかをパッケージして記憶させる強さがありますよね。

木下　映画の場合は誰と観たか思い出せますよね。

町屋　自分は小学生の頃にドラえもんが異常に好きで、夏休みに公開されるので、親と行っていました。おまけとしておもちゃがもらえるんですよね。あれをもらう無上の喜び。忘れられませんね。

映画から触発されること

町屋　木下さんは映画を観て短歌を思いつくことはありますか。

木下　ダイナーでだるそうにハンバーガーを食べている少年を何かの映画で観たことがあって、それをもとに短歌にしたことはあります。あとは、男がソファーに寝そべっていて、ジェリービーンズを食べているんですけど、一回指でペチっと潰すシーンからも。どの映画かはまったく覚えてないんですけどね。かすかな記憶から短歌を立ちあげていく。ちょっとした感覚を言葉で整理してかたちにしていくのが短歌ですね。

町屋　映画はすっと流れていきますよね。短歌だと例えば歌集や連作という流れを作りながら、一方では一首単位ではゴツゴツしている。線のなかにあるゴツゴツ性が、短歌の魅力ではないですか。詩や俳句とも別のものだと思います。

木下　一つのシーンが作れる長さはあるんですよね。動画だったら何秒かというのが短歌では可能。

町屋　『玄関の覗き穴から差してくる光のように生まれたはずだ』は全部のシーンを合わせるとかなり濃厚になりますね。一人の人間が受け止めるよりも器として大きい。ゴツゴツ感をうまく使っていますよね。自分の小説でもその辺りの意識があります。消えている部分こそ読者に見せたい。書いていないけれどそこもあるのだということを、読者と一緒に自分も考えたい気持ちがあるんですね。だからわざとブツブツッとさせている。本当は書いてあげたほうが優しい。だけど、書いてないことがあるよとわかってもらう書き方もある。一緒に体験してほしいんですよ。小説は消しているところもけっこうあるんだと。短歌は消していることを自明のこととしているじゃないですか。

木下　そうですね。

町屋　自明のことのフラッシュをもう少し強めてみる。『玄関の覗き穴から差してくる光のように生まれたはずだ』では光がつながるようになっている。そこが小説にとっては救いになっていました。光と光のあいだがあるのは自明のこととしてあるけれど、その光がすこしつながっていた。すべてが光っているわけじゃないから。

木下　『つむじ風、ここにあります』と『きみを嫌いな奴はクズだよ』は自分一人で作っているんですね。ぶつ切り感があるんですよ。連作が苦手で、一発勝負の方が得意。第三歌集では共作にするから自分の歌も調整したんですね。最初は全部いままで通りのやり方で作って、選歌も並べ替えもやってもらった。そこは狙って作られているんじゃないかと思います。

町屋　上の句と下の句の関係性とか、連作になっていることとか、歌集になっていることで読者が光をつなげられますよね。すこし手助けしてあげている。詩と俳句よりも小説と短歌のほうが近くて、光をつなげられる文化だという気がします。詩は一つで独立して生きていける。たくましくて、うらやましい。短歌は生きていけそうで、生きていけない。

木下　なかなか一首だけでドンといくのはむずかしい。ちなみに『玄関の覗き穴から差してくる光のように生まれたはずだ』を作ろうという話が出たときにイメージしたのが『桐島、部活やめるってよ』なんですね。あの感じでいこうというのがあった。

町屋　あの映画はおもしろかったですよね。

木下　歌集を作ろうとしていた時期にちょうど映画館でやっていたんですよ。

町屋　無防備なフレッシュさだけではない見事な歌集だと思いました。

でも魔法だと言いたい

木下　第一歌集を出して亡くなってしまった天才が二人ぐらいいるんですね。その人たちの後でやっている申し訳なさがある。第一歌集で終わっているからこそ完結している。読んでいても天才だと思います。それと比べたときに僕のやっていることって、天才のフリというか、魔法ではなくてマジックだという感覚があります。

町屋　魔法は別にあるのにという感じですか。

木下　魔法はありますね。先ほど挙げられていた大森さん、服部さん、井上さん、あとは東直子さんなどは作り方を全部教えてもらったとしても同じものを作れない。

町屋　木下さんの短歌で満たされている人がたくさんいますよね。僕もそのなかの一人です。満たされた人にとっては魔法なんじゃないですかね。どういうジャンルもそうなんですけど、種をすこし明かしてあげること、自分がデビュー以来してきたことはそういうことだったのかもしれないと思います。自分はできる限りは種ないでしょって言いたいです。魔法じゃないという気持ちはありつつ、でも魔法だと言いたいんです。

（二〇一九年六月三日　於：珈琲西武）

ラーメン

歌人が映画を観に行く

観たい映画を選んでいただき、
映画館で鑑賞後に
語り合ってもらいました。

『ドント・ウォーリー』

監督・脚本：ガス・ヴァン・サント
出演：ホアキン・フェニックス、ジョナ・ヒル、ルーニー・マーラほか
2018年／アメリカ／115分／PG-12／全国にて絶賛上映中
配給：東京テアトル

人生は理路整然としていない

門脇篤史（以下、門脇）　ご無沙汰しております。初めてお会いしたのは二〇一四の「大阪短歌チョップ」でしたね。

尾崎まゆみ（以下、尾崎）　お久しぶりですね。ちょうど『ドント・ウォーリー』をシネ・リーブル神戸で観終わったばかりですけど、まずはこの話からしましょうか。ストーリーを簡単にまとめると、母に棄てられた孤児がずっとそれを抱え込んでいて、誰にも自分は必要とされていないと思い、アルコール依存になるんですよね。その後に事故に遭って、もう一回生まれ直す。

門脇　とてもシンプルな筋ですよね。アルコール依存症だった主人公が事故に遭って半身麻痺になって、ただそれでも酒はやめられない。けれどいろんな人との出会いの中で酒をやめて自分の表現を獲得して、最後は事故を起こしたデクスターと会うところで「元気だよ、大丈夫だよ」と言えるところに来る。想像できる展開かもしれないんですけど、でもやっぱりいい。

尾崎　そこのところは感動したんです。ストーリーってパターンはいろいろあるんだけど、それをどう上手くはめ込むかが大事なところ。わかりやすく伝わりやすいように見せるというのは重要なことです。

門脇　一見伝わりにくいようなはめ込み方をしているんですけど、最終的にはすごく腑に落ちるような作りですよね。時系列がけっこう切り貼りされていて、でも人様の人生を見るのってそんなに理路整然としたものじゃない。逆にとても納得感のある映画だったと思いましたね。

尾崎　あとキリスト教だけでなく、老子の「道」を出すというのが面白かった。宇宙と人の世界を語る時、西洋と東洋の思想を見せたところが新鮮。

門脇　それにしても二時間に一人の人生をはめ込むのは、面白い試みだとあらためて思いましたね。捨てるもののほうが遥かに多いじゃないですか。彼の人生にも酒と関係ない瞬間はいっぱいあるはずだし。でも何かをピックアップして作っていかなくてはならない。ストーリーとしてはきっと立ち直っていくだろうなというのが前提としてあったんですけど、でもその立ち直り方というのが、自分の表現を獲得し、それを足掛かりにしていく。それは僕らが普段やっていることにも繋がる。

尾崎　そして許すという行為。最後には自分もだけれど、まずは周りの人を許していってみる。全部人のせいにしてたんだけど、そうじゃないんだということに気づいた。

門脇　この映画を観ながら、短歌を作り始めた頃のことをなんとなく思い出してしまいました。表現をしてそれで認められるという感じ。たとえば主人公が雑誌に載ったんだといってみんなに見せに行く場面とか。人に認められて、自分は存在していいと自己を見つめていくところはわかる。

尾崎　何か表現したいものがあるから短歌を始めたりするわけですよね。モヤモヤとしたものをどうやって言葉にするか。

門脇　主人公が漫画をこれは成功、これは失敗、これは保留とか振り分けるじゃないですか。保留のところに放り込む言葉って短歌の中にもある。ある言葉を絶対使えると思いつつ保留にしている感覚に近い。それがバチッとハマったらやっぱり嬉しい。ちょっと特異な感想な気はしますが。

尾崎　短歌って勝手にできるときもあるし、なんとなく気になる言葉を並べて入れかえているうちにできるときもある。でも結局何を言いたいかですよね。やっぱり言いたいものがないと。

門脇　言いたいことから逆算してくるというよりは、言いたいものがあるからそれに言葉がくっついてくるみたいなイメージかもしれないですね。

尾崎　言いたいことに対する情熱みたいなものがないと。言葉だけ並べても駄目。

門脇　後ろにいる人間が見えるということや、何かを伝えたいという感覚。

尾崎　生活があって、自分がどういうことを悲しいとか楽しいと感じているとか、感覚的に痛いとか苦しいとか、そういうものがないと言葉は輝かないと思う。

門脇　手触りみたいなものですか。

尾崎　そうですね。一人の人の体温が伝わって来る歌がやっぱりいい歌だと思っています。

異物を入れるか

尾崎　主人公が自信なさそうな顔だったのにだんだん表情が変わっていましたよね。にこやかな表情になり、最後は本当に神のような神々しさに。

門脇　だいぶ違いましたね。

尾崎　最初のほうはしかめっ面ばっかりでね。身なりも明るい色が増えてくる。そこのところは作り込んでいる。

門脇　主演の方の顔で時系列が何となくわかる。まだ誰も許せていないときの顔だなとか。

尾崎　見せ方と関係あるんですけど、短歌でいうと、あまりにも読み取りやすいと飽きちゃうんですよ。変なものがあると気になって立ち止まる。読む人のイメージを広げて、歌も広がる。異物は大事。短歌って、すっと読めてしまうと案外後に残らない。

門脇　その異物って、意図的に入れたりされますか。

尾崎　自分は入れてないつもりでも入っている。

門脇　結果的に入っている。でもその感じはわかりますね。当たり前だと思って詠んでいるものが当たり前じゃないみたいなこ

門脇篤史氏

ともある。

尾崎　そうそう。自分にとっては常識でも、相手にとっては全然関係ないものだったりするので、リトマス紙みたいな役割もあるかもしれない。

門脇　職業詠って特にそういうところがありますよね。専門用語とか出てくると、わからないからこちらは一回立ち止まるけど、作者からしたら毎日使っている言葉ですよね。そういうのは読者は異物として受け取っちゃうかもしれない。

尾崎　立ち止まるよね。

門脇　医学用語とかもそうですけど。

尾崎　意図的じゃないからまたいいんですよね。長い間短歌に関わっていると意図がだいたいわかるんで、それってやりすぎじゃないのって思ったりするときがある。

どんな映画が好きか

門脇　普段からあまりよく観る方ではないんですが、何も起こらない映画が好きなんですよ。たとえば『かもめ食堂』とか。尾崎さんはよく観に行ってるんですか。

尾崎　このごろは観てないんだけど、中学から大学あたりはよく映画を観に行ってました。昔は名画座みたいなのがあって、二、三本続けてあってね。年齢的にも『卒業』とか『明日に向って撃て！』『イージー・ライダー』で湧きたっていた。映画を観に行くことが一つの娯楽として確立していましたからね。文学的なものも多かったので、これを観に行っていないと駄目だよみたいなことがあった。ゴダール、フェリーニ、ヴィスコンティは全部観とかなきゃと。

門脇　めちゃくちゃ観てたんですね。

尾崎　愛媛県の片田舎だったので、映画を観に行くぐらいしか娯楽がなかった。

門脇　自分は島根県の本当の山奥なんで、映画館すらなかったですよ。カラオケボックスすらなかった。いま言われたような名作って、大学生ぐらいのときに「観なきゃ」みたいな時期があって、けっこう観ましたね。洋画もそうですし、黒澤明の『生きる』とか。でも大学生の狭い下宿のパソコンのモニターで観たので、思い出とくっつかない部分があります。

尾崎　その映画を言えば、そのときの時代をみんな感じてくれるというのがありますよね。同世代の人は『真夜中のカーボーイ』といえばそれだけでもう共感できる。

門脇　回想の歌にこの映画を入れると何かいろんなものがくっついて出てくるみたいなものがあるかもしれないですね。

尾崎　いろんなものを読み手が勝手に感じ取ってくれるというのがあって、協同作業的な短歌になる。それはいつまでもたぶん有効なんです。この映画を入れるとある空気感を出せるとか。

門脇　時代の記憶と一緒に引っ張られる。

尾崎　最初の『ゴジラ』は私が生まれる前でしたが、このごろまた流行っている。

門脇　『ゴジラ』だと年代によって呼び起こされるものが少しずつ変わってくるということですね。この間ちょうど歌会でゴジラの歌が出てきました。

映画が短歌に与える影響

門脇　たくさん映画を観られて、ご自身の短歌に影響はあったと思いますか。

尾崎　それが怖いんですよね。

門脇　怖いんですか。

尾崎　短歌に影響があるとは思わないで観たほうがいいと思う。何かを得るために観るのではなくて。

門脇　それはそうでしょうね。

尾崎　自分を追い込んじゃうからね。これを観たから何か変わらなければと。

門脇　勉強だと楽しくなくなっちゃうというのはありますね。たぶん大学生の頃に勉強のためにと思って映画を観ていたときって、そんな楽しくなかったし、残ってないんですよね。そういえば映画を詠み込んだ歌だと「未来」の青沼蓉さんの「**天つたう白鳥のこえふりくるよショーシャンクにも今朝の俺にも**」は好きでときどき思い出します。

尾崎　映像の処理の仕方を短歌に採り入れるというのもあったんじゃないかな。ストップ・モーションを短歌に採り入れるというのを塚本邦雄は実験していたらしい。情景の捉え方に映画の手法を使うと心情まで見えてきて効果的。異物を入れるとか、クローズアップの仕方とか。

門脇　映画って意識的に作用させるというよりは、蓄積したものがジワジワ効いてくるみたいなところがあるんでしょうね。僕らが見られる視点って一定だけど、たとえば怪獣映画なんてとんでもない視点から街が破壊される映像とかが見えるから、そういうのを視覚的に知っておくのって、想像力の可動領域が広がるような感じがあるのかもしれませんね。おそらく自分が歌を作るときにも反映されるし、人の歌を読むときにも反映される。想像力を映画が広げている部分がある。

尾崎　無意識のうちに入ってるんですよね。

門脇　この歌の景って見たことがあるなっていうときに、映画のワンシーンとかに引かれたりすることはあるかもしれない。

尾崎　もし映像を観てなかったら、鳥瞰の気持良さだってわからないものね。人間は鳥のように飛べないから。

門脇　たくさんいい映画を観ておいたほうがいい歌を作れるんですかね。短歌を作るようになってから映画はほぼ観てなかったんだけど、もっと観てみようかな。今日はありがとうございました。二時間映画館に座っていた甲斐がありました。

（二〇一九年五月九日　於：神戸マウンテンコーヒー）

尾崎まゆみ氏

映画を観終えて二首

ペン先のなぞる意識のながれからザウリムシなど生まれはじめて
はつなつの孵化したやうな眩しさに過去の私を許さうとおもふ
　　　　　　　　　　　　　　　　　　尾崎まゆみ

生きるとはとほくのこゑを描くこと小さき画具を指につかみて
銀幕をはぜるひかりは暗中にゐる僕たちに届いてしまふ
　　　　　　　　　　　　　　　　　　門脇篤史

『シン・ゴジラ』

総監督・庵野秀明／監督・樋口真嗣／2016
出演・長谷川博己ほか

「シン・ゴジラ　DVD　2枚組」
好評発売中
発売・販売元：東宝

やっと『ゴジラ』がわかった。

特撮が好きな父の影響もあって、物心ついた頃からゴジラは身近な存在だった。近所のレンタルショップにあったゴジラ作品は、大体観たと思う。なかでも、『ゴジラ』（本多猪四郎監督、一九五四年）が一番好きだった。ゴジラやそれに相対する人々、街の影がモノクロに揺らめくのが格好良かった。ただ、『ゴジラ』という映画を、エンターテインメントであるという以上には理解できていなかった。そのことが、魚の骨のように喉につかえていた。

『シン・ゴジラ』を観終わったとき、そんな違和が氷解するのを感じた。震災から五年後の世界で『シン・ゴジラ』を観ている私。そして、戦災から九年後の世界で『ゴジラ』を観ている誰か。映画の終わった劇場に、その二者が隣り合っている——そのような実感が湧き上がって、私は『シン・ゴジラ』だけではなく、『ゴジラ』までをも、いま真の意味で観終わった、と感じたのだった。

戦災・震災、あるいは水爆・原発——そんな大きな恐怖・絶望・痛みを生きて、わたしたちは何ができるのか?『ゴジラ』を貫いていた問いが、『シン・ゴジラ』で問い直される。私のすぐ隣で、見えない誰かも、きっと絶望と希望のはざまを泳ぎ続けている。

浅野大輝

好きな映画

『落穂拾い』

監督・アニエス・ヴァルダ／2000
出演・アニエス・ヴァルダほか

人は何かを拾うとき身を屈める。礼するように、謙虚に。

世界を情報が駆け巡るのに、物が溢れ捨てられる国と飢餓に苦しむ国の差は縮まらない。フランスの女性監督アニエス・ヴァルダがハンディカメラを手に、現代の「拾う」を捜しに出かけるドキュメンタリー。ヴァルダは社会の矛盾を見つめる一方で次々と湧き上がる好奇心に思わぬ拾い物もする。貧者の救済のためであった落穂拾い、現代の農村では夥しい規格外の野菜が捨てられる。大きなハート形のじゃがいもを思わず拾うヴァルダ。街では、十年以上ゴミしか食べていない若いサラリーマン、貧しさからではなく彼の倫理観からだ。ガラクタでつくるオブジェ。ボクシンググローブを首にかけた犬。二人の弁護士が「拾う」権利を語る場面も。カメラは自らの皺の深い手にも向けられ、「不思議なおぞましさ、私が獣に思える。それも私の知らない獣に」の台詞は、観てから二十年を経、老いを意識するとき蘇る。三月、ヴァルダの訃報にその手が浮かんだ。

ヴァルダは拾った針のない時計に一対の猫の置物を狛犬よろしく飾る。針のない文字盤のクローズアップは清々しく、心が安らいだ。時計の後ろからこちらを見つめるヴァルダの生き生きとした大きな目に、時間から解放され、軽やかに生きよと今も促される。

春日いづみ

『ドラえもん のび太と銀河超特急《エクスプレス》』

監督・芝山努／1996
声の出演・大山のぶ代ほか

©藤子プロ・小学館・テレビ朝日・シンエイ・ADK 1996

『夢幻三剣士』『創生日記』と、二作連続で難解さの目立つ作品が続いたところへ、久しぶりに直球の冒険活劇がきた。宮沢賢治や松本零士への明らかなオマージュを含みつつ、ドラえもんたちいつもの五人がいきいきと描かれる。特に今回は、射撃の才能が生きた分、のび太のカッコよさが際立つ。スネ夫が「のび太は映画になるとカッコよくなる」とメタ発言をするくらいだ。

　銀河超特急が学校の裏山へ着陸するシーンで流れるのは、メンデルスゾーンの《夏の夜の夢》序曲。跳ねまわる妖精たちを描写していたはずの弦楽器の細かな音型が、ここでは忙しない蒸気機関車の動力部に姿を変える。ほんの一秒、木管を中心としたロングトーンとのび太の驚いた表情のアップが合うだけで、この音は汽笛以外の何物でもなくなる。音楽の使い方が絶妙すぎて、今でも《夏の夜の夢》に触れると、シェイクスピアより先に「ドラえもん」が出てきてしまう。

　今作は、作者藤子・F・不二雄が、原作を書き切り、映画の完成を見届けることのできた最後の作品でもある。FAX用紙に「ドラえもん」の原作を丸ごと書き写して遊んでいた小学生の私に、藤子F作品は、作家がいかに想像力を保ち、育みながらものを書き続けていくかを教えてくれた。大人になった今だからこそ、強くそう思う。

濱松哲朗

歌人の

『かぐや姫の物語』

監督・高畑勲／2013
声の出演・朝倉あきほか

「かぐや姫の物語」
ブルーレイ＆DVD発売中
©2013 畑事務所・Studio Ghibli・NDHDMTK
発売元：ウォルト・ディズニー・ジャパン

　誰もが知っているあの有名なかぐや姫である。このアニメを弟にいくら勧めても「だってかぐや姫でしょ〜」と言って観ない。ちがうんだ、そんな単純なもんじゃないんだ！（毎度追いすがる）

　かぐや姫を最初に知ったのはいつだろう。出会ったころは謎多き「大人の女性」のイメージだったが、この映画で再会するかぐや姫は、笑い、歌い、呼吸して成長する一人の女の子である。話の筋は知っての通りだが、そこにかぐや姫の抱く憧れや懺悔や葛藤、そしてなにより自分にもどうすることもできない「自分」というものが、美しい線と色と音楽によって、淡く、時には強烈に描かれていく。

　この作品はジェンダーの点から語られることも多いが、「嫌だ」という感情はどこから来るのか、その爆発と絶望と本当の「一人ぼっち」の意味をいつも考えさせられる。男女の区別以前に一人の人間は一つの種族で、究極の「嫌だ」はその人を本当に一人ぼっちにし、その人を本当の意味で包み込むものだと思う。だからこの映画は深く、「わたし以外に知らないいわたし」を思い出させ、抱きしめさせる。

　月から地球へ何をしにきたのか。心だけを残し。誰にもよくわからないのはわたしたち自身も同じだから。かぐや姫の輝きは永遠に地球の人々の心を離さないだろう。大好きな映画である。

盛田志保子

好きな映画

『道』

監督・フェデリコ・フェリーニ／1954
出演・アンソニー・クインほか

発売元：WOWOWプラス
販売元：紀伊國屋書店
価格：￥3,800＋税
好評発売中

　好きな映画と言われてまず思い浮かぶのはフランシス・コッポラの『ゴッドファーザー』である。編集が優れているのか、どのカットも生き物のように動き回り、始まりも終わりもなく、どこからでも物語が生まれてゆく感じがする。ほかに好きなのはスタンリー・キューブリックとテオ・アンゲロプロスの作品。キューブリックは『時計じかけのオレンジ』、アンゲロプロスは『シテール島への船出』や『ユリシーズの瞳』などから何首か短歌をつくっている。連作を作るときはチャウ・シンチーの『カンフーハッスル』や『少林サッカー』なども参考にする。彼の映画はまさに白髪三千丈、荒唐無稽の世界なのだが、すべてを笑いに転じて恐れるところがないのが気持ちいい。同じ理由でルイス・ブニュエルも好きだ。批判精神とエロスが渾然一体となっている。『哀しみのトリスターナ』と『昼顔』のカトリーヌ・ドヌーブも歌に詠んだことがある。日本映画では小林正樹の『切腹』がいい。怒りの凄み、冷えのようなものを感じる。だが、これらの映画より私にとって切実なのは、フェデリコ・フェリーニの『道』かもしれない。私は相聞歌を詠まないが、あの映画のジェルソミーナにだけは生きているうちに会いたいと思う。どうしたらあの涙を見ることができるのだろう。

奥田亡羊

『永遠と一日』

監督・テオ・アンゲロプロス／1998
出演・ブルーノ・ガンツほか

　映画はひとりで観に行く。どんな映画が好きかと聞かれれば、「眠くなるような映画」と答える。同好の士はたまにいるが、稀である。実際、映画を観ながらよく寝てしまう。映画館でも、家で観ていても。大好きな映画なのに、どうしても途中で寝てしまい、三回もDVDを借り直したことがある。

　もう十年以上前の話だが、その日も映画館でうとうとしていた。はっと目が覚めたとき、スクリーンにはバスに乗り込んでくる楽団が映り、演奏が始まった。このシーンに、涙が止まらなくなった。映画は、テオ・アンゲロプロスの『永遠と一日』。ほかにも印象的なシーンはたくさんあるのだけれど、何回観直しても、このシーンで泣いてしまう。

　アンゲロプロスの映画は、たいてい退屈だ。画面は暗い。話も暗い。たいてい雨が降っている。役者はぼそぼそ喋る……。ぼんやり観ていると、眠くなる。なのに不意打ちのように鮮やかな黄色のレインコートが映ったり、意味もなく楽団の演奏が始まったりする。それにわたしの何かが反応して、突然スイッチを押されたみたいに感情が溢れてくるのだ。眠くなる映画で泣かされる。そんな矛盾を楽しむのも、映画の魅力でしょうか。

田中槐

『マイ・アーキテクト　ルイス・カーンを探して』

監督・ナサニエル・カーン／2003
出演・ナサニエル・カーンほか

『マイ・アーキテクト　ルイス・カーンを探して』
DVD発売中
発売・販売元：カルチュア・パブリッシャーズ

映画が好きであるとはとうてい言えないだろう。映画をまったく観ないで過ごす年もあって、たしか去年もそうだった。理由ははっきりしている。たいていの映画ではすべてが与えられてしまうので想像する余地がなく、それは自分にとってはつまらないのだ。親切なプロット、親切な映像、親切な音楽。多くの映画には作り手が見せたいものしか映っていない。しかしもちろん例外もあって、短篇小説や詩を思わせる作品、そういうものは好ましい。『友だちのうちはどこ?』『ナイト・オン・ザ・プラネット』『悪魔のいけにえ』など。ロイ・アンダーソンの感覚には惹かれるし、古めかしいがホドロフスキーも嫌いではない。しかし一番印象に残っているのは二〇〇三年のドキュメンタリー『マイ・アーキテクト　ルイス・カーンを探して』である。著名な建築家ルイス・カーンの私生児であるナサニエル・カーンが父親の遺した建築を撮ってまわるという作品で、作中でナサニエルは父親の知人にインタビューのマイクを向けるのだが、知人のその老人はユダヤ人であるカーンへの憎悪の言葉をひたすら吐きつづける。同シーンは映画史における白眉のひとつではないかと思う。これまで観た映画はおそらく千に満たないが、なぜかそのことを確信している。同作は余白だけで作られたような印象もある。

フラワーしげる

歌人の

『シェイプ・オブ・ウォーター』

監督・ギレルモ・デル・トロ／2017
出演・サリー・ホーキンスほか

『シェイプ・オブ・ウォーター　オリジナル無修正版』
ブルーレイ発売中
¥1,905＋税
20世紀フォックス　ホーム　エンターテイメント　ジャパン

好きな映画を語るのに矛盾するようだが、私はこの映画についてひとつの不満を抱いている。それは、このイライザと半魚人のような不思議な生き物の物語が「愛の物語」として提示されていることについての不満だ。

「愛」という言葉の指すところは曖昧で、含もうと思えばかなり広い範囲のものを含むことができてしまう。それに、世の中に溢れている物語の多くは「愛の物語」としてラッピングされている気がする。そんななかで「愛の物語」などと言ってもほとんど何も意味していないように思えるし、ラッピングどおりそれを受けとることは思考停止のようで抵抗がある。「愛」という言葉はイライザの発言（彼女は声が出せないので手話を使う）のなかに頻繁に登場するし、愛についての詩の引用で映画が終わることからも、この映画を「愛の物語」として提示する意図は明確だ。しかし、南米の川で神として崇められ、言葉や音楽に反応し、野生の気高さを失わない、あおく発光する鱗をもつ生き物をめぐる物語をただ「愛の物語」とくくってしまうのは、なんだかとてももったいないように思えるのだ。

ゆで卵にタップダンス、カレンダー、浴槽。さまざまなモチーフの連なりが水のなかで美しくゆらめくのをただ黙って観ていたい。

佐々木遥

『いちご白書』

監督・スチュアート・ハグマン／1970
出演・ブルース・デイヴィソンほか

『いちご白書』を観たのは、今はヒカリエになってしまった東急文化会館の六階にあった東急名画座だった。一九七二年、早稲田の文学部の一年生だったころだ。『キャバレー』、『ラスト・ショー』、『ペーパー・ムーン』なども、この東急名画座で観た。『いちご白書』の監督はスチュアート・ハグマン。この作品くらいしか有名なものはない。時代の雰囲気と作品テーマと監督の才能のピークが一期一会を果たした奇蹟のような一本。

アメリカの西海岸の大学を舞台にして、学生と学校当局、警察との対立を描いた、いわゆる学生運動もの。ストーリーも単純で、ノンポリ学生のサイモンが、リンダという美しい学生に魅かれて、興味のなかった学生運動に参加して、挫折するという物語。サイモンが掛けているメタルフレームの眼鏡がアメリカっぽかった。

学生は講堂に集まり、反対の座り込みをしている。そこへ武装警官と州兵が突入してくる。床を叩いて抵抗の意思表示をする学生たちは力任せに排除されていく。ゴボウ抜きにされるサイモンのストップモーション、主題歌「サークル・ゲーム」がたかまって映画は終わる。せつなかった。今でも時々FMラジオでこの曲がかかると、胸が苦しくなる。わが青春のアメリカン・ニューシネマである。

藤原龍一郎

好きな映画

『フェリーニのローマ』

監督・フェデリコ・フェリーニ／1972
出演・ピーター・ゴンザレスほか

原題は*Roma*と至って簡潔だ。フェデリコ・フェリーニ（一九二〇—一九九三）の絶頂期、一九七二年に公開された、監督の自伝的色彩が濃厚な作品であり、過去から映画における現在までのローマという特別な都市そのものがオムニバス風に描写された、記録映画仕立ての劇映画でもある。驚くべきは重要なシークエンスの多くが、戦時下のボードビル小屋や娼館で繰り広げられる猥雑な人間模様も、地下鉄工事中に古代の遺跡が発見されすぐさまそれが崩潰してゆく場景も、枢機卿を主賓に催されるカトリック教会用の奇天烈なファッションショーも、CGなど存在しなかった時代に、チネチッタのスタジオで撮影されているということだ。夏の夜の路上での夕飯に旺盛な食欲を発揮する下町の人びとを掻き分けて市街電車が通過するシーンが、スタジオ内のセットで演出されていたなんて！　徹底した作り物でありながら、永遠の都ローマについてのこれ以上は考えられないドキュメンタリーにもなり得た、稀有な映画である。

この作品の方法は、短歌という虚構に生の真実を封じ込めようとする歌人にとっても示唆に富むと言えるだろう。私もまた『ローマで犬だつた』（書肆山田、二〇一三）という書物の中に幾つかの場面を引用して、この映画に対する信仰的な傾倒を表明したのだった。

石井辰彦

『フェリーニのローマ』
DVD発売中　￥3,800＋税
20世紀フォックス　ホーム
エンターテイメント ジャパン

『エレンディラ』

監督・ルイ・グエッラ／1983
出演・イレーネ・パパスほか

語りたい映画は山ほどあるが、わが師・塚本邦雄との思い出にもつながる『エレンディラ』について書きたい。原作はガルシア・マルケス。肉体的な情念と神話的な観念が融合した映画である。

80年代後半、ある層には大きな話題になった。塚本邦雄に話すと、「絶対観たい！」と切望されたので、京都の新京極にあったマニアックなビデオ販売店で購入して届けた。店の人もこの映画を買いに来てくれる若い人（当時は25歳）がいるとは！ と感激していた。

主人公の美少女エレンディラが、不注意から火事をおこし、全財産を焼失させる。魔女のような祖母は、エレンディラにつぐなわせるために、砂漠地帯で兵士相手に売春をさせる。この時、彼女の手相が消える。ほら、湯婆婆が千尋の名前を奪うアレだ。

エレンディラは、ウリセスという少年の力を借りて祖母を殺し、自らの運命を取り戻すが、その瞬間、少年をのこして砂漠の彼方へ走り去る。その全力疾走が圧巻！ これは人間が、前時代的・魔的な運命の支配から逃れ、未知の世界へ駆け出す見事なラストシーン。

塚本邦雄は、わが第一歌集『ゆるがるれ』の解説に、「その月旦を滔々と陳べて、私を感嘆させた彼」と書いてくださった。映画を通じて師弟のふれあうひとコマ。♫そんな時代もあったねと……。

林和清

歌人の

『アンダーグラウンド』

監督・エミール・クストリッツァ／1995
出演・ミキ・マノイロヴィッチほか

復刻シネマライブラリーより
Blu-ray発売中

どうやら人は映画を観ているらしい、ということに気が付いたのは、だいたい三年ほど前のことだ。それまで映画の蓄積がまったくなかったせいか、観に行った映画を好きになる打率は高い気がする。

最近（私が観た日という意味で）一番よかったのは、エミール・クストリッツァの『アンダーグラウンド』だ。舞台は二十世紀半ばの旧ユーゴスラビア。なんというか、まるで悪い夢を見せられたような映画だった。

悪い夢といっても、この映画で扱われたユーゴスラビアの第二次大戦や、その後の独裁や内戦は夢でもなんでもない。このような歴史の苦しさと共に、登場人物たちの欲望や関係性の変化、ひっきりなしに演奏されるお祭りのようなブラスバンドの音楽で、ぐるぐると頭の中がかき混ぜられる。

わたしにはDVDを買う習慣がないので、映画館に行っていろいろな気持ちになっても、ほとんどの作品とはそれきりになってしまう。映画と共に訪れたなにかのしっぽをつかまえて歌に留めておく、とかがいわゆる「正解」の振る舞いなのかもしれないけれど、できなかったものはまあ仕方がない。でもサウンドトラックは買おうか迷っている。よかったし。

牛尾今日子

※ソフトの発売情報は書籍発行時点のものです

映画『ひかりの歌』をめぐって

——映画と短歌のあいだ

映画『ひかりの歌』（2019年1月12日公開）が大きな反響を呼んでいます。

本作は、「光」をテーマとした短歌コンテストで1200首から選ばれた4首を原作に、全4章の構成で製作された長編作品です。この映画の話題をきっかけに、映画と短歌の可能性について語り合っていただきました。

●座談会出演者

杉田協士（『ひかりの歌』監督）

矢田部吉彦（東京国際映画祭プログラミング・ディレクター）

東直子（歌人、作家）

寺井龍哉（歌人、文芸評論家）

「何か」があればそれでいい

寺井龍哉（以下、寺井）　今日のおおよその流れとしては、最初に杉田協士さんが監督をされた『ひかりの歌』のお話を伺って、短歌を映画にするにあたって工夫されたこととか、監督の中の短歌というものに対するイメージがどういうふうに変わっていったかとか、そういうお話を伺えたらと思います。それに絡めて矢田部さんと東さんに映画のご感想や印象に残った場面などを伺いたいと思います。そのあとでもう少し広い話、映像と詩歌の言葉の表現がどういう関係にあるのか、どのような違いがあるのか、というようなことを自由にお話しいただけたらいいなと思います。

矢田部吉彦（以下、矢田部）　僕は歌人の小野田光さんに質問したことがあるんですけど、目の前にあるものすべてを短歌にしようという思考になっちゃって大変なんじゃないですかと。そう聞いたら小野田さんが「そんなことはないですよ」と言ってたのがすごく印象的だったんです。

寺井　始終考えているというわけではないですよね。

東直子（以下、東）　ただ、目の前にあるものを「レモンの輪切り」と短歌の中に言葉で置くと、もうそれはレモンの輪切り以上の意味を持つような仕組みを負わされるところはあります。短歌にすることで言葉が別の意味合いを帯びる。それは映画のシーンもそうですよね。一つのシーンが流れるということは「このシーンには何か意味があるんだろう」って観る側も思っちゃいますよね。

杉田協士（以下、杉田）　そうですよね。わざわざカメラを置いたんだということが残りますから。映画を撮るときにカメラを置くというのは、狩猟でいったら銃を撃つんじゃなくて罠を置くほうだという気持ちがちょっとあって。たぶん猟師の人にしかそこに罠を置いた理由はわからないけど、ここに置いておくと獲物がかかるんじゃないかという長年の経験とか、風とか匂いとか獲物の足跡、その人に見える何か理由があって。置いたらもう終わりなんですよね。

> **反対になった電池が光らない理由だなんて思えなかった　加賀田優子**

矢田部　罠を置く場所は何カ所かありますか。それともやっぱり一カ所しかないですか。

杉田　最近は「何か」があると思うからカメラを持ち込みたくなる、そういう道具なんだろうと思っているので、その「何か」があればもうカメラがなくてもいいとさえ思う。「ここに何かあるぞ」と実感がありさえすれば、カメラはどこに置いても映る。

矢田部　獲物は歩いているわけだけど、罠を仕掛けないと獲物が歩くことがわからない、みたいなことですかね。カメラを置かないと、そこに「何か」が起こったということがわからない。置くことで初めてわかる。

杉田　そうですね。

矢田部　東さんが最初におっしゃったレモンの輪切りの話は、言葉にした時点でその人が思っていた以上の意味が出ちゃうということですよね。

東　ある象徴性を帯びてしまいますね。言葉を置くということが、映画でいう罠を仕掛けるという意味になるんですね。

寺井　カメラを置いた人がわかっていなかった、置いた人の意図とは違う意味が出ち

座談会の様子（左から東、寺井、杉田、矢田部）

ゃうということになるんじゃないですか。

矢田部　「レモンの輪切り」と言葉にした時点で、レモンの輪切りを説明しようとした作者の意図を超えた意味合いが出る。

杉田　『ひかりの歌』でいうと「背中をどうしてそんなに撮っているのか」とよく言われて。そんな意識は、私も撮影の飯岡幸子さんも持ってなかったんです。けれど、当然意図的に背中を撮っているであろう、ここは背中を撮るんだという意思で撮っているんだろうという前提で話される。そんなことはないんですけど、実際に映画を観ると背中が多かった。

東　最初に絵コンテで、背中から撮る構図を考えていらっしゃるのではないですか。

杉田　構図はその時点ではまだないんです。

東　そうなんですか！

杉田　そうなんですよ。映画をやっているくせにイメージを持てない。映像が浮かばないんです。

東　絵コンテを描かないで、テキストの脚本を持っていくのですか。

杉田　テキストもなくていいんですよ。

矢田部　流れは決まっているんですか。

杉田　それはそうですね。

東　即興芝居じゃないけど、「この場所でこの人が来て、ちょっとそこに立ってみてくれますか」みたいに、ざっくりと始まる感じですか。

杉田　人と場所があって、ある程度お話を考えていって、もちろん脚本も書くんですけど、それをやればきっと映画になると思っているんですよ。実際に当日その場に行って、目の前でやってもらうまではわからないんです。だから一回必ず通してやってもらうんですけど。カット割りはまだ全然考えないで、まず頭から終わりまでやってもらって、それで通してみて、そのとき初めて見えてくる。

東　演劇の本読みみたいですね。

杉田　のちに編集という作業もあるんですけど、現場でも頭の中で編集はします。やっぱりその人が実際にどういう呼吸でその台詞を言うかって、一回見たらようやく掴めるので、そこから初めてどう撮るかを決めます。

『ひかりの歌』は一種の題詠

矢田部　ある程度のビジョンはもって臨んでいたりしませんか。

杉田　うーん、そうですね。

寺井　短歌でもありませんか。その一行がそのまま短歌になるかどうかわからないけど、こういうイメージを短歌にしたいなと思って、書いてみて初めてわかるというか。それが二首になるか三首になるかわからないけど、バーッと書いていて決まってくる。

東　今の若い人は生まれたときから題詠をやっている感じだけど、私が短歌を始めた頃は題詠はなかったので、日常の中で思いついたら全部メモするみたいな形で、内的な圧で作っていた感じです。

矢田部　題詠？

――　テーマがあって題を詠ずると書くんですけど。

東　落語でも三題噺とかありますよね。ある言葉をきっかけに、そこからイメージをふくらませて作品を作って歌を並べたりするんですけど、『ひかりの歌』って考えてみれば一種の題詠ですよね。
矢田部　あ、そうですね。
杉田　映画もそうだし、そもそも映画内の短歌もそうだし。
東　短歌は「光」の題で。このテーマを決めたのは杉田さんですか？
杉田　枡野浩一さんです。発端になったサイトの名前が「リュース」、デンマーク語で「光」という意味なんですね。そのサイトの名前をテーマにすればいいのではないかと枡野さんがおっしゃって。
矢田部　それで歌を集めて、杉田さんと枡野さんで選考をしたんですか。
杉田　あと出演者も一緒に。
矢田部　不思議なのは、その時点で短歌を原作に映画ができると思いましたか。
杉田　短歌にはそんなに詳しくなかったけど、できるかも、ぐらいの感覚なんです。だから四首を選んだ時点では映画のイメージも持ててなかったです。
矢田部　歌として好きということでしか判断材料がなくて映画になりそうだというバイアスはそこにはないってことですね。

杉田　その短歌一首だけで描写も含めて完成されているものは外していました。良い短歌がいっぱいあって悩みました。
矢田部　むしろ絵が浮かびやすいものは避けたということですね。書かれた短歌を解釈した形で映像化するという意味においては、これほど成功している面白い映画はないと思いますね。寺山修司の『田園に死す』はご自分の短歌をメタ自伝のような形で映画化されていますね。あれも相当面白い映画ですけれども、やっぱり自分の短歌を自分で映像化するというのと、人の短歌から物語を作るというのは、違う行為だと思いますので。
東　寺山修司の場合は、短歌の世界と映画の世界のイメージが一致していますよね。
矢田部　そうですね。それだけ『ひかりの歌』はオリジナル。
東　必ず短歌の中の場面は出てくるんですよね、最後のほうに。
杉田　それはほんとバカみたいですけど、脚本を書き上げるころに気づいたんです。これを絶対撮らなきゃいけないいんだと。

東　たとえば第一章だと？
杉田　「反対になった電池が光らない理由だなんて思えなかった」なので、電池が反対で何かが光らない描写は必ず撮らなきゃいけないぞと。
矢田部　縛りがね。そうかそうか。

短歌を映画にするには

杉田　当たり前なんですけど、自分でも短歌を映画にするって何なのか、どうしてこの短歌を選んだのかは作業の中でわかっていく。最初は直観なんですよね。でもだんだんわかっていく。具体的な描写が気に入って選んだわけではない。自販機に謝ったり電池が反対で光らないものがあるということ、そのものが面白いわけではなくて、誰かの人生の中でそういう一瞬があった。作者の人も、なんでわざわざその人物の、その一瞬を選んだんだろう。もしくは、その人の人生だっていろんな瞬間があるはずなのに、そこに光が当たる人って何だろう。始発を待っていて、ピーナツを見たら「未

> **自販機の光にふらふら歩み寄り　ごめんなさいってつぶやいていた**
> 宇津つよし

来の車みたいだな」って思った瞬間に光が当たる人。その人の人生に興味があった。だから一首の短歌を原作にするというのは、その詠まれている人物そのものを描かなきゃいけないということなんだな、というのがわかりました。

矢田部　やっぱり腑に落ちる快感はあそこで、カタルシスがあるんですよね。

東　最初に観るときには出てくるか出てこないかは全然考えてないけど、出てきたときに「ああ」って思える。

矢田部　ただやっぱり、ピーナツはアップにしないじゃないですか。そこまではしない。ギリギリいいなあと思いましたね。

杉田　実は現場ではアップのカットも撮影していて、編集の大川景子さんが使わない判断をしてくれました。

寺井　乾電池のアップはなかったですかね。

杉山　あります。手許でいじっているところが。映画は動くものを撮るのに向いているので、ピーナツをただ見ている姿はアップに切り替えづらいんです。

東　都合で寄るというのは、短歌でも説明すると駄目ということと似てますね。

寺井　作者の都合で置かれた言葉だ、と思わせないようにするのは難しいですね。

杉田　映画もそうです。作っているのは自分なのに、自分の都合をできるだけ排するという、相反することをずっとやっている。

矢田部　自分の都合を排することによって杉田さんらしさが出るというのも面白い話です。

杉田　感覚としては、自分も客席にいる感覚なんですよ。選んだ原作の短歌に対してもやっぱりお客さんの気持ちは今でもずっとある。この短歌を自分が映画にしたからといって、同志とか対等というよりは、お客さんの気持ちで接していますね。お借りしましたと。

東　監督の主観で「これはこうだろう」と短歌の主導権を握ってぐいぐい物語を作ったという感じがしない。そこが非常に気持ちのいいところなんでしょうね。『ひかりの歌』は、ドキュメンタリーを観ているような雰囲気があります。

矢田部　私もそういう香りを感じました。実際ドキュメンタリー的になっている現場でもあって、その空気をそのまま掬い取ったというのもあるんですか。

杉田　はい、第三章は。でも全編にわたって、その場所で働いている人たちは全員本当にその場所の人たちなので。境界を曖昧にするのがいちばん居心地がいいんだと思うんです。自分が嘘をつくラインをどこに設定するか。がっちりフィクションをやっていると、自分の中でどこか「嘘つけ」って気持ちが勝ってしまうんです。舞台での芝居を続けてきた人と芝居自体が初めての人が一緒にスクリーンに映ったら面白いなという。

東　登場人物が必ず意外な行動をするんですよね。予想がつかない。だいたい主人公が次はこうするだろうって映画だとわりと予測がつくような形で進むことが多いですが、『ひかりの歌』は次々に意外なことが起こる。たとえば第一章だと、一緒にご飯を作って食べたりしますよね。でも彼らは別につきあってるわけではない。

杉田　そう、そこがけっこう分かれ道です。映画って映像なのにイメージが貼りつくと終わってしまう。

東　固定化されたイメージを剝がしていくということですね。

杉田　イメージでできているはずの映画は、

始発待つ光のなかでピーナツは未来の車みたいなかたち　後藤グミ

イメージが貼りつくと終わる。それは、私がにわかファンながら短歌に対して持っているものと同じなんです。さっき「レモンの輪切り」とおっしゃいましたけど、レモンの輪切りということで短歌が詠まれたときに、たぶん剝がれるイメージがあると気持ちいいというか。それを使ってそんな一瞬が描かれるんだ、というときがあるとスーッとする。

東　そうですね。それは短歌でもやっている気がします。「レモン」というと「爽やか青春」、そういうのでやっていたらもう本当につまらない。

杉田　穂村弘さんとの対談集『しびれる短歌』の中で、「妹」を女性の歌人が詠んだ短歌と男性の歌人が詠んだときの差、男性が妹を詠んだときにはどうしてこうなるのか、という部分がありましたね。

杉田協士氏

東　男性の場合は理想の妹像を作りがちですね。だけど女性が妹を詠むとけっこう意地悪、非常にリアリティのある女性が詠まれるんですよね。

杉田　恋人が運転する車から妹が降りてきたらという。

東　江戸雪さんの歌ですね。「**ねばねばの蜜蜂のごといもうとはこいびとの車から降りてくる**」。

杉田　悪意があるという話でした。

寺井　どっちも面白いと思いますね。男性から見た綺麗で理想的な「妹」像の典型的なイメージの美があるし、女性から見た辛辣で生々しい描写にも迫力がある。意外性があるのは後者ですよね。

矢田部　さっきの監督の言葉は映画批評用語でいうと「クリシェを避ける」ってやつだと思うんですけど、いかにクリシェを避けるかというのが今の映画のキーな気がしています。そういう意味では『ひかりの歌』は東さんが指摘なさったように「こうなるだろうな」というところをことごとく外していく快感、クリシェに絶対行かない気持ちよさがあるんですね。

東　あと、ほとんど会話をしないですよね。言葉で言わずに沈黙でわからせる。それもすごい。

台詞が心を揺らす

杉田　『ひかりの歌』に入る前から、ここ数年思うようになったのは、映画の台詞ってやっぱり言葉がこの世に放たれたときに、揺らすもの。人が立って歩いたらカメラで追いやすい、というように動くものを撮る表現なので、その言葉が誰かの口から出た瞬間にどんな些細なことでも何かが揺れたり、誰かの視線がふっと落ちたり、聞こえてきた言葉に顔をあげたり、みたいな動きを起こしていくのが映画の台詞なのではないか、と思い至っています。

矢田部　なるほど。ある種の動きを起こすもの。

杉田　何かを揺らすもの。

東　それって小説を書くときにもすごい参考になります。心を揺らすときだけしか台詞を書いちゃ駄目というのは。

寺井　心の揺れというのは根本的な問題ですね。気になるのは、言葉に感動することと映像に感動することの違いです。映画の一場面にぐっと感動して、それがずっと忘れられなくなることと、詩歌のフレーズが心に留まり続けることには、微妙な差があるように思います。どちらかがどちらかを

100円の傘を通してこの街の看板すべてぼんやり光る　沖川泰平

含むような関係だとも思えない。

矢田部　映画は時間芸術なので、テンポとかリズムがとても大事だと思うんです。言葉じゃなくて、役者が発する台詞のリズムがより重要なんじゃないかな。そこが上手くハマると快感にもなる。言葉の中身に感動するよりも、そっちのリズムの快感のほうが映画の台詞には重要なんじゃないかなと思います。たとえば映画の台詞で感動したことを思い出すと、必ず役者さんとセットで、役者さんのことを思い出さずに台詞だけ思い出すことって、まあないですよね。となるとやっぱり、役者さんの口調というのが大きく影響しているんじゃないかなと思います。

杉田　だから、誰が演じているかも大事で、その人がすでに持っているものがあって、そこに目を向ける作業をしていったほうがいい。作り手全体にも言えると思います。本人のコントロールの及ばない、どうしても出てしまうリズムに気づいてやっている人の作品が魅力的だと思うんです。

東　自分に気づいている人のほうが作品としてよいというのは、すごくいいことを教えてもらったような気がします。

寺井　短歌や詩の言葉には、「ああいう歌があったよね、作者が誰かは忘れたけど」という記憶のされ方がありますね。詠み人知らずの的と言ってもいい。

東　そうなると、その人の呼吸とかは関係ない。でも出た時点ではその人の呼吸がどうしてもある。

寺井　まさにそうですよね。

杉田　「ねむらない樹」の二号を読み返していたんですけど、私は山階基さんの歌がすごく好きだったんです。山階さんの「一瞬のさらに一瞬」みたいな、『キャプテン翼』みたいなところ。たぶん一秒ぐらいじゃないかというところを、時間をかけてやるアニメみたいな。

寺井　山階さんは日常詠の名手ですよね。

東　そうですね。平たい日常、だけどそこにエモーショナルなものが宿っているのがわかる。すごく特殊な作品。名前を消しても山階さんかなって思う。

寺井　私は「三基あるエレベーターがばかだからみんなして迎えに来てしまう」が好きですね。これも一瞬のことでしょう。

杉田　映画で手触りだけを記憶していることがある。

矢田部　振り返ったときに一瞬のシーンが印象に残って、それを頼りにちょっとあれをもう一回観直そうとかというのはあります。一瞬の表情とか、風とかが結局残っていく。そこをよりどころにしていくというのはあります。

寺井　もう言葉でもなくて、一瞬の風とか、光の具合とかですよね。

杉田　映画館で客席に座って、そういう瞬間を待っているという感じじゃないですか。そういう、風が吹くのを待ってる。その感覚と、自分が現場で映画を作っているときの、カメラの後ろにいるときの感覚は同じなんですよ。そういう瞬間のために脚本を書いてるし、「吹くと思う」って言いながらやっているんですよね。

距離がすべて

矢田部　たとえば僕は、『ひかりの歌』でいったら、いちばん最初に今思い出す場面って、やっぱり一話の高校生としーちゃんの距離なんですよね。あの距離感、あの行

矢田部吉彦氏

為自体がもう崇高だと思うんですよ。言葉じゃ説明できない。あの絶妙な距離が、もう離れないですよね。そういう、説明できないんですけど、風ですね。

杉田　撮る側としては距離がすべてなんですよね。こういう場面があって、じゃあそこにいる人とそこにいる人がどういう距離でいるか、というのもそうだし、その場面を前にした私やスタッフがどういう距離でそこに立つかでけっこう決まっていっちゃう。本当は私は『ロボコップ』みたいな映画が大好きなんだけど、おまえはその距離じゃないだろうっていう。そこを間違えると失敗する。

東　確かに監督の主観は感じられなくて、あくまで登場人物の心の揺れで持たせている。女の子の繊細な揺れとかをどうしてこの監督はわかるんだろうって思いながら観ました。

杉田　短歌で不思議だなと思っているのは、その短歌を詠まれたご本人が朗読をすると、全然違う。その人の声を聞く前に思っていた短歌と違う何かになっているというか、何かそわそわしちゃう。

寺井　わかります。文字で読んでいるときは自分の脳内の再生装置を使っているから、作者本人の声質とか音量とは違うんですよね。意外と定型重視なんだな、とか。

杉田　その短歌は詠んだ本人のものであるはず。でもその本人の声で聞いたら別の印象をうける。

寺井　二通りの正解がある、という感じですね。脳内の再生も誤りではないですし。

杉田　それと必ず皆さん二回読むじゃないですか。短歌は必ず二回読む。

東　必ずではないですけど、そういうことが多いかなあ。塚本邦雄さんは難解な前衛短歌を作られる人なんですけど、ご本人の声は高めの関西弁で「**馬を洗はば馬のたましひ冱ゆるまで……**」は「う」にアクセントを置いた読み方をされたんですよ。

寺井　「**馬を洗はば馬のたましひ冱ゆるまで人戀はば人あやむるこころ**」。荘重で厳粛な歌だと思ってたのに、ということかな。

東　もう落語家が喋るような感じで早口で読み上げられて、全然違う歌みたいだって思ったことがありますね。

矢田部　一五三分という長さがこの映画のよさでもあるんですけどね。長い映画を撮っていい人と撮っちゃいけない人がいると思うんですよ。今はフィルムじゃなくなって映画をいくらでも回せるようになっちゃったから、ちょっと長い映画を撮ろうとする人が増えてきていて、でもやっぱりあまり誰もが許されることではない。杉田さんのこの作品は、この長さを聞くと最初はちょっと慄《おの》くんですけど、観始めた瞬間に時間の流れが変わるというか、全然長さを感じない。時間を忘れる感じなのが、この映画の一つ画期的な部分だと思いますね。

杉田　あと、長回しは怒られます。短歌でもないですか。字余りは怒られる、みたいなこと。さっき定型がとおっしゃいましたけど、定型を外して書くと怒られる、みたいな。

東　今は怒る人も減ってきてるかな。私より年上の歌人には、「五・七・五・七・七」の「七・七」の最後の部分を「四・三」とかにすると「四・三のリズムは駄目だ」と怒る人もいます。

杉田　やっぱりあるんですね。

東　そういう厳しい方もいます。今は全体的に、怒る人が少なくなってきた。私ぐらいの世代がベテランになってきたので、わりあいいい加減になってきているような気もします。

寺井　規範的な意識はかなり薄まった気がしますね。作歌にあたってはこうせよ、という方法的なことも、生き方に関わることでも、きつく言う人は少ないですね。

東　そうですね。私たちが始めた頃は、「そんな生き方じゃ駄目だ」みたいな、生き方批判みたいになることもあったんですけど。

寺井　短歌の表現に人生が凝縮されている、というような見立てですよね。

――　杉田さん、矢田部さんはどれぐらい短歌を読まれているんですか。

杉田　穂村弘さんの『シンジケート』は十九歳ぐらいのときに買いました。でも短歌に触れるのはそれきりでした。

寺井　それはきっかけがあったんですか。

東直子氏

杉田　きっかけは、中学時代から仲良しだった数少ない友人の一人に恋人ができて、その人が歌を詠む人だったんです。それで勧められたのが記憶に残っていて、大学の近くの書店に行ったときに見つけて。それと帯文が大好きな大島弓子さんだったのも大きくて。あ、それと、本を開いたら体温計の歌**（体温計くわえて窓に額つけ「ゆひら」とさわぐ雪のことかよ）**にすごい感動したのを覚えています。でも、そこで終えてしまったんです。ただ、その一冊はその後もよく開いて読んでましたね。

東　じゃあ、短歌というより詩集を読むような感覚で読んでいた感じなのかな。

杉田　そうですね。すごいと思って、短歌にはとても手が届かないという感覚になりましたね。だから私の中で短歌とはどんなイメージだったかというと、『シンジケート』です。

自分を観客と想定する

矢田部　ご自分では詠んでないの？

杉田　冗談みたいにやるときはあるんですけど、私が詠めて書けるのは散文の散文、意味一つ、みたいな。今日の出来事をただ三十一文字にした、みたいな。

東　そういうタイプの短歌もありますけどね。

杉田　それしかたぶんできないですね。だからすごく憧れというか。あと、短歌ってやっぱりちょっと自分のことになっちゃうじゃないですか、うっかりすると。自分のことに向かうのが嫌なんですよ。映画もそうだし、小説もごくまれに書きますけど、自分に絡んだ瞬間にどこか引いちゃう。

東　自分に絡むって、自分の内面と？

杉田　自分の経験とか、自分の身近な題材が入ってこようとすると避けがちな気質。

東　それは、読んだ人が「あ、杉田さんはこんなことを思ってるんだ」と思われるのが嫌なのか、それとも自分のものが思わず出てしまうのが嫌なのか。

杉田　それはもう、恥ずかしい。実は笹井宏之賞第一回を勢いでやろうとしたんです。五十首ですよね、やり始めてやめました。

東　ええー！

杉田　自分の枠じゃないジャンルでいきなりコンテストとかに出すのって好きなんですよ。写真もそうだったし。でも短歌は無理でした。私にはそんなに気軽にできるものではなかった。

東　では、いくつか作品は残ってるんですか。

杉田　パソコンに残っています。

東　読みたいですねえ。

寺井　杉田さんは映画でも短歌でも、すごくお客さん、鑑賞者の側に寄りますね。先ほども現場でカメラを覗く感覚と劇場の席にいる感覚は変わらないとおっしゃっていた。映画を撮ってはいても、意識はずっと劇場で観る側なんですね。

杉田　そうですね。作り手という感覚はあんまりないんですよ。

矢田部　作るときは自分を観客に想定していますか。

杉田　はい、自分も観客。

矢田部　でも、お客さんのことを考えて映画を撮ってますかという質問に対しては、どう答えますか。

杉田　めっちゃ考えます。現場の基準はそれですね、やっぱり。

東　第一の観客である自分を納得させるというか。

杉田　そうですね、客席の最前線。

東　でも面白いのは、杉田さんのいちばん好きな映画が『ロボコップ』だということ。『ひかりの歌』からずいぶん離れてるように思うんですけど、共通点はどこですか。

杉田　『ロボコップ』もやっぱり謎の表情はありますよ。なんであの主人公はあの顔をしたんだろうっていう瞬間は山ほどありますね。

寺井　でも「観客のことを考えている」ということと「自分が観客だ」ということは微妙にレベルが違いますね。そういう場合、たとえば映画への批判はどう出てくるのか。

東　倫理的に駄目とか、そういう批判は？

杉田　批判の場はあまりないです。「ねむらない樹」を読んでいても、「ニューウェーブ30年」のイベントのことでこれだけいろんな人がちゃんと言える土壌って映画にはないなと思いました。

東　関わっている人間の数が全然違うというのもあるんでしょうけど。

寺井　短歌は密ですね。距離が近い。

東　村みたいですものね。

杉田　村にしては大きくないですか。

東　ネットが発展する前は本当に小さかった感じがしますね。

杉田　映画の人同士では、公の場ではあまり言わないですよ。たとえば立教ヌーヴェルヴァーグはどうなんだ、みたいなことは聞いたことがないです。

東　映画をみんなで一緒に観て批評会をやるとか、そういうことは。

杉田　勉強会みたいなものはないですね。

東　学校というのはありますよね。

杉田　学生の頃は切磋琢磨、みんなで競い合っていました。

東　学校を一回出ちゃうとね。でも映画祭とか、そういうところでまた仲間が観たりするけど、映画祭で批評会とかはしないですか。

矢田部　批評会をするような場というのは確かにないですよね。だから、そういった意見があまり表に出てこないと思いますね。ただ、絶対にみんながみんな互いの作品を讃え合っているような世界では決してないです。

杉田　映画はそこがまだ未熟です。「ねむらない樹」を読んでいると、そういうのがすごくよくわかります。

寺井　映画評論家という存在はいるわけですね。それは映画の作り手とは違う、ということなのでしょうか。

矢田部　そうですね。

寺井　そこが短歌の世界だとほとんど一致するんですね。映画は作り手同士の批評がないようですが、短歌では批評する人が作り手でもあるという。これはこれで、外野的な眼が出てきにくいという点で閉塞的というか、後進的かも知れないですね。結局、短歌のなかの話に終わってしまうというか。

寺井龍哉氏

杉田　短歌のほうが大変ですね。ブーメランだから。
寺井　小説に対する文芸評論は、ここを分離していますね。でも短歌は秘教化する。
杉田　そうなるとやっぱり若い人は言いづらくなるんですかね。
寺井　そうですね。構造的な圧はあると思います。積極的に発言される方もいますが、受け容れられるのは難しい。
東　でもここのところはすごく変わってきていて、私が始めた頃は時評って六十代とか、せいぜい五十代が書いてたけど、今は三十代とか若い人が多くなりました。

詩歌に関する映画の今後

――　監督はまたチャンスがあれば短歌と映画というのをやってみたいと思われるのか、それとも今回でもうこれは、と思われるのかお聞きしてもいいですか。
杉田　まあ寿命との相談というか。この、光をテーマにしてコンテストをやって映画にしますって言って、もう五年ぐらいかかっているんですよ。「次はどんな短歌のテーマで、あと何首やるんですか」とか言われたんです。でもそれで私は死んでしまうと思うので、残りの人生をどうするのか、と関わってくる。でも正直、短歌を映画にするというのは自分がやってきたこととすごくウマが合ったから、気持ちの中ではずっと仲良くはしていたい。いつでも動けます。ただ、もし一緒に何かやってくれる人がいた場合には何年かかかりますよ、と。
矢田部　杉田監督は新ジャンルを開拓した感じもするので、また観たいという気持ちはとてもあるんですよね。短歌を扱った映画って、あるようでいてそんなに多くないですし、かつそれほどすべての作品が多くあるわけではないので。次とは言わず次の次ぐらいで何かまた観たいなという気がします。
杉田　よく思うんですけど、たとえば短歌じゃなくても、二時間ぐらいの映画だとしたらたぶん原作の小説は原稿用紙に二、三十枚だと思うんです。でもよくすごい分量の小説を映画にしている。あれは無茶だと思っていて、たぶん二十枚、三十枚ぐらいの短い小説を普通に描いたらいっぱいになっちゃう。やってみてわかったんですけど、短歌も一首やるだけで結構かかる。本気でやると長くなってしまうんだということでした。だからたとえば歌集一冊を丸ごと映画化というのは、別の何かになると思います。それは創作になると思う。
矢田部　なんかこう、伸び縮み無限というか、一首で九〇分とることも可能ですか。
杉田　九〇分はきついかもしれない。なんなんでしょうね。
寺井　映像のほうが長くなりすぎてしまう、という問題もありますね、おそらく。
杉田　その一瞬を光らせるのに必要な幅みたいな。あんまりここがありすぎると、もう一個ぐらい光が欲しくなる。その人の人生のこのポイントと、あともう一つ、実はこういうのもあったよね、みたいな部分が必要になる。
矢田部　短歌を映画化するにあたっての理想的な尺というのが実はある、というのは大発見ですね。
東　そういう作り方をされる方はたぶん珍しくて、本当にそれは短歌のいいところをちゃんとわかって作っていらっしゃる。ツイッターの感想とかを見ると、映画もよかったし短歌もよかったという人がいて、それがすごく嬉しかったんです。けっこう何かのサービスみたいに、「ここポエジー出しときました」みたいな感じで詩が使われたり短歌が使われたり読まれたりするのが嫌なんですよね。だけどそうじゃない使われ方をしていた映画は初めて観た気がします。つまり、それまで詩歌がアイテムの一つみたいな、何かの小道具みたいになってる感じ。それがよくないってわけではないんですけど、使われ方によっては安易な感じがしてしまうんです。そこを回避している。

杉田　それぞれの歌が持っている謎に対して謎をぶつけているだけというか。解説をしたいとも思わなかったし、解説できないし。自分もその謎に惹かれているから、その謎を自分は映画を作るというやり方で「自分が惹かれたのはこういうことであろう」というのを並べた。

寺井　それは杉田さんの姿勢にも大きく関わりますね。まったく新しく何かを提示するというより、映像に対しても短歌に対しても、何かずっと見ているような感じですね。

杉田　役割にはしたくないんですね。映画がこの短歌に対して何かの役割というのでもないし。

東　逆に短歌が役割でもない。コラボレーション。

杉田　短歌のアプローチはこうであって、それに対して映画はどうアプローチできるかな、という意識がベースにあるかもしれません。

矢田部　さっきの話の映画との比較の話ですけど、ただ単にその映画の中の心情なりを説明するためだけに詩歌が使われているケースがとても多いと思うんですよね。それが成功しているときもあるとは思うんですけど、やっぱり映画としてより面白いのは作り手、この場合は監督なり脚本家の人がその歌からどういう解釈を広げたか、という作品のほうが映画としても確実に面白くなると思うし。ただ、それほど数があるわけでもないな、と。たとえばイギリスの詩が読まれる外国映画はそれなりにたくさんあると思うんですけれども、じゃあ日本で詩歌が用いられる映画がたくさんあるかというと、それほど多くはない。

――　今後日本でも詩歌に関する映画は増えていきますかね。本日はありがとうございました。

（二〇一九年四月十九日、珈琲西武にて収録）

歌人に勧めたい映画

・杉田協士さんのオススメ
『アンナと過ごした４日間』
（イエジー・スコリモフスキ監督）

・矢田部吉彦さんのオススメ
『乳房よ永遠なれ』（田中絹代監督）

・『ひかりの歌』東京凱旋上映
8月3日（土）～8月12日（月・振休）
東京都写真美術館ホール（恵比寿）

・『ひかりの歌』オフィシャルサイト
http://hikarinouta.jp

座談会を終えて

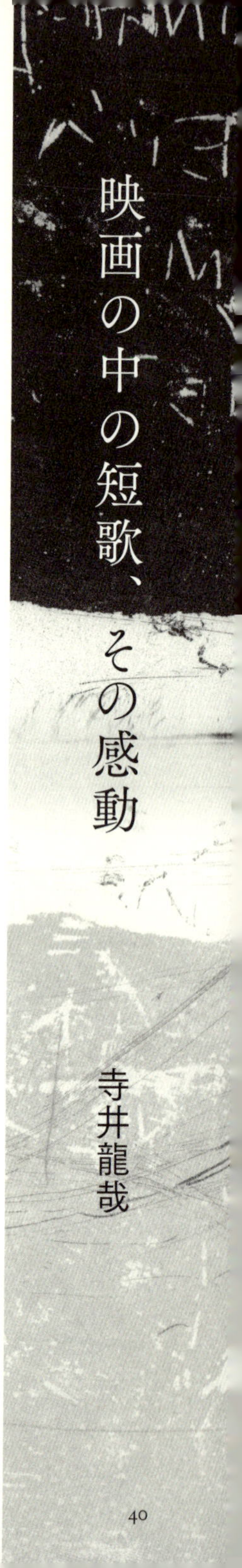

映画の中の短歌、その感動

寺井龍哉

高校生のころに池袋の映画館で黒澤明監督の『どん底』を観た。ぼんやりとした表情の老人に扮した左卜全の顔がスクリーンに大きく映し出されたのを見て、突然、全身が硬直するような感覚に襲われた。崖に囲まれた陽かげの棟割長屋で江戸の貧民たちが世間話を交わし、椀を打ち鳴らして放歌する様子を描いた群像劇ふうの時代ものだが、ところどころに気の抜けた左卜全の呟きが挿入されるのが可笑しかった。私がどうして全身に感動をおぼえたのか、今となっては思い出すこともままならないが、私は映画の提示する物語や登場人物の感情の機微に感動したというわけではないということは確かだ。私の知らない場所で、ひとりの人間がある表情になったというそのことが映像に残り、どういうわけか私の目に届いてしまった、そのことに心を動かされたのだとさえ思える。

同じような瞬間はその後も何度か訪れた。『トスカーナの贋作』で老作家と彼の講演に訪れた女性は夫婦と間違えられたことをきっかけに長年連れ添った夫婦を装いはじめる。そのジュリエット・ビノシュが見せたかすかな笑みがどうにも忘れられない。『ミッション・インポッシブル3』の終盤で中国の田舎町を全力疾走するトム・クルーズの姿が物語の展開上の役割をはるかに超越して印象的であることには、三度目に観てようやく気づいた。人物でなくてもいい、『ＴＳＵＧＵＭＩ』の冒頭に映し出される四ツ谷や銀座の雑踏、そして海辺の光景は私を陶然とさせる。なぜなのか。あるときあるところに、たしかにそうであったということが、そのこととは全く無縁のはずの私に直接に届いてしまうかのように思えるからだろう。そのはるかな時空の距離に気が遠くなるのである。

短歌にもそういうところがある。歌集を読むときは、たいていひとりの作り手をその背後に仮構して作品を読む。そしてその人生の転変や境遇によって感動がもたらされることもあるが、一首の歌に感動するというとき、作り手の経歴や属性はその感動から遠のいて、ほとんど意識の外に置かれることも多い。ただ、そのときの作り手の心に何が起きたのかということが、まったく地点も時点も異にした私のところに届いてしまう。すくなくともそう思えてしまう。そういう一首に出会い、そういう経験を得ることを期待して、また一冊歌集を開くのである。

それでは短歌が映画に登場するときには、どのような感動が発生するのだろうか。小道具のような扱いをされる場合も含めれば、映画のなかに短歌の作品が映りこんでくることは意外に多いようだ。『地獄でなぜ悪い』のヤクザの事務所で組長（諏訪太朗）の背後に柿本人麻呂の歌をしたためた書が掛かっていたり、『凶悪』

の死刑囚（ピエール瀧）から雑誌記者のもとに送られてくる手紙に狂歌ふうの一首が書きつけられていたりする。以下、映画のなかで、より明確に短歌が観客に示される例を見てみたい。

◇

現在も活躍中の映画作家で最も意識的に短歌を映画に引用してきたひとりは新海誠だろう。『ほしのこえ』や『秒速五センチメートル』に顕著なように時間と空間を大きく隔てた誰かとの紐帯を求める葛藤が新海作品のほぼ一貫した主題であり、その関心が作中への短歌の引用という試みを導いたようにも見える。『言の葉の庭』は靴職人を目指す男子高校生の孝雄（入野自由）と女性教師の由香里（花澤香菜）との交情を、雨の日の新宿御苑を中心に描くアニメーション作品である。『万葉集』所載の「**鳴る神の少しとよみてさし曇り雨も降らぬか君を留めむ**」、「**鳴る神の少しとよみて降らずとも吾は留らむ妹し留めば**」の二首が、二人が暗唱しあう歌として引用されている。一首目は、訪ねて来てくれた男に対する女の風情で、雷が少し鳴っているが雨でも降らないだろうか、そうなればあなたを引き留められよう、という。二首目はこれをひきとりつつ、雨が降らなくてもあなたが引き留めるなら私はとどまろう、と返す男の口吻である。雨の降る日に公園で出会った二人の、関係を持続させようという心理が象徴的に示される。

また二〇一六年の『君の名は。』は地方の女子高校生・三葉（上白石萌音）と東京の男子高校生・瀧（神木隆之介）が睡眠を機に入れかわってしまう、という奇妙な事態からはじまる大ヒット作だが、ここでも『万葉集』から「**誰そ彼とわれをな問ひそ九月《ながつき》の露に濡れつつ君待つ我そ**」が引用された。三葉が学校の授業で出会うことになっているこの一首の意味は、あなたは誰だと私に訊ねないでください、九月の露に濡れながらあなたを待つ私ですよ、ということになる。私とあなたの仲だから、わかっているでしょう、という親しげな調子がある。遠い距離を隔たった二人の間にふいに生じた関係がやがて深い紐帯に発展してゆくことを暗示するとともに、「誰そ彼」が想起させる夕暮れの時間帯が作中のクライマックスで持つ意味の伏線にもなっている。作品の中盤で瀧が生きている時点はすでに三葉の死後であり、二人の入れかわりは場所のみならず時をも超えていたことが判明する。瀧は三葉の暮らす場所を目にしておきながら、数年前に同地で発生した大規模な隕石災害のことに思い至ることすらできなかったのである。本作が青春恋愛映画にとどまらない意味を持つのは、地方と都市、過去と現在の間に横たわる歴然とした格差を浮き彫りにし、両者の架橋が、まさに身体を交換するような全身的な没入によってようやく可能であることを訴えたからだろう。その距離を歌がつなぐ。

既存の歌集から歌を引用しつつさらに表現を展開させた例としては、すでに寺山修司が自身の歌集に材を得た『田園に死す』があった。自身の半生を映画化しようとして、次第に自分という存在の所在がわからなくなってゆく混迷を描いた作品だが、冒頭では寺山の短歌が字幕で表示される。「**大工町寺町米町仏町老母買う町あらずやつばめよ**」など四首が画面に示され、禍々しい雰囲気とともに恐山という土地の特殊性を印象づけてゆく。『ゾンからのメッセージ』（鈴木卓爾監督）は「ゾン」と呼ばれる現象によって外部に出ることができなくなった一地域を描く奇妙なSFだが、ここにも寺山の歌が出てくる。布団に横たわりながら、海を見たことのある晶（飯野舞耶）に、見たことのない道子（律子）が「**海を知らぬ少女の前に麦藁帽のわれは両手をひろげていたり**」を例にとって説明を促すのである。暗く静かな空間に広がる豊饒な海のイメージが鮮烈だった。

また短歌史上最大のベストセラーと言える俵万智の『サラダ記念日』の歌が豊富に引用された映画が『男はつらいよ　寅次郎サラダ記念日』（山田洋次監督）である。テキ屋稼業の車寅次郎（渥美清）が地元の葛飾・柴又と日本全国を漂泊する人気シリーズの四十作目として製作され、長野県は小諸の医師・真知子（三田佳子）と東京の大学に通うその姪の由紀（三田寛子）と寅次郎の出会いが描かれる。全編で十首以上の短歌が白い字幕で画面に表示されるが、それらはおおむね、大学で国文学を専攻する由紀が趣味で作ったものとして示される。寅次郎が真知子の気持ちに応えられずに、彼女に知らせることなく小諸を去ってゆく場面では、由紀に真知子への思いを問われた寅次郎は、質問には答えずにサラダを口にしてその味を褒める。その後に「寅さんが「この味いいね」と言ったから師走六日はサラダ記念日」と出る。言うまでもなくこれは歌集の表題作「「**この味がいいね」と君が言ったから七月六日はサラダ記念日**」のもじりである。ラストでは寅次郎の妹夫婦（倍賞千恵子・前田吟）が由紀の短歌を歌集として刊行しようと準備をしており、あたかも歌集誕生の前史を語るような趣になっているのも興味深い。その他の点でも、映画は歌集『サラダ記念日』の歌の配列を解体し、既存のシリーズにそぐくして新たな物語を編成しているといえる。歌集刊行が八七年五月、映画公開が翌年十二月という早さである。

その八八年十月に公開された『華の乱』（深作欣二監督）は、大正期の社会と芸術の諸相を描いた絢爛たる群像劇であり、与謝野晶子（吉永小百合）と鉄幹（緒形拳）、有島武郎（松田優作）の関係を軸に歌人の山川登美子（中田喜子）、社会運動家の大杉栄（風間杜夫）、その妻の伊藤野枝（石田えり）、舞台俳優の松井須磨子（松坂慶子）、劇作家の島村抱月（蟹江敬三）、婦人雑誌記者の波多野秋子（池上季実子）の愛憎が交錯する。冒頭では妻子のある鉄幹のもとへ向かう晶子の人力車が、夜桜が吹雪のように輝きながら舞っている道を駆けてゆく。到着した鉄幹の居室にも窓から桜が吹き込んでいる、そのなかで二人は愛を交わし、吉永の声と字幕で「**乳ぶさおさへ神秘のとばりそとけりぬここなる花の紅ぞ濃き**」、「**春みじかし何に不滅のいのちぞとちからある乳を手にさぐらせぬ**」の二首が立てつづけに示される。情熱の奔流が印象的な歌だが、その交情から年を経て、幾人もの子をなしたのちに晶子の情熱が鉄幹から有島武郎との不倫の恋へと移ってゆく日々が映画の中心となる。そこへ須磨子と抱月、鉄幹と登美子、有島と須磨子の関係が入り乱れ、そして有島と秋子の心中という結末へとめまぐるしい転変をたどる。その合間合間に子どもたちの世話をして執筆に励む晶子の姿をはじめ、女性たちが固定された社会的役割のなかで苦しみ、疲弊してゆく様子は痛々しくもあり、秋子を愛しながらその能力を貶め嘲笑するその夫（成田三樹夫）の家に数多くの人形が並べられているのも恐ろしい。有島と秋子の死後には「**書かぬ文字言はぬ言葉も相知れどいかがすべきぞ住む世隔たる**」が示され、濃密な心情を簡潔に提示することに短歌が寄与しているようである。松田優作は本作公開の約一年後に病没している。

また近年では『さようなら』（深田晃司監督）も印象的だった。人間とアンドロイドが共演する、平田オリザ原作の舞台を映画化した作品であり、本作にもアンドロイドが登場している。全国各地の原発事故により住民たちは大規模な避難計画に沿った国外退去をすすめることになるが、日本国外からの難民や犯罪歴のある者は計画内部での優先順位が低いらしく、アフリカからの難民のターニャ（ブライアリー・ロング）はアンドロイドのレオナ（ジェミノイドF）と自宅で過ごす。レオナは折々に、ターニャに谷川俊太郎やランボーの詩を暗唱して聞かせるのだが、病弱なターニャが、何か励ます詩を読んで、と求めると、レオナはすこし視線を上げるようにして、若山牧水の「**いざ行かむ行きてまだ見ぬ山を見むこのさびしさに君は耐ふるや**」を二度くりかえす。さあ行こう、行ってまだ見たことのない山を見よう、その寂しさにあなたは耐えられようか、という歌である。また、親しくしていた佐野（村田牧子）が自死を遂げ、結婚を約束していた敏志（新井浩文）にも去られた後、ターニャは草原に腰を下ろしたレオナの膝を枕にしながら、牧水の歌に似たのがあった、とカール・ブッセの「山のあなた」を口ずさむ。「山のあなたの空遠く「幸《さいはひ》」住むと人のいふ。噫《ああ》、われひと〻尋《と》めゆきて、涙さしぐみ、かへりきぬ」と続くこの詩は上田敏のこの訳が知られ、山の彼方の空のようなはるか遠くには、幸福が住んでいると人が言う、ああ私も人とともにそれを探し求めて、泣きながら帰って来た、という内容である。さらにターニャは牧水の「**幾山河超えさり行かば寂しさの終《は》てなむ国ぞ今日《けふ》も旅ゆく**」を思い出す。やがてターニャは、幸せを求めるのか寂しさを消すのか、という問いを残して死んでゆく。人間の言動を通じて感情を学習するアンドロイドと、アンドロイドに社会の不条理や孤独からの救済を求めようとする人間の非対称的な関係が悲劇の焦点だ。そして「寂しさ」が消えることや「幸」を見つけ出すことの追求が牧水にもブッセにも、今の私にもあることが実感されてゆく。

　今年一月に公開された『ひかりの歌』（杉田協士監督）は四首の短歌から四本の物語を展開する。加賀田優子の短歌「**反対になった電池が光らない理由だなんて思えなかった**」をもとにした一話は、高校の美術講師を務める女性（北村美岬）の同僚や生徒との関係を描く。親友は旅に出て、生徒からはふいに愛を告げられてしまうなかで孤独は深まる。短歌は光の点かない電灯をうたっているが、人間関係の破綻の背後に実は決定的な原因があったこと、そしてそれに気づけなかった状況を暗示して切ない。各四話の冒頭と最後に歌が表示され、映像の記憶を一首の言葉とともに反芻できる流れになっている。短歌と映画の交響に新たな手法をもたらしたと言えよう。

◇

　歌の言葉は読者の耳目にとらえられることによって感情を喚起し、過去の誰かの感情と共振するような感覚をもたらす。それは、なにげなく画面にとらえられてしまった何ごとかが私のなかで突然に重大な意味を持ってしまうことにも近いだろう。映画のなかで短歌が示されたとき、その感動は増幅され、強烈な印象をともなって記憶されるようにも思われる。

輪

田口綾子

子　まつくらな部屋で求めてゐたものをジグソーパズルのやうに集める

丑　抱きしめる　その傷跡もかなしみも一緒にゐられることを望むよ

寅　かなしいときもうれしいときもまつすぐに顔を上げればきんのきらきら

卯　記憶はひとを壊すものだといふ記憶、抱へたるまま跳びはねてゆく

辰　雪の中に生きると決めつ融けるとき春が来るなど信ぜずにゐき

巳　変はるのも悪くはないね　弟の（兄《僕》にだんだん似てきたる）笑み

午　ためらはずわれを望むといふ君の心臓に生まれてきたかつた

未　守れるつて信じてたとき守る、つて一方的な約束だつた

申　ごめんなさいと頭を下げてゐるあひだ私はこの世界を見てゐない

酉　止まり木を求めざりし日　あの空を翔ぶとふ自由のわれにはありき

戌　どんな手を使つてもいい　真実を知りたる椿は咲きつつも落つ

亥　許されたいと希ふ気持ちが大きすぎていつも突撃するほかなくて

猫　憎まなくても生きていけるといふことを、ただ生きていけるといふことを

神　僕が神《僕》でなくなりわたし《僕》に戻つてもそこに咲き続けるよね、椿

*　大丈夫です、分かつてゐます　おにぎりが背負つた梅の重さのことを

目のごみ

内山晶太

無口になりたいというツイートを下書き保存してからの、消す
掃きあつめたりし枯れ葉へ風、に葉は園児かというほどほとばしる
神田のあたりをわたしひとつらの列車となり過ぎてゆくたくさんの窓辺を
オリーブのあぶらを垂らししたたらしときどきはフライパンまでとどく
みつばちの性欲なら少しわかるかもしれずスズメバチのそれより
春がしだいに浮き彫りにしてゆくものはせいたかあわだちそうの骨組み

降ると見て、見つめてゆけるはなびらの捻れつづけてゆきながら降る
不安といえば不安ではなくなるものにしろつめくさの花輪をかけて
電信柱にくくられてあるドラム缶ではなくてそれに近いかたちの
ビルというビルおそろしく仰ぐその自責のごとき窓の白さを
マンゴーの腐れるところ不思議なるまろやかさあり吐き出だしたり
靴のうらより、なにかしら黒き繊維垂りて登るおとこのうしろを登る
目のごみの目のうらがわへ入りゆくを摂理のごとく見送りにけり
駅階段をくだりてのぼる　朝見たる萩の記憶はゆうばえながら
すさまじき水の透明を日々の手に掬いて夏は秋へと変わる

灯々

西村曜

五百円玉貯金いくたび挫折してやって来ましたここ神戸港

海や！ってわたしの声にいやここは港だからとかぶせる夫

生きづらさ系と言われて微笑んだおそらく銀河系の系だし

ええ、なにを焦っているのこれだって世界に一つだけのビッグマック

死にづらいだけの生きづらさ牛乳の賞味期限は信じるが吉

「膀胱を甘やかすな」と書いてあるメモの光のはねがわたしだ

誰はなぜ言偏なのかきみはなぜわたしといてもしあわせなのか

解散と再結成を繰り返すふたりを固有名詞に数う

かつて名乗ったハンドルネーム打ちあける夕べ「灯々だよ」「日々？」「灯る二個」

守りたいなんて無様なわたしたち蛍光テープまみれの自転車

息継ぎのように苦しく／楽しくて花火で花火に花火を灯す

「せーかつは順調」きっと長音のままにカルテへ記してくれる

海の日に海へ出かけるたんじゅんにお誕生日に生まれてきたの

ふたまたの生命線のあやしくてきっとそこらでしっぽが生える

一人だよ一人じゃないよどちらでも花火で空は火傷しません

誕生日

中山俊一

縦笛を三分割にして終わる爽やかな午後　綿毛を蹴る

胴上げの群れに散りたる春の塵ついには告げず花道を過ぐ

時計塔十五時五分卒業す母より先に校舎を出でて

ひらかれし密室として貸ボート恋人たちを浮かべておりぬ

別館に用事があるって本館でずっと喋っていた夏の夢

ひまわりの横のいもうと幽かなる編み目の影の麦わら帽子

海賊のひろげる地図の如き風吹きてパラソルなき砂の浜

怒るよと宣言してから怒る人いいなあ雲のひとつ眺めて

われよりもみな先をゆく　飼い犬の糞摑みとるときの夕暮れ

恋人と人形劇を鬱憤が兎の口からあふれんばかり

鏡のない村の娘が奪いあう夜窓を割ったひとりの娘

鏡よ！鏡よ！鏡さん！わたしにも永久歯という歯が生えてくる！

あたためてくださいという恋人の文字を眺めるだけの食卓

風に舞う雪はせきらら風俗へ行こうか自慰をするべきか

微笑みで裂けるくちびる妹は向かいのホームにいるスキー服

殺意の和歌

渡部泰明

和歌と短歌は同類なのか、それとも異なる種類の詩形式なのか。どちらの見方にも応分の理由はあるだろう。私自身は、五・七・五・七・七という形式が共通することを重く見て、同じ範疇にあるものと考えたい。しかし違うものだという見方も、よくわかる。音数律が同じであるとはいえ、短歌には内容の規制はないに等しいが、和歌は極めて様式的で、詠みうる内容が限定されている。題詠の和歌など、その典型であろう。しかし、和歌は、それほど表せないことばかりの、狭い世界なのだろうか。

例を挙げよう。和歌の様式が確立した『古今集』以後には、恋の和歌は基本的に失恋を詠むもので、恋人とデートできて嬉しかった、などと詠まれることは普通ない。たしかに現象的にはそうなのだが、本当にそう言い切れるだろうか。和歌には、後朝《きぬぎぬ》の歌というものがある。明け方の別れが辛かった、と詠む。これは逆に、逢瀬の交情がいかに深かったかを表すものともいえよう。例えば、

白妙の袖の別れに露落ちて身にしむ色の秋風ぞ吹く

は、後朝の別れを詠んだ藤原定家の名歌として知られている。「袖の別れ」は、重ねていた衣を離すことなどと言われている。いずれにしても、肌を重ねていたことを間接的に表現している言葉にほかならない。とすれば、身体を寄せて睦み合う世界が実は前提となっている。秋風が身にしみるのも、二人身体を合わせて温めあったからこそそう感じるともいえる。定家の歌は非現実の世界を屹立させる、などと言われるが、硬質な装いを剥いでみれば、むしろ生々しい官能性が垣間見える。

さて、以上のように考えてみると、意外にさまざまなことが和歌で表現可能である。ではそれを証し立てるために、絶対表せそうにないことを考えてみよう。例えば、殺意はどうだろう。殺意など和歌で表しようがない、だろうか?

忘らるる身をば思はず誓ひてし人の命の惜しくもあるかな

周知の『百人一首』の歌である。忘れられてしまった自分のことはさておいて、神かけて愛を誓ったあなたの命が惜しまれると歌う。皮肉を言っているのか、それともひたすら相手を思っている純愛の表現か、古来解釈が分かれている。原因はやはり、「人の命が惜しい」という言い方の強さであろう。どう捉えてよいか、いささか困惑をもたらすのである。私はここに、手ひどい相手の裏切りに対して、死をもって贖ってもらうことをいつの間にか心に浮かべてしまう気持が、密かに動いていると思う。それはもう、明確に意識されたとまではいえなくても、殺意に近いとはいえないだろうか。一首は、捨て場のない執心が、勢い余って殺意すら抱いてしまう機微をもっとも美しい言葉で表した歌であり、それによって、わが心への鎮魂歌としたものではなかったであろうか。

死なない程度に人間をやる

千野帽子

予定帳の明日の欄に、
「食器用洗剤」と書いていた。
こんな俺でも人間だ。
ごみ袋はお買い得価格！

（HOUELLEBECQ, Michel, "Répartition-consommation" in *Le Sens du combat*. 拙訳）

ミシェル・ウエルベックは小説でブレイクする前に作家論『H・P・ラヴクラフト　世界と人生に抗って』（国書刊行会）、小冊子 *Rester vivant*、詩集 *La Poursuite du bonheur* の三タイトルを立て続けに刊行し、詩集でツァラ賞を受賞した。

あとの二作品は彼のペーパーバック版『全詩集』で読んだ。*Rester vivant* は同書冒頭になんの説明もなく収録され、ミショーや初期ル・クレジオにつうじる熱っぽさと直截なメッセージ性で胸ぐらを摑んできた。散文詩だと思っていたがのちに入手した散文集にも全文再録されていて、エッセイだったらしい。

不都合な真実を口に出し、自分で社会からの疎外を求めて生きるダメ人間、市民的な幸福を捨て後世の理解者へと己の名望を託す不良。創作を邪魔されない程度の仕事（しないと死んじゃうから）とホームレス生活とを行き来する世捨て人。このように彼が掲げる詩人像はヴェルレーヌの『呪われた詩人たち』や澁澤龍彦の『悪魔のいる文学史　神秘家と狂詩人』に登場する不幸な詩人たちを思い出させる体の、正直古臭いものだ。

僕自身は、無頼を気取る甘ったれた〈やさぐれ〉文学者像は好きではない。自分がやさぐれているなどと公言すること自体、見ているだけで気恥ずかしい。けれど一九九一年のウエルベックはおそらくショーペンハウアー経由で「一周回って」この立場を打ち出したのだと思う。ここまで徹底していると逆におもしろく感じるから不思議。後世の具眼の士に認知されることを重視しているのは、一周回っているとはいえいじらしい。

少しは公刊する必要がある。それが死後の認知が発生するための必要条件だ。（二流誌のちょっとした文章であれ）片言隻句も発表しなかったら、後世にも認知されぬままになってしまう。生まれてこなかったのと同じくらい知られぬままに。最高の天才であろうと、痕跡は残しておく必要がある。そして残りの作品を発掘してくれるように文学考古学者たちを信じるのだ。

（HOUELLEBECQ, *Rester vivant : Méthode* より。拙訳）

忘れがたい歌人・歌書

風切羽の輝き

栗木京子

小中英之は一九三七年（昭和十二年）に生まれ、二〇〇一年（平成十三年）に六十四歳で亡くなった。高校生の頃に新聞歌壇に投稿をしたり、高校ラジオドラマコンクールに応募して脚本賞を受賞するなど、若くして文才を発揮し、二十四歳のとき「短歌人」に入会。六七年から九二年までは編集委員も務めた。七九年に角川新鋭歌人叢書の一冊として第一歌集『わがからんどりえ』を刊行。高い評価を受け、二年後の八一年には第二歌集『翼鏡』を刊行した。このとき四十四歳であった。

総合誌への作品発表の機会も着実に増えていったのだが小中はその後に歌集を出版することがないまま、二〇〇一年に世を去った。したがって、生前の歌集は二冊ということになる。歌集を出さないため賞にも無縁で、『わがからんどりえ』が第五回短歌公論処女歌集賞を受けたのみである。

二〇一一年に『わがからんどりえ』以前の作品や『翼鏡』以降の作品（歌集名は『定本過客』）を収めた『小中英之全歌集』が砂子屋書房から刊行され、現在は小中の歌業の全貌を知ることができる。

ただ、若い頃から病弱であったせいか、彼は歌壇的な活動をあまりしておらず、才質の華やぎのわりには語られることが少ない歌人であるような気がする。

殊に第二歌集『翼鏡』は、

螢田てふ駅に降りたち一分の間《かん》にみたざる虹とあひたり

鶏ねむる村の東西南北にぼあーんぼあーんと桃の花見ゆ

無花果のしづまりふかく蜜ありてダージリンまでゆきたき日ぐれ

今しばし死までの時間あるごとくこの世にあはれ花の咲く駅

こうした名歌は世に知られているものの、その他の歌集収載歌に言及される機会が乏しいことを残念に思ってきた。

歌集名の翼鏡とは「鳥の翼の風切羽の部分にあって特別な色彩を持つところ」と広辞苑にある。『翼鏡』収録の作品を制作していた時期（一九七六年から八〇年にかけて）、小中は肺疾患や血液の病気などをかかえて気持ちが鬱に傾きがちであった。そんな彼にとって、短歌とはまさに風切羽を彩る激しくも美しい色合いだったのかもしれない。

孤独とは息《やす》らふためか風の中われと駝鳥は柵をへだてて

亡き人と坐りをりたりお茶の水発ちて左へカーブの緑夜

百合折りて息《やす》らふとなく思ふべしその日ぐらしの夢を少少

一都市の欲望のうへ北へ北へ夜間飛行の音の絶えたり

ばらいろの雲の下なる黒き森いまだ未知ゆゑ凛凛として

さみだれの雨の激しき日の果てに「白樺派」といふひびきかなしむ

怒りこそわが生きの緒の痣ならむ暁《あけ》の雲雀のこゑに目ざめて

暗がりをすぐる風ありためらはず緑樹一枝は翼とならむ

少年の日の春霞かなしけれま白き家兎《かと》を野に葬りて

茅蜩のこゑ夭《わか》ければ香のありてひときは朱し雨後の夕映

十首を抄出してみた。人生の特別なドラマが起こるわけでもなく、珍しい場所へ旅に出掛けたりするわけでもない。風、雲、雨、春霞、夕映などの四季折々の光景に繊細に心を添わせながら言葉が紡がれている。

第一歌集『わがからんどりえ』のカランドリエはカレンダー。フランス語で「暦」という意味であることを重ね合わせれば、彼は四季を含む暦の感覚に対して殊に敏感な作者であったと言ってよいであろう。

一首目の「孤独」、二首目の「亡き人」、三首目の「その日ぐらし」、四首目の「欲望」、五首目の「未知」、六首目の「日の果て」、七首目の「怒り」、八首目の「暗がり」、九首目の「野に葬りて」、十首目の「こゑ夭ければ」など、一首の中にいずれも陰影を帯びた言葉が配されている。そして、その言葉を核にして心象風景がしっとりと、まるで巻紙をゆるやかにほどくかのように綴られてゆくのであるが、一首を読み終えたあとには不思議なことにあまり陰鬱な印象が残らないのである。むしろほのかな明るさにつつまれているような気がしてくる。

癒し、というような安易な感じとは違っている。悲しみを突き抜けたのちの安息に導かれる感じ、とでも言えばよいであろうか。

例えば一首目の「孤独とは」の歌。孤独の寂しさや心細さを訴えかけるのではない。孤独のマイナスの面というよりも、逆にプラスの面に目を向けている。「孤独とは息らふためか」の問い掛けは静かだが、確固とした強さで読者に差し出されている。下句に風の中の駝鳥を登場させたのも場面に精彩を添えており、柵をへだてて向き合っているからこそ、孤独に豊かな存在感が醸し出されている。

「息らふ」という表現は三首目にも見られるが、こちらはやや余裕を感じさせる。百合の花を愛でつつ過ごす日々は一見すると優雅だが、じつは「その日ぐらし」なのですよ、と言っている。自虐というよりも自己客観の眼差しをうかがわせる歌である。

また、掲出歌の中でとりわけ印象深いのは十首目の「茅蜩のこゑ夭ければ」の一首。この歌は歌集の掉尾を飾る一首である。小中の歌は全体的に静謐な雰囲気を持っていて、賑やかに音が出てくることが少ないのだが、この歌では茅蜩の声がすずやかなアクセントとなっている。夏から秋にかけて、夜明けや日暮の頃に「カナカナカナ」と高く澄んだ声で鳴く茅蜩。まだ頼りなさそうな茅蜩の声について「こゑ夭ければ香のありて」と表したところに惹かれる。そして下句では、声の香りが雨後の夕映の朱色へと移行してゆく。空間を満たす夏の情感の比類ない神秘性に魅了されるのである。

越境短歌

補助線を引きながら

倉阪鬼一郎

短歌から俳句に転向したのは、昭和から平成に変わったときだった。べつに改元とは関係がないのだが、そのあたりで感慨がなくもない。いったん短歌をやめた理由は、三十年ぶりの第二歌集『世界の終わり／始まり』のあとがきに記したとおりだ。「言葉数が多い短歌には意味がべたべたとまとわりついてきます。それがどうにも鬱陶しく、風通しが悪く感じていたような記憶が残っています」。その短歌を再開した理由も、あとがきで述べた。「意味がべたべたとまとわりついてきて鬱陶しかったのはあくまでも私の短歌であり、その言葉なのであって、短歌という型式の罪ではないのだ、と。風通しのいい短歌を詠む才能豊かな歌人はたくさんいて、新しい短歌の可能性は大いにあるのだ、と」。そういった風通しのいい短歌を詠む才能豊かな歌人として、一人だけ笹井宏之さんの名を挙げた。当時はまだ知る人ぞ知る歌人だったと思うが、いまはその名が冠せられた賞が設けられ、本誌の前号で詳細が発表された第一回には主として若手歌人から多くの応募があった。再び越境してきた短歌界には明らかに追い風が吹いている。

では、短歌の風通しの良さ（あるいは悪さ）はどこから生まれるのだろう。このところよく使っているたとえは、海での泳ぎだ。岸に近いところを泳げば安全だが、あまり風が吹かない。逆に、岸から遠く離れたところを泳ぐと危険は増すが、沖ではいい風が吹く。

この岸を定型になぞらえることも可能だろう。定型べったりの飛躍のない歌からは風が吹かない。定型は同調圧力の権化のようなものだが、定型から遠い口語作品にも同調圧力めいたものを感じることはある。人によってはそれを評価するかもしれない私性や現実性や同時代性が過度に塗りこめられていると、私はともすると目をそむけたくなってしまう。岸に近いところばかりじゃなくて、もっと遠くを泳ごうよ、と思ってしまう。まあしかし、不満を感じれば自分で詠めばいいだけの話で、そのようにささやかながらも自力で更新することができるのは短歌のいいところかもしれない。

俳句と短歌とどちらが風通しがいいかというと、それはやはり俳句だろう。構成要素に「切れ」があるし、余白が多い。そこへおのずと風が吹く。

俳句の言葉は「向こう」からやってくる。心の窓を開いて器を置いておけば、調子のいいときは言葉が向こうから飛んできてくれる。それを受け止めて磨けばおのずと俳句になる。

短歌の言葉は俳句より長いから、器に入りきらない。よほど調子がよくなければ、一首のかたちで降ってくることはない。不完全なかたちで器に盛られた言葉を成型しているうちに、いつの間にか窓が閉まって風通しが悪くなってしまうことが間々ある。

私がなりわいにしている小説の言葉は、言葉が向こうから来るのを待っているわけにはいかない。ことに職人モードで書いている時代小説は読者に立ち止まらずにつるつると読んでいただかなければならないから、息をするようにテンポを出して書いている。ただし、芸術家モードで深夜に書く音楽を志向する作品は逆だ。仕上がりまでにかかる時間は天と地ほども違う。

もう一つ、俳句と言葉数が同じ現代川柳を採り上げてみよう。現代川柳は短詩型文学の一翼を担っていて、現代俳句と現代川柳の境界線は見極めがたいのだが、そのつくり方、頭の働かせ方は実はかなり違う。川柳は俳句みたいに言葉が向こうから降ってくるのを待っていてはいけないのだ。俳句の構成要素から切れと季語を除いたものが川柳なのではない。川柳は世界に向かってぐっと手を伸ばし、思いもよらない角度から言葉をつかみ出さなければならないのだ。

その呼吸がわからなかったから、久しく川柳だけできなかった。やっと少しつくれるようになったものの、言葉をつかむフォームを折にふれてたしかめなければならないため、なかなか持続しない。

では、川柳と短歌の関係はどうだろう。強引に補助線を引くと、キイワードは「哲学」になる。川柳は原形質的な世界の本質をぬっと取り出してみせる。すなわち、哲学の結論や命題だけが半ば恫喝的に提示されるのだ。

私の言葉だけでは説得力に欠けるかもしれないから、川柳誌「晴」2号に俳人の山田耕司さんが寄せた文章を引用してみよう。

「さて、哲学とは、答えが出ないことを上等とするものであるがゆえに、いったん足を踏み入れたからには、この庭からなかなか脱出することができない（中略）。私が思うところの現代川柳には、この庭の奥まったところの匂いがある。むしろ、庭の奥へとみずから歩を進めてしまう人こそが、川柳を目指す傾向があるのではないか」

同じ印象を抱いていた人がいたのだなあと思い、思わずひざを打ったくだりだ。川柳人は庭の奥へと向かう。どこかに座って言葉が降ってくるのを待ったりはしない。

では、短歌はどうだろう。短歌の言葉数があれば、命題を提示するばかりでなく、ある程度は哲学的な検証をすることができる。お望みなら、庭の奥をさまようこともできるのだ。その点で川柳から短歌へと補助線を引くことができるだろう。

俳句では哲学的な検証は無理だ。決定的に言葉数が足りない。俳句と川柳は言葉数が同じで、境界線があいまいでも、実は本質が違う。言葉を能動的につかみ取る必要があるという点では、川柳はむしろ短歌に似ている。

脱線ついでに詩にも言及すると、久しく散文詩しか書けなかったのだが、試みに全部ひらがなで書いてみたら、どうにか普通の詩も書けるようになった。ひらがなばかりのほうが音楽的で絵画的だからかもしれない。もう一本補助線を引くと、私の琴線に触れる哲学も詩も、せんじつめれば音楽だ。短歌もその例外ではない。たとえ定型の韻律から遠く離れていたとしても、岸から遠く離れていたとしても、音は聞こえる。職業は小説家でも、ひそかに私の本質はマイナーポエットだと考えているので、今後もその音に耳を澄ませながら短詩型文学に取り組んでいきたいと思っている。

還らむとすも

紀野恵

祕書晁監の日本國へ還るを送る　王維

積水不可極　安知滄海東　九州何處遠　萬里若乘空
向國惟看日　歸帆但信風　鰲身映天黑　魚眼射波紅
鄕樹扶桑外　主人孤島中　別離方異域　音信若爲通

水を積む如く心を積みてゆくさうして歴史綴られてゆく
不可極《きはみなき》おほうなばらが続けるを続きゐるゆゑ怖れ畏む
安《いづ》んぞ知らん〈私〉の果てにある光／暗闇／暗闇／光
滄い海が東にあるとほのぼのと沙漠の民は安《いづ》んぞ知らん
九つの州《くに》の境に生ふるとふ大樹それぞれ違ふ花咲く
何處が遠い？私の國とをとめごが睫毛震はせ応ふる如し

萬里まさに此処に尽きなむ万策も尽きなむ君が千金のゑみに

若《るお》乗《しえん》空《こん》そらを飛ぶとはこのやうな気持ち　私は世界を愛す

〈國に向かふ〉相ひ対するは幻か〈官応《まさ》に休《や》む〉日まで働く

惟だ看るは日の光　まなこ冥むまでみつめつづけて憧れ続く

歸る帆のはらめる風の裡にこそかすかに匂へ野辺の若草

但だ風に信《まか》す外なし時の海を漂ひ初めし野辺の若草

偶然《おうらん》　鰲身《おほうみがめ》の背に乗りていづち往くらむ野辺の若草

黑黑と天に映ゆらむ大唐の宮殿にまで辿り着いたが

〈魚の眼になみだ〉私は中心にゐるのだ世界見渡せるのだ

波を射てみつめつづけて紅《くれなゐ》となりて眼はなほ東看る

浜風とオカリナ

鈴木加成太

扇風機の旋音ふいに止む刻をふと目覚めまたすぐにねむりき
街が海にうすくかたむく夜明けへと朝顔は千の巻き傘ひらく
樹々の産む風のさなかにオカリナを飛べない鳥として抱きおり
かがむときギターの面に髪のかげゆれて百合科の性の恋人
関節のやわらかさなど示し合う豆と穀物の食事のあとで
少女、少女ととけあう昼をアトリエに蝶より杳きもの通うかな

ソーダ・バーの氷毛羽立つあたりまで歯はかじり取る柱のかげに

手でつくるピストルのその反動をあなたは指のさきで演じて

夭折に間に合う齢を生きながら午后たわむれに鳴らす鉄琴

事務用のはさみで切りし髪ばさらばさらと凪の街へ出てゆく

潮の香はまとわりつけり砂浜より白い珊瑚をくすねる指に

つけこめばあなたは許してくれただろう浜風に足ひらひらさせて

尾ひれから黒いインクに変わりゆく金魚を夢で見たのだったか

香水の瓶をアルコール・ランプにして虹色の火を下ろしたいのだ

オレンジの断面花火のごと展きあなたは分けてくれた不幸も

髪を切る

國森晴野

さよならを無色の音で交わしあうひかりを溜めている宇宙港
(あの街の、海の、夜明けの、踝の) 春を記憶のように重ねて
トウキョウの頁をひらくぬるい風ぐるりとまぜて飲む蝶恋花
髪を切った理由のように舞茸と鮭の炊き込みご飯をつくる
そらいろに半分塗りなおされている給水塔のちいさな梯子
塩鮭のひらたい骨を抜いている兄の服には水玉がない

泳げない姪とわたしは食卓で蛸のしろさをいつまでも噛む
雨がどこかで降りはじめゆっくりとふたごの河馬はまばたきをする
塞いでもこぼれてしまういつだって風上にある歯科診療所
月面もきっとひとりで立つだろう安全靴のふかい足跡
突堤は波をしずかに裂いてゆきわたしはもういちどふりかえる
ゆうぐれの侵食される速度から残り時間を求める仮定
澄んでゆく夜はみえない花柄の鍋でおおきな冬瓜を煮る
蜂蜜の糖度とろりと沈ませて窓際で待つみじかい報せ
南から鳥たちが来る　惑星の軌道は青にすこし傾く

見えない虹の話

尼崎武

左手で右手を握る　無人島で恋をするならそうするように
ずっと傘さして歩いてきた道のことをみんなが晴れてたと言う
目を閉じれば大事なものは見えるって言われるけれど薄目で見ちゃお
大きくていびつな石のそういえば置き場所なくてかかえっぱなし
窓際の席のゆたかな陽だまりに居眠りをしてハチミツになる
わたしは人です　見つめると目が合います　人のかたちで震えています

鳥になりたくて虫を食う　鳥はいい　たくさん嘘をつかなくていい

心にはかたちがなくて容れ物のかたちをそれと思ってしまう

死んだとき余ったぶんの人生はお任せください　余命処理班

かなしみを笑い飛ばしてみせるためかなしいほうをうっかり選ぶ

いいえこれは人の心を持つ者と持たざるものの戦いなのだ

なにそれと笑ってほしい　しあわせな思い出として処理をするから

生きてくれ　そして生きててよかったと生きてるうちに気づいてくれよ

夢で逢えたらと願っておきながらなんだ夢かと思ってしまう

虹のない星につないだ手　わたしはわたしを墓場まで抱えてく

佐藤弓生から歌人への手紙

拝啓、川野芽生さま

1

川野芽生さまへ

川野さんのお名前そのままのかぐわしい季節に、お便りをさしあげます。

今号の「ねむらない樹」は映画と短歌の特集ということで、そういえば昨年の今ごろ書店イベント「塚本邦雄短歌、その読みどころ」のあとお目にかかったとき、ギレルモ・デル・トロ監督作品の話がいくらか出たことを思い出しました。

同監督の『シェイプ・オブ・ウォーター』がアカデミー賞各賞を受賞して間もなくのことで、声の出せない中年女性が半魚人に恋をするという、そんな奇天烈なファンタジーを顕彰するアメリカ映画界ってなんか「厚い」、と感じたものでした。主人公を助ける人物もまた、若くも美しくもない男性同性愛者だったりアフリカ系女性だったりと、マイノリティの描写がわかりやすかったわけですが。

主人公たちを追いつめる、わかりやすく感じの悪い軍人が出てくるのは、2006年製作のデル・トロ作品『パンズ・ラビリンス』と構造が同じです。『パンズ』の少女はスペイン内戦、『シェイプ』の女性は米ソ冷戦のさなか、現実の権力や支配のおよばない、暗いファンタジー世界を生きる試練を選びます。

主人公の運命という視点からすると『パンズ』はバッドエンド、『シェイプ』はハッピーエンドに見えます。前者は主人公が幼く非力にすぎるため悪が悪のまま残され、物語的に不完全燃焼の感がありました。後者は非力なりにチームワークで抵抗を遂げるところがアメリカの映画業界人に支持されたのだろうと推しはかりつつ……ところで川野さんは『パンズ』のほうがお好きとうかがい、興味深いです。

まだよく理解できていないと思いますが、『パンズ』はとりわけ、現実の父権的世界だけでなくパン(牧神)の世界も異なる危険に満ちており、どちらの危険を選ぶかを少女が自分で決めた過程を愛しておられていると考えてよいでしょうか。

自己を保つ誇り、自由への意志に対する関心を、川野さんの短歌から感じとることができます。もしかしたら上記のファンタジー作品よりアクションやモンスター志向、『パシフィック・リム』派でいらっしゃるかもしれませんが、デル・トロ作品あるいはそのほかの映画について、影響を受けたものがありましたらなんでも……川野さんの作歌の楽屋裏をお聞かせいただけるとうれしいです。

2019年4月3日　佐藤弓生

佐藤弓生さまへ

『パンズ・ラビリンス』と『シェイプ・オブ・ウォーター』のラストの話をするなら、その中間的な終わり方をする作品として、デル・トロが製作総指揮を務めた『MAMA』を挙げたいと思います。何年も行方不明だった幼い姉妹が森の中で発見され縁者のもとに引き取られるのですが、彼女たちは行方不明の間〈ママ〉と暮らしていたと言います。姉妹を引き取った女性は、奪われた娘を取り戻そうと追って来る〈ママ〉に立ち向かい、少女たちを人間世界へ連れ戻そうとする――というストーリーで、途中までは王道的なホラーなのですが、ラストで姉は人間の養母を選ぶのに対し、妹は〈ママ〉とともにあることを選びます。異形の〈ママ〉と妹が抱き合い他界へ帰っていくその瞬間の、多幸感溢れる美しい映像といったら。無事に〈こちら側〉の世界に帰ってくるのがハッピーエンドだ、という前提をひっくり返して、〈あちら側〉の世界への憧憬と喪失感を植え付け、観た人をふたつの世界の間で引き裂かれた存在にしてしまう映画です。

『パンズ』は姉妹のうち妹側の話であり、『シェイプ』はどちらかというと姉側の話と言ってよいでしょう。『パンズ』の少女がこの世の悪に染まらずに無垢を守り抜き、みずからの王国へと帰還する、それはやっぱりハッピーエンドです。彼女はこの世界に敗北したのではなく、捨てていったのだと思います。それでも、このラストは末期のはかない夢と受け取れる余地を残しているし、パンの世界もたしかに恐ろしい、進んで行きたいとは思えないような世界で、「ほんとうにそれでよかったの？」とも思ってしまう。思ってしまうとき、自分は〈こちら側〉で生きることを選び終えてしまった人間なのだと突きつけられるように感じるのです。とは言え、自分の無垢を守り抜いていればいつか自分の王国に帰還できるという希望を、私はまだ捨てていないのですが。

それと比べると『シェイプ』の、現《うつつ》の世界の内側で異界の者と生きるラストは、たしかに一見希望のある終わり方ながら、監督はほんとうにそれを信じているの？　と疑ってしまうのですが、主人公が少女ではなく大人の女性であることもこの終わり方に関係しているのでしょうね（ちなみに『パシリム』には残念ながら乗れませんでした。KAIJUが退治される対象であるところや、男性キャラクターのマッチョさが好きになれなくて）。

選ぶ、ということについて言うと、私はむしろ、自分がすでにこの世界を選ばされ、選択の余地もなく選び続けてしまっていることを突きつけられる身も蓋もなさの方を信頼してしまうのかもしれません。自由を愛してはいますが、ほとんど手の届かないものとして。

好きな映画の話を始めてしまうときりがないですね。『ミツバチのささやき』やシュヴァンクマイエルなどの話もしたかったのですがいったんここで筆を擱きます。弓生さんのお好きな映画は何ですか？

2019年4月21日　川野芽生

3

川野芽生さまへ

多くのご教示、ありがとうございます。観たことのあるデル・トロ作品でいちばん印象に残っているのは今のところ、ゴシックホラーの『クリムゾン・ピーク』ですが（女性ふたりが対決する場面の垢抜けない必死さが妙になまなましくて）、『MAMA』は存じあげず。なかなか考えさせられそうな展開です。

川野さんのお手紙によると、キーワードはきっと「無垢」ですね。人の悪を免れうる“王国”があるはず――この世の価値観では恐ろしく見えるとしても――という。『パンズ』の主人公が「この世界に敗北したのではなく、捨てていった」という解釈、美しいです。川野さんの願いでもあるかと思いました。でも私なら、パンの世界へは好奇心から案外あっさり行きそうですけど、その前に悪い大尉の地獄落ちも見ておきたいなあと。勧善懲悪だったころのアニメなどで育ったなごりかどうか。

そのほか好きな映画のお話をしますと、二十代のとき「好きな映画ベストテン」というアンケート用紙の１位から５位までに『ミツバチのささやき』と記入した前科（？）がありまして、これを越えて好きになる映画にも出会ってみたいものの、未だ果たされていません。シュヴァンクマイエル作品では『アッシャー家の崩壊』とか、わりと枯れた好みかも？　道具や風景など、人物以外にも多く語らせる映像に魅かれます。人の悪を憎むという以前に、人が不得手だからかもしれません。

そういえば『ミツバチ』には『パンズ』同様スペイン内戦の背景がありましたが、主人公の少女は６歳で、死という概念との出会いはたびたび描かれつつ、善悪の観念はまだはっきりしていないようでした。それは「無垢」ともいえるいっぽう、自分の場合は「未分化」の状態、動物以上人間未満的なあり方に憧れるみたいです。

川野さんは私よりかなり「人間」なのかもなあ、という気がしてきました。歌壇賞を受賞された連作「Lilith」の掉尾が〈つきかげが月のからだを離るる夜にましろくひとを憎みおほせつ〉という歌でした。憎むこと、しかもそれを貫くことは、諦念をともなう、人間の意志的な行為ですよね。

そして、憎むちからは愛するちからと釣りあうものと思っているので、川野さんの作品世界では後者もけっこう強いのでは、と。〈こちら側〉の存在に対して。
「愛」は「無垢」と矛盾しないものでしょうか？　唐突な問いで恐縮ですが、川野さんが「愛」を感じた作品について、よろしければさらに、お教えください。

2019年5月19日　佐藤弓生

4

佐藤弓生さまへ

人間、にはほんとはなりたくなくて、無垢でいれば人間以前の存在でいられるという気持ちがずっとあるんですが、「人間」というカテゴリは「人間ならざるもの」の排除を前提に成り立っていて（例の「ミューズ」発言に顕著ですね）、「人間ならざるもの」でいようとすることはむしろ人間世界とのひそかな共犯になってしまうのではないか、無垢たろうとすることは無垢な生贄を必要とする世界を肯定することなのではないか、という気持ちから、最近はとりあえず人間としての道を歩もうとしていますね。

愛かあ、愛はあんまり好きじゃないんです。自歌自註も野暮ですが、引いてくださったその歌は私にとってはそれこそ無垢の歌で。ストックホルム症候群的にこの世界を愛して宥してしまうのではなく、憎み切って身をもぎ離していたい、という。憎しみが愛の裏返しだと言われがちなのは私には頭の痛い話で、だって愛によって搦め捕ろうとしてくるこの世界から身を守るのに、ほかにどんな武器を使ったらいいんでしょう？

でもおとなになって憎しみを選び取ったときに、無垢をひとつ手放してしまったという悲しみに襲われたのも覚えています。

好きな映画というのとは違いますが、愛の話と言われて真っ先に思い出したのは『風立ちぬ』でした。この世に背を向けても、美しいものを愛して、その愛が知らないうちに（あるいは見て見ぬふりをしているうちに）この世の悪に加担していて、愛が自分の愛したものをけがして、自分をもけがして、愛の対象すら残らない、という非情な話でしたね（途中のぬるい恋愛パートは私には理解不能ですが……）。愛が無垢ではいられないかなしみについてここ数年考えています。

『エヴォリューション』や小説『蝶のいた庭』なども私にとってはストックホルム症候群的な愛の話ですね。グロテスクでおぞましい世界に監禁されながら、その世界の「美しさ」を「愛して」しまうところがある……。

っていう話を知人にしたら『辺獄のシュヴェスタ』という漫画を薦められたのですが、はじめの方から「天国から抜け出すのは、地獄から抜け出すよりも難しいものよ」という台詞があってわくわくしました。憎しみの切っ先を研ぎ続けて無垢を守ろうとする少女の復讐譚で、けれどそれは憎悪の対象である究極の悪（それは究極の無垢でもある）に限りなく近付いていく物語でもあって、終始共感の嵐でした。

結局のところ、愛は搾取で、無垢は搾取への許可で、憎しみは愛であるようなそんな世界に生きているんでしょうか。この世に居座ることもまたひとつの復讐であるような気がしています。

2019年5月30日　川野芽生

たましいを掛けておく釘をさがして—杉﨑恒夫論③

あれはゆうべの星との会話

ながや宏高

生活の匂い

今回も「新潟短歌」時代の作品を紹介するところから始めたい。杉﨑は1949年に新潟短歌会を退会しているが、1967年から再び「新潟短歌」誌上に作品を発表していった。なぜ40代後半になってから再入会することになったのか、その理由が記された資料は見つかっていないが、師である野地曠二との信頼関係が途切れることはなかったようだ。

再入会後の杉﨑は1981年までほぼ毎月、休むことなく作歌を続けた。この時期の作品でまず特筆すべきは家族詠だ。杉﨑は最初の伴侶との死別後二度目の結婚をして新たな家庭を築いた。家族とのささやかな暮らしは杉﨑の創作の源にもなっていく。その頃の歌を見てみたい。

仮りそめに羽織らしめたる兎の毛のチョッキを妻が一夜離さぬ
勉学の子の聴く深夜放送が襖へだててかすかに鳴れり
妻子らの足に混み合ふ炬燵にて生活の重みふと感じゐる

「寒の椿」／「新潟短歌」（1970年3月号）

杉﨑の後期作品をまとめた歌集『パン屋のパンセ』の跋文で、子息の杉﨑明夫は「この歌集を俯瞰すると若いころの苦労や生活の匂いがする歌が少ない」と書いている。最初の伴侶との死別や療養生活が描かれた初期作品が「若いころの苦労」だとするなら、これらの家族詠は「生活の匂い」が強く立ち込めている歌だと言えるだろう。具体的な日常の描写は、杉﨑の個人的な体験を基にしていることがうかがえる。

兎の毛のチョッキも、かすかに聞こえてくるラジオの音も、家族で入る炬燵の中も、手で触れるような質感があって温かい。苦労の先にたどり着いた家族との得難い時間だったのだろう。だからこそ「生活の重み」も感じる。杉﨑が得意とする比喩の出番もなく、軽やかで淡々としているわけではないが、大切な日常が歌の中に息づいている。

初めて来し妻落付かず賑はへる屋上園の卓に対き合ふ
平凡なる父の生活を批判する息子は見上げるばかりに育つ

「紅蜀葵」／「新潟短歌」（1967年10月号）

「平凡なる」生活者であった杉﨑は作歌においても平凡な日常をテーマに持っていた。言葉を作り込んでいる印象はなく、特に家族が登場する歌はスナップ写真を撮るような感覚でありのままの姿を浮かび上がらせている。落ち着かない妻も、父を批判する息子も確かに目の前にいたんだという臨場感がある。『パン屋のパンセ』『食卓の音楽』においてはアナロジーによる詩的飛躍が特徴であるが、このように地に足のついた生活感のある歌の場合飛躍には向かいづらいのだと考えられる。

微粒子となりし二人がすれ違う億光年後のどこかの星で

『パン屋のパンセ』（六花書林、２０１０年）

例えば、この二人が億光年後まで飛べたのは個人を超えた存在になっているからだ。「微粒子」になることは現世で生きる「個人」から解き放たれるということ。どこの誰だったかもわからない、そんな状態だからこそ歌の説得力も増す。

「億光年後のどこかの星」と「屋上園の卓」はどちらも等価な空間だと考えられるが「新潟短歌」時代の杉﨑は、どこか遠くではなく目の前にいる家族と、家族のいる場所を大切に思う歌が目立っている。宇宙を思うことはあっても「今ここにいること」を志向していれば、そこまで遠くに飛躍する必要がなかったのだ。

離れた場所から見る何か

さて、自ら非凡ではなく平凡であることを選んでいるようにすら見える杉﨑だが、自身のあり方を示すような作品も発表している。

四十代の終りに近くかえりみる我が来し道はいつも傍系

「虹」／「新潟短歌」（１９６７年7月号）

戦時中、時代に迎合せず日々の日常を作品にし続けたことを言っているのかもしれない。あるいは前衛短歌運動が行われていた時代に、歌壇にコミットすることもなく、マイペースで作歌を続ける自身を「傍系」という言葉が相応しいと考えたのかもしれない。想像は尽きないが、杉﨑は中央から離れた場所にいることについて自覚的であった。この「傍系」について考えるための歌を紹介していきたい。

雨コートの内汗ばみつつ対ひをりユトリロの絵は我を離さぬ
ユトリロ展みて来し余韻さめがたく雨の都会を窓に見おろす

「唐詩の文学」／「新潟短歌」（１９６７年6月号）

杉﨑は一時期、フランスの画家モーリス・ユトリロ（１８８３－１９５５）の作品に魅せられていた。「新潟短歌」でもユトリロを何度か歌に詠んでいる。ユトリロのどこに注目していたのか、次の歌から考えてみよう。１９７２年に展覧会に行った際、「ユトリロ展」という題で連作を発表している。

サクレ・クールの白きドームは裏町の屋根の向うに必ず見ゆる

「ユトリロ展」／「新潟短歌」（１９７２年7月号）

杉﨑が足を運んだと思われる展覧会の図録を見ると、確かにサクレ・クール寺院が描かれた作品は、狭い裏路地が前面にある構図になっている。人々が暮らす生活圏の先にサクレ・クール寺院のドームがあるのだ。決して寺院を真正面からは捉えず、中に入ることもなく、外れた場所から寺院を描いているところが作品の特徴だといえる。図録には他にも寺院が描かれる絵が収録されているのだが、どれも同じような構図で、寺院全体が見える絵はなか

「サン・リュスティック通り」（1933）
図録「バラドンとユトリロ展」（1972年 毎日新聞社）より

った。

　立ち位置が明確で、作者のスタンスも同時に伝わってくる。寂しげで物悲しい雰囲気を纏っている絵だ。

　こうしたユトリロの作風は傍系であることを自覚しつつ、日常に主題を置いた杉﨑にとって相通じるものがあったのではないだろうか。天文台に勤務し、遠く離れた天体に思いを馳せる杉﨑とどこか重なるようなところもある。

　「屋根の向うに必ず見ゆる」この下の句の、なにかを確信したような、芯が通っているような詠み方はユトリロの作風に対する深い頷きがあるように思えてならない。遠くの場所を見つめる眼差しにはどこかさびしさが漂う。

　この連作には「つば広き帽子のひとがわが前にしばしば立つも画廊めぐりゐて」という歌も収録されており、こちらもまた自ずと人柄がにじみ出ている。

杉﨑の自然詠―自然の神さま

一度だけ自分勝手がしてみたいメトロノームの五月の疲れ

『食卓の音楽』（六花書林、２０１１年）

思いっきりクレーンが手を延べるとき都会の夜に神さまはいない

『パン屋のパンセ』

　人工物にあふれ、合理性が重視される現代では人間から自然が遠ざけられている。都市部なら尚のこと正確で清潔で安全な環境が用意されやすいだろう。東京での暮らしが長かった杉﨑は、自身の生活環境が時代の変化と共に人工物で埋められていく様を見続けてきたはずだ。『食卓の音楽』と『パン屋のパンセ』では人工物と切り離され、行き場を失った心の悲しみも詠われている。

　メトロノームが擬人化されることによって、均一な動きの繰り返しが心にも体にも無理を強いているように感じられてくる。どこかうつうつとした印象を受ける歌を作るのも杉﨑の特徴だ。五月病を連想させつつ、人間は本来、均一に定められた世界ではなく不揃いで不確かでぐちゃぐちゃとしたグラデーションの中を生きているのだと、声なき声が歌の中で木霊している。

　海にも山にも小さな草花にも虫たちにも神さまが宿るなら人工物で支配しようとする都市開発はその神さまたちを遠ざける行為だ。杉﨑はどこにだっていたはずの神さまたちが次第にいなくなっていった歴史を知っているのだ。

　それでも杉﨑の生活圏であった武蔵野は自然豊かな場所だった。草木や虫を愛し、東京から離れた遠方の山にもよく足を運んでいた。

ひなげしの宙にさざめく花群は凪ぐときもいくつかゆれをり

むせかへる五月の山にくろもじの若葉する枝を折りて嗅ぎみる

「ひな罌粟」／「新潟短歌」（1973年7月号）

五月の陽まぶしきをきて糠草のそよぐ日蔭に心落ちつく

「初夏草木」／「新潟短歌」（1975年8月号）

人間や人工物以外との触れ合いは自然の中に宿る神さまたちとの交流のようなものだ。自分が大きな流れの中を漂う小さな存在であることを思い出すように、忘れないように、自然に向かっていく。人工物で凝り固まった心と体をやわらかくしてくれるのはいつだって自然の中にいる神さまたちだということを杉﨑は知っていた。

一首目、上の句の流れるようなリズムはひなげしがさざめく様子と調和しているが、最後の8音「いくつかゆれをり」によってリズムがスローになり、風が凪いだあとのイメージがより強くなる。ひなげしの茎の細くて弱々しいバランス感覚とそれをみつめる微細な眼差しが合わさった歌だ。このように人と自然が交感しあっているような作風が「新潟短歌」時代の自然詠だといえる。クロモジの枝の中にも、糠草のそよぐ日蔭の中にもきっと神さまはいて人間に温かさをくれる。それらを直接、素直に感じたかったからだろうか。後期作品のようなアナロジーもなく、繰り返しになるが「今ここにいること」が重視されているようだ。

どどと吹く風の又三郎むさし野の雑木林にどんぐりこぼす

『食卓の音楽』

風鈴の思い出しては鳴っているあれはゆうべの星との会話

『パン屋のパンセ』

最後に、もう一度後期作品から引いてみたい。絵本のようにひらがなの擬音「どど」から始まり、武蔵野の地に風の神さまを象徴する「風の又三郎」を登場させたファンタジックな歌だ。「新潟短歌」時代の自然詠と比べるとこの歌も詩的飛躍が光っているといえるだろう。宮沢賢治のイーハトーブと杉﨑が暮らした武蔵野、それぞれ別の世界を想像力で繋いでいる。

「今ここにいること」を志向する歌についてみてきたからこそ、よりその特徴が浮かび上がってくるのだが、後期作品のアナロジーを突き動かしているのは「今ここ」に居ながら、遠くにある何かを希求する「さびしさ」ではないだろうか。行きたくても行けない場所、会いたくても会えなくなってしまった人たち、それらを求めてやまない心が美しい詩的飛躍を生み出している。無機物のガラスでできた風鈴は自然から離れた存在だが、その音色とアナロジーの力によって星とさえも繋がることができるのだ。

「天文台の雑木林から遠望する富士山」
（1971年3月）撮影：杉﨑恒夫

さよなら

柴田葵

ホイップクリーム絞りきってもうだめになったビニールこと私だよ

エレベーターホールの端のほそながい窓からせまい公園を見る

ゴムの木は私が守るという気持ち　おんなのように低い背丈の

仕事仕事仕事四日おやすみぐっすりとねむってビルより大きくなあれ

朝からもうがんがん暑いイチゴジャム甘すぎる赤すぎるきれいだ

なら来ればって言われて行くよ　殴るための鈍器も私の愛も重いわ

脇の下わきわきさせて吊革を掴む　車窓からおどろきの青空

マーガリンも含めてバターと言うじゃんか、みたいに私を恋人と言う

階段しかないから安いアパートの角っぽい角じゃないこの部屋

じゃあ言わせてもらうけれど　言わないけれど　押しボタン式だよ

ここは海　とても砂　泡　裸足だとときどきなにかが刺さって痛い

海を見ても魚はおらずただぬるい水があり海のにおいだけする

空き缶に砂を詰めたらだめでしょう破裂しそうな重さになって

海辺から帰宅してなんでジョーズを観るのなんてたのしい夏休みなの

エンドレスサマー　いるかといいかが泳ぐペンありがとうずっと大切にする

運動

浪江まき子

午前8時30分

うすぐらく見える階段でiPhoneをかざすと光、だんだんと減る

踊り場

泥水のような色でかげっている窓のむこうにあるビルの窓

すこしちかづいてみおろし見やる階段のほうへと身体《からだ》はうごく

黒と黄色に塗られた面は過ぎながらあがると壁でビルだったんだ

ざらざらの壁とズボンの干してある建物の奥に細い道のびる

建物に囲まれた道を行く人ら　ひとりずつ　ひとりずつ　現れる

7階、窓のない踊り場

操作するiPhone越しに見える壁の足あとを見つつ指は動かす

シャープ

阿波野巧也

ペットボトルのおまけについてきたものをずっと大切だったみたいにしまう

背伸びしたひとのかかとがローファーをすぽんと離れすぽんと戻る

友達の友達も友達になるくもりびの天満・天六・うれしい光

気持ちがきみを追いかける広い公園によさこいサークルが楽しそう

すこししてきみが視線で追っていたもののゆくえが気になってくる

ボーナスがたくさんあったらボーナスでたくさんの印鑑を買いたい

変わらないものになりたい　銭湯の帰りに寄ったジェラートショップ

大丈夫

井村拓哉

死ににゆくもののらのことを話す昼　夏ざれのぼくら二十代後半

ことばが動くどうしても言葉がうごくうごくほど銛に似てゆく指も

ひといきに布団剝がせばどんな操作をしても止む《英雄ポロネーズ》

思うより重たさのある平皿の縁《へり》がざらりとすっぴんである

やさしさじゃないのだろうがそう見えてそう見えるうちつり銭は来る

まっすぐにずっと立てよと街路樹を添え木は締めず緩めずにあり

ああああそこに曇りガラスが落ちている　大丈夫じゃなくても大丈夫

愛は凡なり

谷川由里子

黒ビールのんで夕方5時以降のコロッケと月　愛は凡なり

ひとりでもごちそうさまを言いましょう太った土偶を思い浮かべて

珈琲をそそがれるとき丸ごとのコーヒーカップにわたしはなれる

連絡網を好きだったのは雲のような吹き出しでつながっていたから

虹色のリボンのついた盆栽をもう一度みてから思い出す

三つ編みをほどいてみせる桜ばなむこう百年かけて膨らむ

月　とだけ、伝えたくなる　ひとつだけ胸ぜんたいに月が広がる

膝に砂利

八重樫拓也

アメリカのビルに旅客機突っ込んだときに読んでたヤングサンデー

味しないガムをダラダラ噛む　どうせ永遠なんてないんだろ　飲む

耳垢の詰まった穴ぐら貫いて反対側へ抜ける正論

伝えたい言葉なんにもないけれどいつか立てたい中指がある

ぺちゃんこの身体でカラス待つだけの仔猫の瞳に映る朝焼け

ゆうべまで前歯があった空洞に光をとおすために笑おう

膝に砂利めり込んだままもう走れないチャリンコと団地へ帰る

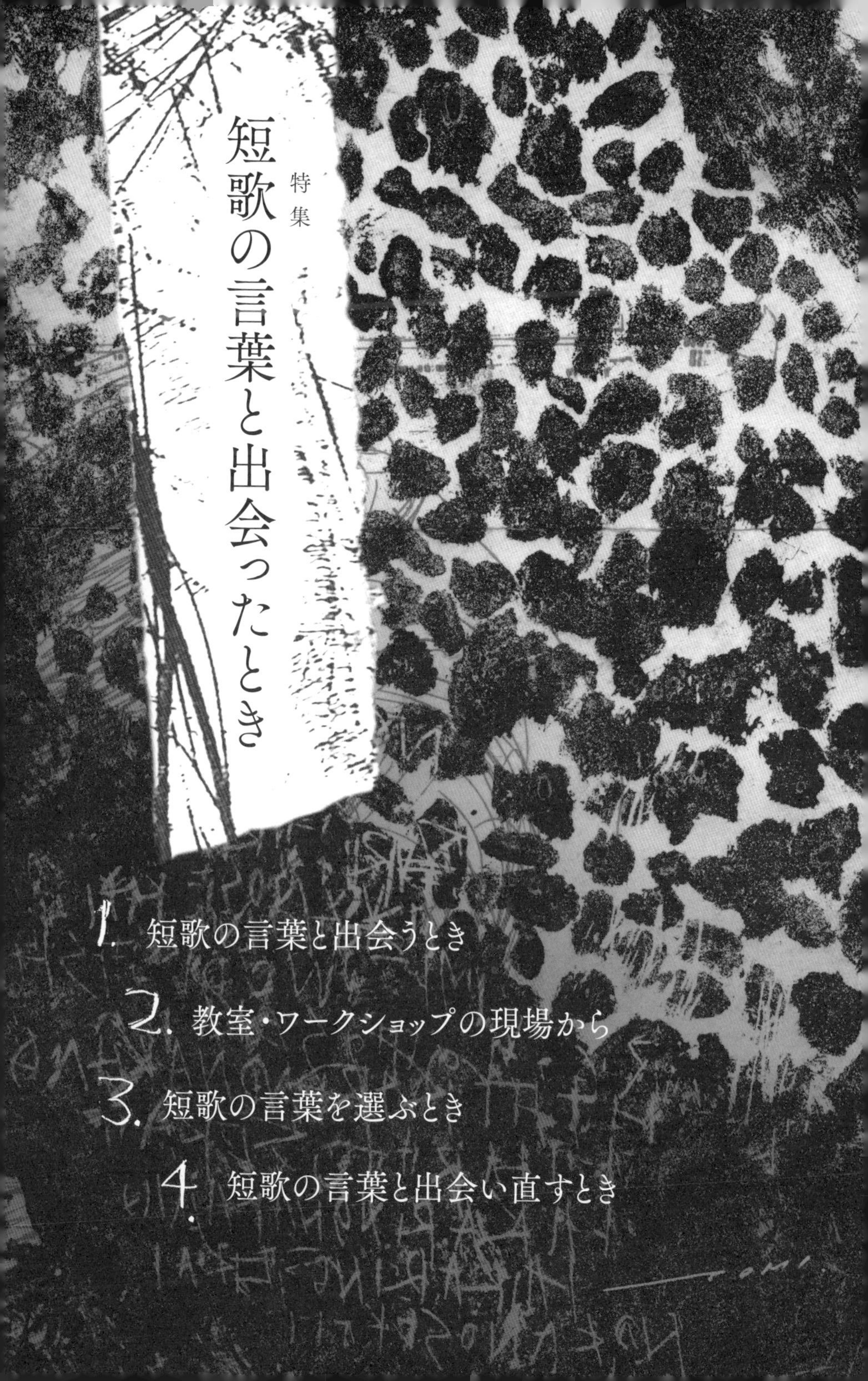

特集

短歌の言葉と出会ったとき

1. 短歌の言葉と出会うとき
2. 教室・ワークショップの現場から
3. 短歌の言葉を選ぶとき
4. 短歌の言葉と出会い直すとき

人は生まれたときから身めぐりにあふれる言葉とともに育ち、言葉を使って表現するようになります。日々の会話や伝達においてだけでなく、ある人は話術をみがき、ある人は歌詞をうたい、ある人は文章や詩をしるすようになる——そんななかで短歌と出会った人にとって、その言葉はどのように〝特別〟だったのでしょうか。

この特集では「短歌の言葉と出会うとき」「教室・ワークショップの現場から」「短歌の言葉を選ぶとき」「短歌の言葉と出会い直すとき」という4つの視点から、実作例もまじえながら〝短歌との出会い方〟について11人の方に語っていただきました。ベテランから気鋭の新人・初心者まで、あるいは他の詩型も手がける人、ブランクを経た人、それぞれが出会い、くぐった短歌の門とは？

佐藤弓生

短歌の様式について

高野公彦

歌を作り始めたころ、石川啄木の『一握の砂』をじっくり読んだ。というか啄木の歌に出会って歌を作り始めたのである。当時まだ若かったから、**「東海の小島の磯の白砂に／われ泣きぬれて／蟹とたはむる」**、**「砂山の砂に腹這《はらば》ひ／初恋の／いたみを遠くおもひ出づる日」**など感傷的でロマンチックな歌に惹かれた。そのうち、

函館の青柳町《あをやぎちやう》こそかなしけれ
友の恋歌
矢ぐるまの花

こんな歌に立ち止まるようになった。三句切れで、下句に名詞で出来たフレーズが二つ並んでいる。姿の美しい歌だ、と思った。かたい言葉でいえば、様式美のある歌である。短歌は、むろん意味内容が大切だが、作品の姿すなわち様式も魅力の一部なのである。

いま考えてみると、「東海の小島の磯の白砂に」という歌は、「の」が三回反復されているし、また「砂山の砂に腹這ひ」の歌は「砂」が二回反復されており、反復によって快い韻律が生まれていることに気づく。この反復という手法も、歌の様式の一つに数えていい。

たたかひは上海《しやんはい》に起り居たりけり鳳仙花紅《あか》く散りゐたりけり　斎藤茂吉

この歌では「居たりけり」「ゐたりけり」の反復が用いられている。反復という様式が、歌の魅力を生み出している好例である。古く万葉集に「われはもや安見児《やすみこ》得たり皆人の得がてにすとふ安見児得たり」など反復の例があり、茂吉もこの歌などを意識していただろう。

そういえば、わが国最古の須佐之男命の歌、**「八雲立つ／出雲八重垣／妻籠みに／八重垣作る／その八重垣を」**などは反復だらけである。歌の本質を考えさせられる典型的な例である。

男の、女のもとにやる文を見れば、「あはれあはれ」と書きたり
あはれあはれ哀れ哀れとあはれあはれあはれいかなる人をいふらん　和泉式部

なんと計七回「あはれ」が出てくる。歌意について触れるスペースはないが、和泉式部もなかなか凄い人である。

われ男《を》の子《こ》意気の子名の子つるぎの子詩の子恋の子あゝもだえの子　与謝野鉄幹

ゆく秋の大和の国の薬師寺の塔の上なる一ひらの雲　佐佐木信綱

いずれも、歌の様式というものを意識しながら詠んだ作品であろう。この二首に共通しているのは、ある特定の語の反復と、もう一つは名詞の羅列によって歌を構成するという手法である。

ナルヴァル・ニエル・ヌウヴェル
ネクタアル・ノエル・マル・ミル
ムウル・メエル・・・・・モオル
一角魚・黒穂・風聞・神の酒・クリスマス・悪・千・貝・海・・死　塚本邦雄

これを読んだとき私は度肝を抜かれた。片カナで書かれた初めの三行は、意味を考えず読めば、五七五七七の短歌になっていることが分かる。しかも「ル」という脚韻を踏んでいる。後ろの二行は、片カナ部分に対する日本語訳で、それもまた短歌になっている。

様式というのは広い概念で、私はそれを詳しく解説する力がないが、できれば様式美のある歌をたまには作ってみたいと思っている。

比喩、植物名

永田紅

初めて歌を作ったのは、小学五年か六年のときの学校の宿題だった。両親が歌人で、食卓にいつも歌集が積まれているような家だったので、短歌は身近なものだったけれど、実際に自分で歌を作ったことはそれまでなかったのだった。宿題で提出したのは、たしかこんな一首。

ほの白くうつむいていたハルジオン五月の光にあわてて咲いた

当時は、「うつむいて」「あわてて咲いた」を工夫したつもりだったが、いま見ると、この擬人法がいけない。ほんのり可愛いつぼみの様子を、なぜ詠もうと思ったのだったろう。ヒメジョオンやハルジオンはよく似ている。見分け方のひとつに、ヒメジョオンのつぼみは垂れ下がらないが、ハルジオンは垂れ下がる、というのがあって、そんな豆知識も背景にあっただろうか。昔から草花が好きだったのだ。

その後、私が中学に入学する前の春休み、二歳年上の兄が「短歌を作る」と言いだした。「じゃあ、私も」と兄と一緒に「塔」短歌会に入会し、毎月十首を送る生活が始まった。そんな、十二歳のころの歌。

うちの猫なまずのようなひげをしてドアのすき間の寸法はかる

永田紅『日輪』初期歌篇

得たばかりの表現手段が嬉しくて、何でもかんでも指折り五七五七七に収めていった。そこで、「比喩」に出会った。もちろんそれまでも、作文や日常会話で比喩表現は使っていたはずだが、短歌という定型の中で、意志的に、意識的に比喩表現を工夫するようになったのである。

金色《こんじき》のちひさき鳥のかたちして銀杏《いてふ》ちるなり夕日の岡に

与謝野晶子『恋衣』

は小学生のころから好きな歌だった。「金色のちひさき鳥」が銀杏の黄落をこれほど鮮やかに表すことがまぶしかった。

比喩は直喩、隠喩などと分類されるが、いずれにせよ、作歌歴とともに表現は複雑化してゆく。初めは「なまずのような」といった類似性のわかりやすい素直な名詞の提示だったものが、徐々に「(名詞＋動詞)のような」といった句になり、さらに類似性を探すよりも、表現としていかに遠くへ飛ばせるかといった「比喩探し」をする段階へ移る。

玉葱が芽を出しその芽を葱として摘み取るような日を重ねつつ

永田紅「塔」二〇一七年七月号

近年の作だが、自分でもうまく説明できない、「ような」である。結局、これはどのような「日々」なのか。感情や感覚などは、複雑で、捉えどころがなく、実は自分でもよくわかっていないものだ。そんななんともいえない部分を、比喩に託す。歌にひとつの比喩表現を与えることで、新しい認識の回路がひらかれ、新たに見えてくる景色が面白い。

感覚は枯れてゆくから　明日君にシマトネリコの木をおしえよう

永田紅『日輪』

思いきることと思いを切ることの立葵までそばにいさせて

『北部キャンパスの日々』

歌を作るようになって、「植物名」にも意識的になった。どんな植物の名で、歌が際立つか。その選びは、悩ましくも楽しい。

笹井さん

寺井奈緒美

　言語訓練教室に通ったことがあった。やさしい幼稚園の先生に「酷く悪いわけではないです。ただ奈緒美ちゃんはおとなしいので、小学校に上がった時いじめられないように通った方がいいと思うんです」と勧められたからだ。覚えているのはポッキーだかプリッツを咥えながら「きー」とか「さー」とか発音する方法で、そのあと咥えていたお菓子を食べられるのが嬉しくて、ご褒美のため「まて」をする犬のように励んだ。自分の喋り方のどこが普通と違っているのか、改善されているのかは分からなかった。幸運なことに小学校ではいじめられず、絵を描くのが好きだったので口数が少なくても一緒に絵を描くうちに仲良くなれた。中学校に入ると喋り方を真似されたり、当時よくCMに出ていた海外モデルの名で「ナオミキャンベル」と呼ばれたり、振り向くと呼んでないよという風にクスクス笑われた。「ナオミよ」とキャンベルのモノマネで返したら仲良くなれるのかもしれないが、スベったらどうしようと思うと怖い。おとなしい私は、口を閉ざし聞こえないふりをすることでシャットダウンした。それは対応としては幼くて、おとなしいとは本来「大人しい」大人っぽくて穏やかなさまをあらわす言葉なのに、まるで「音無しい」、世界から音を消してしまう防護服だった。防護服を着ると世界から手触りが失われ、首が凝り、酸素が薄くひたすら眠い。目を閉じるとスピッツのチェリーという曲の「きっと想像した以上に騒がしい未来がぼくを待ってる」という歌詞が頭の中でループした。でもそんな未来は待っていないだろうということは予想がつき、次目覚める前に世界よ消えていてくださいと願うのが日課になった。ノストラダムスの世界滅亡ブームの影響だった。

　滅ばなかった世界で大人になり、名古屋のオンリーディングで出会ったのが笹井宏之さんの短歌集だ。アートの本が豊富な店で、目当てはそちらだったのに何故か惹かれたその本の中で、言葉はあまりにも自由だった。私にとって言葉とは形にしようとした途端に歪み、キャッチボールをしようとすればぼろぼろ崩れていく扱いにくいものだ。しかし読み進めるうちに言葉はハッキリと分かりやすく伝わらなければならないという観念は薄れ、分からなさこそ面白く心地よいと感じるようになっていった。笹井さんの言葉は彼の身体から離れ、あるときには風になり、またあるときには植物になり無機物になり、そこには一切の垣根がなく世界と地続きだった。言語訓練教室に行く前、きっと私はおとなしい子なんかじゃなかった。ある雪の朝、誰もいないお寺の未踏の雪の中にボフッと身体を投げ入れたときのこと。鮮明な白さと、光、熱する身体と冷たい雪、世界と直に触れ合い境目が溶けてしまいそうな、今ここに全てがあるという充足感。口から言葉として発する必要などないほどに、そのときの体内は豊かな音で満ち満ちていたはずで、そんな忘れていたことを思い出させてくれた。読み終えて数日間は恋にも似て、笹井さん越しに風景を眺め、日常のあらゆるものに笹井さんの欠片が宿った。それからは欠片の収集に夢中になった。きっとそれは消えろと願った世界にまた一から触れに行く、あるいは無くしてしまった音を取り戻すための作業ではなかったか、と今になり思う。

指先で誇らしそうな絆創膏今日の物語を聞かせておくれ

　記録によると最初に作った短歌だ。絆創膏は何を物語るだろう。今日ね、こんなことがあってね、こんなことになっちゃった。でも楽しかったよ。きっと絆創膏は饒舌だ。

教室に短歌を置くということ

黒瀬珂瀾

晶子すげえなといつも思う。ここ数年、公開セミナーや市民講座、大学などで〈現代短歌〉について講義をする機会が増えたが、「知ってる歌人っている？」と聞いて答えが返ってくることはまずない。例外は与謝野晶子で、だいたいの教室で晶子の名を上げる人が一人はいる。あの肖像写真のインパクトのせいだろうか。

短歌なんてよくわからない、という顔を皆一様にする。作ったことはもちろん、読んだこともないと言う。いや、国語の授業に短歌は出るし、若い世代の場合は宿題で一首作らされもする（それを先生がまとめてコンテストに応募したり）。だが、それらのことが皆の中では〈日本語定型詩に自分も関わった〉という記憶としては残らない。

なぜだろう。僕が思うに多くの人は、「表現の世界」は特殊な才能を持つ異能者の領域であって、「普通」の自分たちのものではないという意識が強いようだ。ボカロPや同人漫画作者やSS書きも、今この文章を読む人も、やはり少数派だ。だから講義では、短歌は一般人のもの、と最初に伝える。短歌の収入で暮らしてる人なんてまずいないよ、みんな普通に勉強したり仕事したりして歌を作ってるよ、と。

そして、聴衆の年齢層に比較的近い年齢の作者の歌を紹介する。学生には若い人の、老年層には老年の歌を、これが今、貴方と似た生活環境を持つ人が発した言葉です、と。近代や前衛の巨匠に言及するのは教室がそれなりに温まってから、というのが僕が摑んだコツ。

最近、学生対象の講座で紹介して特に反応が良い歌と言えば、

イルカがとぶイルカがおちる何も言ってないのにきみが「ん？」と振り向く　初谷むい『花は泡、そこにいたって会いたいよ』

海だけのページが卒業アルバムにあってそれからとじていません　伊舎堂仁『トントングラム』

前者を読んだ人の多くは、これを「表現」していいんだ、と驚く。表現とは非日常的言語に拠らねばならないという思い込みが一気に変わってゆく。後者は、高校卒業の経験が近い人が多いから、想像がヴィヴィッドに湧きやすいのだろうか。もちろん、難解な前衛、クラシカルな近代の修辞にいきなり魅せられる人も稀にいるが、まあそういう人はたぶん、独力で表現の世界に出くわすだろう。一方、講義では、思い込みをひっくり返してもらうことがメインとなる。

桜色緑に変わり金も過ぎ次は水色その次なあに

これは某大学の演習で実際に歌会を行ったとき、ある学生が提出した一首。最初、多くの受講生は「桜が咲いて、緑の葉になって、紅葉して、葉っぱが落ちて空が見えた」という、季節による桜木の変遷を描いた歌だと述べた。すると一人が「あのー私、桜の木だとまったく気付かなくて……」とおずおずと述べたのが、「ヘアカラーを次々に変えてる人の歌だと思って……」。その瞬間、一同が「あぁーそうか」「そうだよ！」「もうそうとしか思えない……」と口々に賛同しだした。一瞬で認識が変わる経験をした受講生も驚いただろうが、桜木を詠んだつもりの作者が一番びっくりしただろう。歌は正しい情報を効率よく伝えるものではなく、様々に読み合ううちに作者の意図を離れる。

そこに言葉の可能性があり、精神の豊かさが生じる。講義では、短歌を今後も作ってください、とは決して言わない。ただ、経済性にだけ追い回され、摩滅する生ではなく、どんな形であれ心の時間を持つ生を送ってください、とだけ伝える。後日、受講生のレポートが届いたが、その一つに「初谷さんの歌集買っちゃいました」とあった。

メモの言葉を超えるとき

梅内美華子

六年前から毎年、盲学校に招かれて「短歌学習会」をおこなっている。今回は昨年お会いした小学生二〜五年生四名と、中学三年生三名の回を紹介させていただきたい。

小学生とは初対面の緊張をやわらげるために、自己紹介のあと、歌を歌いながら机の周りをぐるぐる回り歩くことをしている。私も知っている歌「さんぽ」など二曲。歌いながら歩くと体が温まり、心もほぐれるようだ。お互いの肩に手をのせたり、手をつないで振ったりすると、固い表情だった人もかすかに笑い始めている。仲良しになりたいために始めたことだったが、歌うことで言葉は体から出てくること、メロディやリズムにのる言葉があることを私も再認識するようになった。子供たちにとって、歌って動くことから短歌を作ることにソフトに移行できればいいなと考えている。

短歌は五七五七七のかたち、など黒板に私が書くと、黒板をアイパッドで撮影し、拡大して見ている弱視の方もいた。短歌の題材として「音（声）」「色」をテーマにノートに言葉を書き出してもらった。それは私が想像するよりも児童の皆さんにとっては少々難しいようだった。それぞれが書き出したメモを見ると、

「色　春—ピンク（さくらの花）夏—みどり（木の葉）、あお（空）みずいろ（うみ）秋—赤（もみじ）黄（いちょう）

音　風—ふゅうふゅう　雨—ポツポツ、ジャージャー　たいこーカッカッカッドンドドン　虫—ミーンミン　車の音—ブンブブーン　しんかんせんの音—プあぁーん」

「音（声）ゴロゴロとかみなりがなる。ゲコゲコッとかえるがなく、きりきりとこおろぎがなく。ピーピーととりがなく。冬、ヒューヒューとかぜがふく、なつ、なつ、ギラギラたいようがてりつける、なつ、みんみんとせみがなく」

用紙に書き出した方のほか、点字で打ち出しその下に先生が文字で書き出してくれたものもあった。季節と結びつけた音や色の中身はステレオタイプだ。これは一般的に通じる表現なので仕方のないことだろう。一番好きな言葉や季節を短歌にしてみようということで発表されたのは、

「ゴロゴロと　かみなりがなる　夏のよる　放電現象　地上にとどき」

メモを鮮やかに超えている。「放電現象」の下の句は関心がある用語を使いたかったとのこと。短歌を作ろうという授業が作者である児童の何かを解放するきっかけになったのではと思われる。

中学三年生は個々にテーマや書きたいことを決めてもらった。

「焼き芋（ジャガイモやさつまいも）・家の庭で（ベーベキューコンロで）芋を焼く・両親が焼いてくれる・炭がもえる　赤くなって　火花がカチカチ　・焼けると少し湯気が出る・芋は熱くてやけどしそう・芋の焼ける甘酸っぱいにおい」

「炭赤く　火花カチカチ　芋焼きて　芋から湯気が　一筋のぼる」

アドバイスは、メモは詳しく書いたほうがいいよ。すると描写のために選ばれた語が的確で、短歌として完成している。先生によるとふだんからきちんとしていて古典に興味がある生徒さんだという。児童生徒の皆さんは語彙が少ないと思われているが、自分に近いぴったりの言葉、自分を解き放つ言葉を持っているのだ。

現代短歌をおみやげに

天野慶

百人一首や短歌のワークショップの講師をここ十年ほど依頼されるようになった。「源氏物語ミュージアム」や「世田谷文学館」などでは小学生対象に、まずは百人一首で遊んで七五調に親しんだあと、短歌の創作をして、できた歌でカルタの札（取り札にはイラストも描いてもらう）を制作、最後に自作の混じった百人一首で遊ぶという合わせ技（？）をすることも。

中学生から大人向けのワークショップには、「現代短歌おすすめ三十首」を持っていく。まずは歌の解説、そして三十首のなかから好きな歌を選んで「本歌取り」をしてもらう。変えるのは一文字でもいいし、ほとんど変えてしまっても構わない。パロディや替え歌のような気楽な気持ちで、とアドヴァイスする。

新宿駅西口コインロッカーの中のひとつは海の音する

山田富士郎『アビー・ロードを夢みて』

「なかなか歌が浮かばなくて」という方には、この歌の駅を地元の駅やなじみのある駅にしては？　と提案する。

藤沢駅西口コインロッカーのなかのひとつは大仏専用

など、ご当地ならではの作品が出てきてなかなか楽しい（それにしても大仏専用、かなり大きそう！）。

ほしいのは勇気　たとえば金色の折り紙折ってしまえる勇気

天野慶『テノヒラタンカ』

いつも自己紹介として、この歌を紹介しておく。中学生対象のワークショップのときには、この歌を選んで本歌取りしてくれる子が多い。先輩に告白する勇気、母親に言い返せる勇気、漫画を閉じて教科書を開く勇気……。中学生の欲しい「勇気」がずらりと並ぶ。

「一度手にしたものは、手放したくなくなる」という行動経済学の「保有効果」のように、一度自分で選び、本歌取りで手を加えた歌は、ずっと忘れないのではと思っている。そう、ただ一首でも歌を「おみやげ」にしてもらえたら、ワークショップは大成功なのだ。

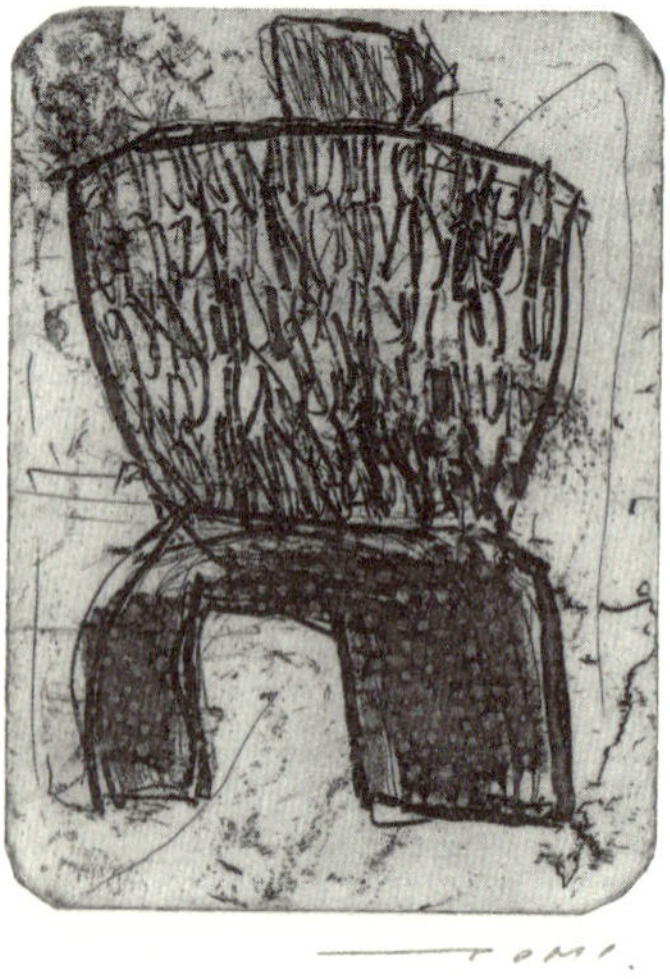

空白でまた逢いましょう

岩倉文也

ぼくにとって短歌とは己の自意識を浄化するための一手段だった。十代も半ばを過ぎていた当時のぼくにとって、日に日に肥大してゆく自意識といかに向き合い、それに対処してゆくかということは喫緊の課題だった。おそらく通常であれば、自意識とは他者との関わりにおいて成熟し、やがては安定してゆくものだろう。だが、高校にも行かずに、六畳半の密室に閉じこもっていたその頃のぼくには、そんな「通常」は望むべくもなかった。

そんな折も折、ぼくは短歌という三十一文字の定型を発見した。いや、藁にも縋る思いでつかみ取った、と言った方が正しいかもしれない。短歌には自意識に風穴をあけ、それを浄化する力があった。

雨の降りはじめた音が耳をうつ　末路といえばすべて末路だ

こうしたぼくの歌は、自意識への抵抗であると同時に、ある種の禊でもあった。ぼくは自らを取り巻く状況を「末路」と定義することで、はじめて自意識から逃れることができたのである。

人は閉ざされた空間のなかでしか飛ぶことはできない。ぼくがそんなことを考えるようになったのもその頃からだ。自らの閉塞を強く意識したとき、歌は自然にあふれてきた。

ゆうぐれのドアからにじむ声がある　密室だろうぼくらの明日は
折れ曲がる傘傘立てにつき刺してぼくらは夢の終りを生きる
雨の降るほうへぼくらはゆくだろう透明だった身体をすてて

ぼくは徐々に、「ぼくら」を歌うことが多くなった。ぼくの孤独は韻律を介して他者へとつながり、無名の荒野にひろがっていった。共有性の喪失を、ぼくは無意識のうちに韻律で補っていたのかもしれない。定まった韻律をもたない自由詩においては、ぼくは遂に「ぼくら」を歌い得なかった。ぼくにとって自由詩はあくまでも個のためにあり、「ぼくら」のためにはなかったのである。

ぼくは短歌を自己の透明化のために使い、自由詩を顕在化のために使った。十代後半のある時期を、ぼくはそのようにして言葉と生きたのである。

ぼくは今、もういちど短歌と、そして自由詩と出会いなおそうとしている。正直言ってぼくは十代のうちに、自分の書きたいことはみんな書いてしまった。すべてを「末路」だと断じたその日から、もうぼくに主題などないのである。

しかし、とぼくは思う。言いたいことを言い尽くし、自らの空白を自覚したその後でしか、言葉とほんとうに出会うことはできない。ぼくらは不断に言葉と別れ、そして出会いつづけることで、自らの詩を紡いでゆく他ないのだ。

ぼくはこれからも、その時々の必然に応じて、気ままに詩を書いてゆきたいと思う。なにも気負うことはない。必然が終れば詩もまた終るのだ。それがいつになるかは分からないし、知ったとてどうすることもできまい。ぼくにできることと言えば、ただ来るべき終焉に向けて、言葉を書きつけることだけである。それが短歌であっても、自由詩であっても構わない。

ぼくは自らの空白めがけて、いっさんに落下してゆく。

母語と外国語

小津夜景

短歌にまつわる最も古い記憶は、十歳のときに市立図書館でみつけた寺山修司『赤糸で縫いとじられた物語』です。書架の前で本をひらき、〈**死の日よりさかさに時をきざみつつつひに今には到らぬ時計**〉の一首を目にしたときの印象は、「理に落ちたつまらない短歌だなあ。でも適度に前衛かつポップだから読者の受けはよさそう」といったもの。あっ。そんなに怒らないでください。何も知らない子供の感想なのですから。

また最も大きな出来事としては、十四歳のある日、母が「これすごく面白いわよ」と文藝春秋を手渡してきたことが思い出されます。そこに載っていたのは校庭のフェンス裏に佇む少女のような俵万智のグラビアと〈**万智ちゃんを先生と呼ぶ子らがいて神奈川県立橋本高校**〉の一首。いまだかつてみたことのない大ぶりの詠み口になんだこれはと思ったものです。

翌日、母が買ってきた『サラダ記念日』を読んで驚きはさらに深まりました。芯のあるストーリー展開。恋愛や仕事をめぐる実のある描写。ドラマの山場にあたる位置に置かれたクライマックスの一首。そのあとにつづくエピローグ的数首。そして何より衝撃だったのが、ラストの一首が醸し出す to be continued 感覚です。「野球ゲーム」も「八月の朝」もまるでAメロで始まってAメロで終わる楽曲のように新たな日常の扉を押しひらきつつ幕をとじる。それまで書かれてきた連作の中に、かくもかろやか、かつあざやかに「ループする世界と自己の再生」をプログラミングしたものがあったでしょうか。

ここまで設計が見事だと〈**コーヒーのかくまで香る食卓に愛だけがある人生なんて**〉などといった二番煎じのコピーっぽい短歌が多少混じっていたところで少しも気になりません。手放しで好きだったのは〈**最後かもしれず横浜中華街笑った形の揚げ菓子を買う**〉。正直私にとって『サラダ記念日』はこれ一首でじゅうぶんなくらい。

そこからさらに時は流れ、不惑をすぎたあたりで私はなぜか短歌ではなく俳句を書き出すのですが、ふしぎなのは、作句の合間に歌を詠みたくなることです。作句のときって外国語の作文にとりくむような集中力を強いられるんですよね。反面、短歌は私にとって母語的なもので、息抜きになるようです。自作の句と歌との関係については自解したくないので、代わりに歌人から反応されることの多い作例を引きます。『サラダ記念日』らしさは皆無にみえるかもしれませんが、影響が模倣といった形を取らなかっただけで、本当に深く感化されているんですよ。

あたたかなたぶららさなり雨のふる
鳴る胸に触れたら雲雀なのでした
夏はあるかつてあつたといふごとく
ゆふぐれをさぐりさゆらぐシガレエテ
長き夜の memento mori の m の襞

水搔きを生やした日からヴェネチアングラスのやうな光と暮らす
空耳のやまざる白き昼なればガアゼをかざし空を吸ひとる
月出でて棹影しかと水にあり付箋のごとく　ここに　見えるか
もし共に生きるなら朝　きぬぎぬのダイアローグの記憶は淡く
声あるが故に光を振りむけばここはいづこも鏡騒《かがみざゐ》なり

注ぎ込む

山川創

頭の中で行き場のない言葉が、あるいは言葉以前の感覚が、ずっと浮遊している。夜道を歩いているときに、オフィスの椅子に座ってキーボードを叩いているときに、ラーメンが運ばれてくるのを待っているときに、それらは口をついて出てきたり、手や足をあらぬ方向へ動かしたりする……。

短歌を作り始めて三年と少しになる。私にとって短歌という形式は、前段落で書いたようなものを収めるための器ではなかった。拡散してとどまることのない言葉の流れを短歌という形に「収束」させることはふさわしくないように思われたし、またそれだけの能力もなかった。手垢にまみれた言い方ではあるが、短歌はもっと「地に足の着いた」ものにしたいという思いもあった。

今年、「詩歌トライアスロン」に応募するため自由詩を書いた。「詩歌トライアスロン」とは、「詩歌梁山泊」が主催している公募企画である。趣旨としては「三詩型交流」を目的としており、三詩型すべてを書いてセットにしたもの（各作品間に関連はなくてもよい）、あるいは自由詩の中に他の詩型が組み込まれているような形の作品を公募するものである。三詩型とは自由詩、短歌、俳句を指し、選考委員も詩人、歌人、俳人一名ずつが務めるという仕組みだ。自由詩を書いたことがなかったので、当然ながらどのように書くかということも定まっていなかった。そこで、頭の中にあるふわふわとしたものを、投入してみようと考えたのである。

そのようにして書いた拙作「彼」の冒頭を抜粋する。

夜に扉を開けると彼が立っている
少しも寒くなさそうな声で「寒いね」と言う
散歩に連れ出すための手が伸びてきて
それを握る前に彼は眠る

彼が眠れば世界が眠るはずの夜楽器の欠けた交響曲が
透明な扉をノックし続ける夢なら夢のように話せよ

このような感じで四連にわたり続く。感覚的な部分はあまりうまく伝わっていないかもしれないが、要するに短歌を作るときの方法と、自由詩を作るときの方法は自分の中で大きく異なっているという、きわめてありきたりな話である。自由詩を書きながら、自分の中で拡散したものを拡散したままで置いておくことができる感覚があった。もっともこれは、悪くいえばほとんど思いつきを並置していくことであるのだが。そんなわけで自由詩部分はほとんど苦労しなかったのだが、逆にいえばその中に組み込まれている短歌を作るのにはいつも以上に苦労した。

幸いなことに拙作は候補作に選ばれ、東京都内にて行われた公開選考会の俎上にあがった。そこで選考委員の一人であった野村喜和夫氏から、「このような書き方は、普通は詩ではやらない（し、よくない）」という意味の評をいただいたりもした。だから今も、本当のところ自由詩のことはよくわからないと思っている。とはいえ私の中でまた増殖していくものがある。次にそれを注ぎ込む場所があるといいなとも、思っている。

4. 短歌の言葉と出会い直すとき

寺山修司から始まる長い旅

ユキノ進

多くの歌人と同様に僕も本の好きな子ども時代を送ったが、寺山修司の『ポケットに名言を』を偶然手にしてから読書の風景が変わった。十三か十四のころだったと思う。寺山が世界中の詩や小説、映画の台詞などから集めた言葉による一冊。それまでの読書が物語を楽しむものだったのに対して、数行の言葉の断片が世界を直接切る力を知り心が震えた。終章には寺山自身の言葉が集められている。名言集のまとめに自分の言葉を置くのも寺山らしい。そこには詩の断片があり、エッセイの一節があり、戯曲の台詞があり、そして短歌があった。

胸病めばわが谷緑ふかからむスケッチブック閉じて眠れど

たった三十一音の中で何かの予感に満ちたドラマが立ち上がることに驚いた。僕は当時背の低い坊主頭の剣道部員で、感傷、憧憬、追憶、孤独、そういった感情をようやく覚え始めたころだ。未知の感情を寺山の作品から知ったのかもしれない。言葉は血のように体を巡った。

その一冊を皮切りに、寺山の本を片っ端から読んだ。詩集、エッセイ、戯曲、俳句……。中でも特に短歌を繰り返し読んだ。そして寺山を起点に塚本邦雄や岸上大作を知り、現代短歌を読み始めた。わからない、と思うことはなかった。すべての言葉が自分に読まれることを待っていたかのようだった。

その後十代の後半は寺山を模倣するように詩や戯曲を書き、舞台の上演をした。二十歳のころ短歌も二首だけつくったことがある。大学の文芸部の機関誌に発表した。寺山の影響の濃い歌だ。

銀杏の葉舞い落つ螺旋を書き留めん譜面失くせしわがシンフォニイ

しかしこの二首に続けて短歌をつくることはなかった。やがて僕は学生演劇もやめ、詩を作るのもやめた。大人になったのだ。会社に入り、毎日夜中まで働くようになった。通勤途中や営業中の地下鉄で歌集を読むことはあったが、自分で作品をつくることはなかった。

『ポケットに名言を』の中で寺山はこんなことを書いている。

人は一生のうちで一度だけ、誰でも詩人になるものである。だが、やがて「歌のわかれ」をして詩を捨てる。そして、詩を捨て損ったものだけがとりのこされて詩人のままで年老いてゆくのである。

詩人にはならず会社員になった僕が短歌を書くようになったのは四十代になってからだ。当時僕は転勤で新潟に住んでいた。新しい街に友人はなく、週末はひとりで市内の美術館を転々とめぐっていた。もともと現代美術が好きだったのだが、新潟には現代美術専門の美術館はない。そこで小さな画廊にも通うようになった。

画廊には作家が在廊していることも多く、いろいろな話をする機会があった。画家、写真家、陶芸作家。若い人もいれば僕と同じような大人の作家もいた。そしてみな自分のペースで制作していた。作品について尋ねるとぽつぽつと、でもていねいな言葉で語ってくれた。つくる側の人たちはひとりひとり眩しく見え、それが作歌を始めるきっかけとなった。シンプルに言うと、心に火が付いたのだ。

言葉を友人に持ちたいと思うことがある。

それは、旅路の途中でじぶんがたった一人だと言うことに気がついたときにである。

『ポケットに名言を』の冒頭である。この一文で寺山に出会ってから自分で短歌を書きはじめるまでずいぶん長い時間が経った。遠回りをしたかもしれない。二十歳の二首に続けて作歌を続けていたら、と考えることもある。それでも、僕もまだ長い旅路の途中なのだ。

短歌の言葉と出会ったとき

白井健康

短歌を始めたころ『31文字のなかの科学』（松村由利子著／NTT出版）のなかに紹介されていた永田紅の短歌を読んだ。

自らの子宮頸癌細胞の生き続け使われ捨てられるるを知らず
「今日HeLa《ヒーラ》余っていたら、6センチ培養皿《ディッシュ》一枚わけてもらえる？」
検索をすればたやすくゆきあたる顔写真ありHeLa《ヒーラ》その人

「Hela細胞」と題した連作の一部（歌集『ぼんやりしているうちに』）であるが、彼女はまた細胞生化学の科学者として知られる。HeLa細胞はヒト由来の細胞であり、その提供者の米国黒人女性ヘンリエッタ・ラックスは一九五一年に三十一歳で亡くなっている。しかし、細胞は現在でもin vitro、すなわち試験管内で継代され、がん研究や製薬の現場で使われ続けている。もっともこの事実は、亡くなったヘンリエッタさんの家族には長い間知らされてなかったようで、それが後々に悶着を起こすことになるのであるが。

「子宮頸癌細胞」「HeLa」「培養皿」などは、ラボで何気なく使っているテクニカルタームであるが、短詩型文学である短歌のなかでそれらの言葉を発見したとき、砂場のなかのあるはずのない宝石を発見したかのような、意外さと新鮮さを感じた。

以来、自分自身の専門分野（獣医、畜産分野）のテクニカルタームを、短歌の言葉として取り入れている。

＊

もうひとつの短歌の言葉、それは、それだけでは意味を持たない言葉である。

私は従来から実生活のなかで言葉に対して苦手意識があった。話の内容をうまく相手に伝えられない、伝えなくてもいい言葉（それは、自分自身が伝えたいと思っていたはずの言葉なのに）を選んで使ってしまい、落ち込んだことがあった。そんな理由から、話したり書いたりすることが上手なひとや、言葉が好きなひとを羨ましいと思っていた。しかし、詩歌や短歌についてはそのときの歌にもよるが、状況や心情を必ずしも厳密に伝える必要はないと思う。

貧しさに耐えつつ生きて或る時はこころいたいたし夜の白雲　佐藤佐太郎

たて笛に遠すぎる穴があったでせう　さういふ感じに何かがとほい　木下こう

佐藤佐太郎の『帰潮』と木下こうの『体温と雨』から引用した。「或る時」はほとんど意味をもたない虚辞であり、佐太郎は虚辞を使うのが非常にうまいと大辻隆弘は『佐藤佐太郎』（笠間書院）で述べている。確かにこの言葉が一首の中に使われることによって、歌全体がやわらかく、ゆったりとする。

木下こうの「そういう感じ」「何か」などは、話し言葉としてよく使われるが、その内容を正確に相手に伝えているわけではない。そういう感じとは、どのような感じなのか、何が遠いのか、読後に未消化のもどかしさが残る。しかし、そのもどかしさが読者の想像力を掻き立ててじんわりと伝わるのだと思う。

最後に、拙歌を紹介してこの欄を終えたいと思う。

スズメが土瀝青になってる（どうかしてる（どうにもならない
洗っても洗ってもまだほんのりと産褥熱の残るこの町

『オワーズから始まった。』より

ぽつぽつ

せせらぎ街道

せせらぎ街道を運転するのは、今日で五回目だ。せせらぎ街道は岐阜県にあって、私が今住んでいる町と、私の実家がある町をつないでいるから、私は帰るためにこの道を運転する。

車の運転はもう慣れたもんだ。七十キロくらいのスピードを出して運転ができる。後ろに車が来たって、対向車にトラックが来たって怖くない。ここを一回目に運転したとき（三月のまだ寒かった日、引っ越しをしたとき）は、後ろに車が付くたびに、怖かったのに。でも、高速道路を一人で運転するのはいまだにできず、私は高速道路は通らずに、下道と呼ばれるせせらぎ街道を通る。

今日は日曜日で、晴れていて、運転するのも気持ちがよかった。バイクでツーリングしている人もたくさんいて、私を抜いていくバイク乗りの人たちがかっこよくて、私もバイクに乗ってみたいなと思ったりする。誰かの後ろに乗ってみたいな、とも思う。

街道には広葉樹が立っている。葉や枝の影と、木漏れ日とが落ちている道を通るとき、フロントに影と日とがくるくると映って、なんだかタイムマシンに乗ってワープをしているみたいな心地がする。楽しかった京都の生活に戻れ、社会人になる前の、遊んでばかりだった大学生の頃に戻れ。そんなできもしないワープの想像をする私に、窓から入ってくる青葉風は、涼しくて、優しい。

明日から仕事だ。憂鬱な気持ちを少しだけ引きずって、でも私は、あいみょんの曲を歌ったり、ワープをする想像をしたりしながら、せせらぎ街道を進む。

川上まなみ

さびしかつた

私が日本語教師としてネパール、カトマンズの日本語学校へ派遣されたのは一九九九年十二月だから、今年の十二月で二十年になるが、派遣される前に読んだ歌の中で特に印象に残ったのが、大口玲子さんの

形容詞過去教へむとルーシーに「さびしかつた」と二度言はせたり

だった。自分もネパールでこんな歌が詠めたらいいなと思っていた。

しかし、ネパールへ行ってからは、まったくと言っていいほど歌が作れなかった。塚本邦雄先生の『寵歌』を持って行ったのにである。それだけでなく、大学時代からの趣味だった写真もまったく撮らなくなった。せっかくカメラバッグに一眼レフを入れて持って行ったにもかかわらずである。さらに、ネパール語も全然話せるようにならなかった。二年間もいてである。

いったい自分はネパールで何をしていたのか。日本語を教えていたのである。午前六時半から八時までと午後二時半から四時まで、そして、午後五時半から七時までの三コマを月曜から金曜まで毎日担当していた。その授業準備に追われていたのだ。

だが、じゃあ、土日に歌を作るなり、写真を撮りに行くなり、ネパール語の勉強をするなりすればよかったのではないかと言われるかもしれない。しかし、土曜は前日の金曜の夜に飲み過ぎて体調がよくないことが多く、日曜は月曜の授業準備や掃除洗濯をしていることがほとんどだった。

ネパールでの日々は充実していたが、心のどこかでは「さびしかつた」のかもしれない。

惟任將彦

ぐ

学生時代には望むと望まざると――まあたいがいは望まない方が多いわけだけれど、短歌を作らされることがある。わたしの場合は、その最後の機会が、通っていた中高一貫校が年度末に発行する文集の、卒業生特集だった。

各々が一首ずつ、六年間の思い出やら何やらを三十一文字に落とし込んでいく。クラスによっては、出席番号順に並んだそれぞれの歌のあたまを繋げるとひとつの文章になるという仕掛けを入れることもあり、わたしのクラスもその例に倣うことになった。

三年B組に所属していたわたしに割り当てられたのは、「びぃぐみ」の「ぐ」だった。

ぐ、って。ぐ、から始まる短歌って。というか、ぐから始まる単語って何があったっけ。

困り果てたわたしは、縛りがきつい、せめて濁点を取って「く」にしてもいいか、とおおもとの文章を考えたクラス委員に交渉したが、答えはノーだった。

わたしの歌の初句は、「愚者笑う」になった。繰り返すが、卒業記念の短歌である。

それからしばらくして、自分から短歌をつくるようになり、こうして歌に関する文章まで書くようになったのは、あの頃からすれば不思議な巡り合わせなような気がする。

あんな初句だったけれど、わたしがつくったのは明るい歌だったと思う。思う、というのはそれから文集を開いていないからだ。

飯田彩乃

ワールドカップあれこれ

僕の住む横浜にサッカーワールドカップがやって来たのは、今から十七年前。僕は小学四年生で、朝から晩まで野球のことばかり考えているような少年だった。そんな僕でも二〇〇二年のあの一か月だけは、サッカーの祭典に夢中になった。あのころ、グラウンドには毎日のように、カラーコーンでできた謎のゴールが出現した。いったい何人の出来損ないのオリバー・カーンが、そのゴールを守ったのだろう。今となっては遠い思い出だ。

選ばなかった方の道を、いつも考えてしまう。野球ではなく、サッカーを選んでいたら。陸上競技を選んでいたら。あるいはスポーツではなく、ピアノや書道を選んでいたら。幼いころの選択は人生を左右するという。もちろん、実際には子どもが主体的な選択をしているとは限らない。僕も野球を選んだ理由は覚えていないし、自分から「やりたい」と言った記憶もない。

二〇一九年は再び横浜にワールドカップがやってくる。ラグビーには正直あまりなじみはないが、これを見て興味を持ち、自ら〈選択〉してラグビーを始める子どもは少なくないだろう。翌年にはいよいよ東京オリンピック。僕が今の子どもだったら、無限の可能性に目がくらくらしていたかもしれない。

結局、僕は野球では芽が出なかった。中学ではずっと補欠だったし、練習も試合もお世辞にも熱心とは言えなかった。だから、余計に選ばなかった方の道を考える。そして、どの道を選んでいたとしても、どこかで短歌に出会っていたのだろうと思う。

貝澤駿一

歌人の一週間

工藤吉生

5月6日(月)

朝、別れを切り出された。こういうことは何度かあって、そのたびなんだかんだで元通りになってきた。昨日その人にあてて書いたハガキを今日出した。岡野大嗣さんの〈**もういやだ死にたい　そしてほとぼりが冷めたあたりで生き返りたい**〉の短歌と、安福望さんのイラストのポストカード。寝て、昼過ぎに起きたらうっすら悲しかった。ツイッター見ていて、ファラオをフェラチオと見間違えた。

5月7日(火)

今朝も、目覚めたときにかなしかった。夢の中でその人の事を考えていた、とでも、いうのだろうか……。

便座に「ビューティー・トワレ」と書いてあるのが気になって検索したら、トワレとはトイレのことだった。馬鹿にしている。

5月8日(水)

やっぱし寝覚めが悲しい。短歌研究4月号を読んだ。「平成じぶん歌」最終回。だいたい「平成」を振り返ってるんだけど、「じぶん」に潜っていく林和清さんの短歌が印象的だった。〈**みづからのもつとも深く暗い海で見た顔だけがじぶんであつた**〉。

5月9日(木)

目覚めると、血の匂いがして手が赤くて視界がにじんでいる。起きて鏡を確認したら目の周りが血まみれになっていた。寝たまま鼻を激しくほじって、鼻血が出て、鼻血のついた手で目をこすったと考えられる。目から出た血じゃなくてよかった。その後しばらく鼻血が止まらなかった。

5月10日(金)

月詠を仕上げて投函した。結社に出す歌は、ごく最近の作品でつくるようにしている。数百首の短歌が未発表の状態にあるけれども。

サッカーのドイツのレーヴ監督がベンチのヘリのような枠のようなものをバキッと壊してしまう動画を見たことがあり、また見たくなったが、見つからなかった。

5月11日(土)

仕事以外の時間はずっとYouTubeで心霊関係の動画を見ていた。「ほんとにあった!呪いのビデオ」が有名だけど、ほかにも色々ある。棒読みと合成が露骨で見てられないものもあった。「封印映像33」の「呪われた地下アイドル」がよかった。心霊じゃなくてストーカーの話だけど。

5月12日(日)

散歩した。近所の道路の途中に巨大な壁ができて道が断たれている夢を見たので、その場所に行った。壁はなくて普通に道路だった。

2019年5月6日（月）〜12日（日）

本多真弓

5月6日（月・振替休日）

文学フリマの話で賑わうツイッターを眺めつつ、午後から出社。九日ぶりの作業に手間取る。今の業務の大部分は頭ではなく手がしていることを痛感する。新橋から指示がきて、CMを差し替えて帰宅。連休最終日の夜は、隣接したショッピングセンターもさすがに閑散としていた。

5月7日（火）

連休明けは会社全体の毛量が減るのだなあ、と髪が短くなったおじさんたちを眺める。放送確認書をひたすらチェック。ここでミスが発覚すると「切腹最中」を買いに走らなければならない。とりあえず今月もノーミス。

5月8日（水）

退社後新宿歌舞伎町ロフトプラスワン。立川こしらの光文社新書『その落語家、住所不定。』出版記念イベント。ゲストの立川吉笑との掛け合いを堪能。「お前のことは俺が守る！」と吉笑を見つめて叫ぶこしらに萌える。それにしても、住む場所を持たないという生き方、わたしには絶対出来ない。

5月9日（木）

帰宅後ポッドキャストで『便所のつぶやき』。中澤瑬光さんから、中澤系〈3番線快速電車が通過します理解できない人は下がって〉のアクリルキーホルダーの画像到着。「トリビュート中澤系」冊子に合わせて企画したグッズ。今回、エッセイを公募したところ、想像以上に若い層（辺見丹、中澤詩風、青松輝など）が中澤系の影響を受けていることに驚いた。実作者としては、中澤系の言葉の強度が正直羨ましくもある。

5月10日（金）

携帯キャリアが無料でくれる一杯のうどんのために、長蛇の列に並んでみる。月々キャリアに払っている通信費と、並んでいる間に零れ落ちてゆくわたしの時間を引き換えに得たうどん。尊い。

5月11日（土）

朝カフェ。辻聡之第一歌集『あしたの孵化』（短歌研究社）を読み返す。午後中野サンプラザ歌集批評会。かりんの若者たちがスタッフとしてきらきらと働いていてまぶしい。今若い人が一番結集している結社はかりんかも説。司会・大井学、パネリスト・小島ゆかり、谷川由里子、土岐友浩による前半の展開がエキサイティングでメモを取りまくる。〈盗み見る義妹の腹にみっちりとしまわれている姪らしきもの／辻聡之〉の一首評を寄稿した同人誌「短歌ホリック四号」拝受。書いているうちに憑依してしまった憑依評。

5月12日（日）

未来発行所で、割付作業と編集会。くたびれる。

歌人の一週間

柳谷あゆみ

5月6日(月・振休) なのに勤務とは。

早稲田大学構内青空古本市に立ち寄ったら、なんとほぼ歌集・歌論のみという棚があった。新しい歌集もあり、かなりの充実ぶり。――誰の蔵書だ。

そこに拙歌集がないことに複雑な安心をしつつ、旧持ち主を推測した。おそらく同年代か少し上だろう。私よりも人づきあいがよく、友だちが多い(それは殆どの歌人が該当する)。しかし何故これらを手放した。売ったのか、死んだのか。少し考えて、周囲の精神衛生上良さそうな方を採っておいた。

5月7日(火) 3ヘッダー勤務。野球の先発投手だったら潰れとる。

授業のコメントシートにGWにあったことを書いて下さい、と頼んだところ、「付き合っていると思っていた子」からボロクソ言われた、というコメントが寄せられた。情報量と時の流れが凝縮された暗黒星みたいな一言だ。短詩型の可能性を感じた。誤解すごいな。

5月8日(水) 勤務+内職。

気のせいか、学生が激減していた。平成を越えられない人間がこんなにいたなんて。「授業二回で文字が終わった!」というコメントはあったが、アラビア文字と発音記号を教えた程度だから、きっと時代の変化に耐えられなかったのだろう。若者は繊細じゃのう。

守秘義務がある内職をしていると家族に説明するのに「地球の平和を守るちゃんとした仕事だ」と言ったせいで家庭内では私が週二回、地球防衛軍でバイトしていることになっている。どこを修正すべきかもうわからない。

5月9日(木) 勤務なし。内職。面陳。散髪。

駒込の「BOOKS青いカバ」で本を買う。白水社EXLIBRIS十周年フェア(記念冊子有)で拙訳も面陳されていた。浮かれて棚を記念撮影する。自宅からバスに乗ると、風にそよぐ麦の畑が見える。もうすぐ麦秋、五月は力みなぎる新しい時間。

5月10日(金) 3ヘッダー勤務。

「ククク、先生、前髪切った?」と半笑いの学生に言われる。あー三つ編みドレッドに笑われてますけど、お前もおかっぱになってしまえ!と内心で全力呪いつつ「切ったよ」と答えた。

5月11日(土) 翻訳仕事+休息

今、手掛けている翻訳はシリアとイラクの小説だが、両者に共通するのは国という共同体の崩壊を扱っていることだ。自分がこういう仕事をするといつから予想できただろうか。

5月12日(日) 片付け+翻訳+予習

今週も疲労と困惑が多かったがもうだいぶ忘れた。風邪も治った。明日は勤務後に歯医者だ。あまりぞっとしないけど、まあ明日のことだから。

2019年5月6日(月)〜12日(日)

高山由樹子

5月6日(月)

応援しているサッカーチーム、SCフライブルクが1部残留を決めたので、すこし豪華な朝ごはんを食べる。午後、文学フリマ東京へ。参加した同人誌「砂糖水」のブースにいたりいなかったり。たくさんの人に会って、たくさんの同人誌や本を買って、たくさん食べて飲んで、家へ帰る。

5月7日(火)

夜、膝のリハビリのため整形外科へ。理学療法士さんが会うなり「昨日なにか重いものでも持ちましたか?」と言うので驚く。専門家ってすごい。指示どおりに背中のストレッチと足指のトレーニングをしたら膝の動きがとてもよくなった。専門家って本当にすごい。

5月8日(水)

なぜか眠れなかったので、4時からサッカーを観る。UEFAチャンピオンズリーグの準決勝、リバプールFC対FCバルセロナの第2戦。第1戦でバルセロナの勝ち抜けはほぼ決まったと思っていたからあまり興味の持てない試合だったのに、興奮しすぎて呼吸がうまくできなくなるほど面白かった。そのまま寝ずに歌会へ。朝の8時から歌会をして、タルト屋さんでタルトを買う。あとはそれぞれ仕事へ行ったり、映画を観に行ったり、海へ行ったり。

5月9日(木)

4時に起きてサッカーを観る。今日はとても楽しみにしていたAFCアヤックス対トッテナム・ホットスパーFC。チャンピオンズリーグは準決勝の第2戦がいちばん面白い、と会社の同期の宮田くんが熱弁していたことを思い出す。ラマダン中なので日没まで食事をしないらしい、と報道されていたハキム・ジイェクのシュートのあまりの美しさに、頭の奥が一日中ずっと痺れていた。

5月10日(金)

4時に起きてサッカーを観る。ヨーロッパリーグは準決勝2試合が同日開催なので、身体は楽だけどなんだかせわしない。でも、どちらが勝ってもよい試合をぼんやりと観るのはけっこう贅沢なことかもしれない。

5月11日(土)

寝不足をたんまり取り返してから、友人の家へ。高校の同級生5人で久しぶりに会う。古い友人は趣味も仕事も価値観も本当にバラバラで、そういう相手とすごす時間も自分には必要なんだとあらためて思う。

5月12日(日)

スイスへ出張に行く相方を見送って、SCフライブルクの昨日の試合の録画を観る。

短歌の雫

写真・田中ましろ

背中から倒れたきみにこの白髪天使のように見えただろうか

小説に出てきた風が吹き渡る走りたいから走るあの木まで

ブライトという犬でしたぼくはもう二つも先の時代に来たよ

予報とは違う光に手を伸ばす影追いかけて飲むレモネード

寝転べば教師も生徒もない空があるだけ背中が懐かしいだけ

懐かしい背中

本多 忠義

たちまちに

黒川鮪

さくらばな例年通りに咲くでしょう暮らしはまばたきよりもたやすい

ポジティヴ＆ネガティヴまひるまのウーバーイーツの配達員の

まちなみはお墓の気配　ほの高い公衆浴場からのぼる湯気

名前しか知らない人が越してくる風はほんとに噂をはこぶ

枝先のわずかに揺れてたちまちに雨はきました　怒りみたいだ

使途不明のわたし

嶋田さくらこ

二人なら過不足のない平成を生きて我らは遺伝子を絶つ

はしゃぐ子の手を引く夢をみたこともあって夜明けに猫を抱きしめる

幸せを見れば不幸せを思う光が影を濃くするように

溺れない波を選んできたことをきみに優しく咎められたい

産むの産まないのって聞くの聞かないの令和になった令和になった

掌編小説

円

九螺ささら

ものごころがついた時から、僕はいじめ抜かれていた。「死ね！」と叫ぶ同級生に、「じゃあ殺してくれよ」と言うと、相手は一瞬ひるんでから、「お前殺して死刑になるのがやだ」と言った。

一人っ子でなければ、母子家庭でなければ、僕は死ねただろう。母が僕を生き甲斐にしていたから、死ねなかった。母が他界したのは僕が二十歳の夏だった。僕は喪主になり、そして生き延びる理由を失った。九月から大学に行くつもりはなかった。どうやって死のうかと考えるとほっとする。僕は急にわくわくして、死にかたを考える時のお供にクラムチャウダーを選んだ。インスタント物だったけれど、味を感じたことなどなかったから、舌鼓を打つとはこういうことかと膝を打った。

僕は変わった。それまで、自分が人生などというものを生きているとは思えず、生は何かの罰だとしか感じられなかった。でも、おいしいと感じる自分を、僕は人間だと思った。生まれて初めて獲得する、自尊心だった。死ぬその瞬間まで、僕はおいしい物をおいしいと感じたかった。

インスタント物をあらかた制覇してから、レトルト物にチャレンジした。レンジでチンするだけで、炊きたてのようなご飯やビーフシチューが味わえる。僕は母の位牌のある部屋に引きこもり、一日中、起きている間ずっと、次は何を食べようかで頭をいっぱいにしていた。

「うちに来ませんか？」

そう声をかけられたのは母の三回忌の日だった。僕はおいしい物をもっと食べたいという食欲だけで、大学にも行かず母の遺産を食い潰しながら二年も生き延びてしまったのだ。声をかけてきたその人は、僕同様、男性か女性かが見た目や声からはわからなかった。何歳くらいなのかを判断する手がかりもなかった。そして、僕がいじめられてきた原因と同じ外見の特徴を有していた。

「うちに来ますか?」

最初は提案だったものが、二択になった。僕は「行きます」と告げる。「生きます」という決断だった。

「ここがうちです」

その人はこの星の表面に円を描く。そして円の内側に入る。「さあどうぞ」言われて僕は固唾を飲む。円に入ったら、円の外には二度と戻れないだろう。つまり今までには戻れない。今までのほとんどが地獄だったというのに、僕には少なからず躊躇があった。「やめますか?」「いえ」僕は意を決して円に足を踏み入れる。案の定、直ちに円の外が消える。中には、ストローのような口をした、僕そっくりの人しかいない。

「我々は有吻類《ゆうふんるい》なんだ。うちはみんな、こういう口をしてるんだ」「我々」「うち」「みんな」、そういう言葉の一部になってみたいと、今までどんなに憧れただろう。母も僕とは違う外見をしていたから、僕は家でも孤独だった。僕は、じゃあ今までは一体なんだったのかと憤慨をもって振り返る。初めからここにいたら、あんなことにはならなかった。

食器は花瓶形で、僕はストロー形の口をそこに差せば問題ない。

なにもかも問題ない。円満とか丸く収まるという言葉を僕は思う。きっとあと一月もすれば、生まれた時からここにいたかのように僕はここに適応しているのだろう。過去や母のことを前世のように忘れてしまって。

ぽつぽつ

短歌は踊る

誰かの前で踊る時、私は誰かに見られると同時に、その誰かを見る。そこにある窓や電球やお茶のペットボトルや壁に映る自分の影を見るのと同じように、見る。自分の腹の音が聞こえ、エアコンの風の音が聞こえ、誰かの咳の音が聞こえる。

＊

私はダンサー／振付家として、短歌と出会った5年前から、自分が詠んだ短歌を踊る〈短歌deダンスシリーズ〉という作品の創作・発表を続けています。最近では、32首からなる小さな歌集をダンスにより立体化した「涌田悠第二歌集」を様々な劇場やカフェなどで踊りました。

〈短歌deダンスシリーズ〉の創作は、言葉とからだの終わらない追いかけっこのようだなと思います。常に共に生きているこのからだが、世界や他者に触れ震える時、ダンスや短歌が生まれます。言葉と言葉のすき間から溢れ出るものを踊り、からだの端々からこぼれ落ちるものを言葉に掬い上げる。そして言葉ひとつひとつの奥にあるものを、それらを生み出した腹の底、小指の先、みぞおちの奥、足の裏、すべての毛穴を使って探り直していく作業は、果てしなく、楽しいです。

誰かの前で踊ることは不思議です。あらゆるものを飛び越えて対等に、からだや声を通して一瞬で、心の深いところで触れ合う力があります。会ったこともないどこかの誰かと一緒に震える瞬間を、ずっとばかみたいに信じて踊っています。

いつかあなたの前で、あなたと一緒に、踊りたいです。

涌田悠

ひだる神とジム

前の職場で心身を繋ぐ何かがずれたのか、ここ十年近く空腹を感じることが少なくなった。腹が減らなくなったのでなく、代わりになぜか「死なねば」という思いが湧き上がるようになったのだ。笑っていた次の瞬間にそうなることもあり、そのつど混乱したが、唐突だし理由もない。そもそもなぜ「〜たい」でなく「〜ねば」なのか。空腹が原因と気づいた時は腹立たしくもあった。山越えの旅人を動けなくする妖怪「ひだる神」にとり憑かれたらこんな感じかもしれない。祓うには、何でもいいから食べることだ。私は空腹を避け、昼食を多めにとり、外出時は非常食（クリーム玄米ブラン）を持ち歩いた。安く仕入れるため薬局を「パトロール」するようになり、ついに特価のお菓子にも手を出した。

そして今年の一月、膨張しきった私は短歌のテレビ出演依頼を受け、ジムに通い始めた。少しでもボリュームを減らそうというわけである。運動など全く興味がなく、小中学校の体育もずっと1だった。どうせなら最も自分から遠い事をしようと、暗闇で音楽に合わせて自転車を漕ぎまくるジムにした。インストラクターと「アーユーレディ?」「フー!」と声を掛け合う時間《タイム》もある。

五月、収録も放送も終わった今、私はまだジムに通っている。週三日ほど漕ぎまくり、前後の時間に大量のお菓子を食べ、正に自転車操業。これもまた新たな呪いのような気もしないでもないが、運動をするとものすごくお腹がすく。再び空腹感を手に入れたことは、ひとまずの成果である。「フー!」はまだ言えない。

山川藍

照葉樹の森から

小黒世茂

草木や昆虫を見に、照葉樹の森にゆく。熊野の山住みの友人が写真を撮っていることもあって、連れていってもらったりするのである。

四月、姫岩鏡（ヒメイワカガミ）が束になった葉のなかから、漏斗形の白い小花を横向きに咲かせていた。図鑑では高山植物となっているが、大塔山系では山すその姥目樫林に群落をつくっていた。七月、海につき出た原生林の奥に、一センチほどの椎の灯火茸（シイノトモシビタケ）が発光していた。十一月、湿った一位樫の林からあらわれた蝶のルーミスシジミは、褐色の地にコバルトブルーの翅を輝かせていた。水を飲みにやってきたらしい。五十頭はいただろう。

出会った花や虫の名がまた、おもしろい。曙躑躅（アケボノツツジ）、舌切草（シタキリソウ）、麝香草（ジャコウソウ）、紀国鈴掛（キノクニスズカケ）、小塩釜（コシオガマ）、そして白縁口太亀虫（シロヘリクチブトカメムシ）、赤蜆（アカシジミ）、那智青鯱鉾（ナチアオシャチホコ）、薩摩錦（サツマニシキ）など……。名にはいのちの尊厳がこめられていて、とても堂々としている。

照葉樹の森は熱帯地方からの黒潮によって、特有の湿潤気候をかもしている。とりわけ熊野の自然の豊富さは特異だといわれるが、実は他が破壊されているからそう見えるのだ。たまたま照葉樹林の原型が、ここに残された。これら希少種の生き物は、環境が変われば生き残れない。森は環境のバロメーターになっている。

短歌の効能

川谷ふじの

投稿を始めたのは毎日新聞だが、初めて現代の短歌に触れたのは日本経済新聞だった。小学六年生の頃、家にあった新聞をめくっていた時に短歌を発見した。誰にでもあることなのかもしれないけれど、私は小説を読んだあと、その語り手の口調で心の中でしゃべる癖がある。新聞に載った短歌を一通り読んだ後には、私の心の中の口調は五七五七七になっていた。

短歌を作っているとは、ほぼ言っていない。友達二人と、新人賞を獲ったときにしょうがなく家族と、高校の先生にも話した。大学には、私が短歌を作っていることを知っている人はいない。

大学では、踊れるようになりたくてダンスサークルにはいった。運動部にも入ったことがない未経験者なので私が一番下手だし、ダンスというかふかわりょうのネタみたいな動きしかできないので惨めな気持ちになることが多い。そういう時は、短歌研究新人賞を獲ったことを思い出して自分をなぐさめる。これは毎日歌壇で、加藤治郎さんに初めて歌を採っていただいた時から変わらない。勉強や運動や人間関係や顔面偏差値など、足りないところだらけの自分でも誰かに選んでもらえるポイントがあるというのは、私の人生をしっかりと支えてくれていた。人に褒められるのが動機というのは不純かもしれないけれど、短歌を選んでいただけたことで、自分を見失わずにやってこられたと感じている。

ねむらない短歌時評③

我が心は言葉にあらず

寺井龍哉

四月に川野里子の歌集『歓待』（砂子屋書房）が出た。冒頭の連作「Place to be」は老母の死の前後の様子を描く。死にゆく母と生きてある自身の差異が朧化され、境界は融解する。標題はあるべき場所、というほどの意味であろう。

母死なすことを決めたるわがあたま気づけば母が撫でてゐるなり

母死なせ生きのびしわれ死にしわれ寄り添ひて立つ自販機の前

母を失う喪失感が、自身まで死の側へと追い込むような深さで表現される。死という事象の特殊性は、それがつねに他者のものとして語られる点にあるが、その限界に肉薄する。「**死の側より照明《てら》せばことにかがやきてひたくれなゐの生ならずやも**」（『ひたくれなゐ』）とうたったのは齋藤史だが、川野の視点は生も死も超えたところにあると言える。

ところで、今年の四月一日の東京は昼頃から上空のヘリが騒がしくなり、メディア各社は新年号「令和」とその典拠とされる『万葉集』の話題に時間と紙幅を割き、狂奔が始まった。短歌の世界もこの動きに無縁でなく、特に「短歌研究」五月号の特集は「迷ったら『万葉集』、そして古典」と題して十名の歌人の文章を掲載した。発売日は四月二十一日であるから、驚くべき対応のはやさである。同誌に「万葉集の名歌評価一新の企て」を連載中の万葉学者、品田悦一も「「令和」から浮かび上がる大伴旅人のメッセージ」を寄せ、寺井龍哉は解説を書いた。結果として、新たな年号の発表は間違いなく誌面を盛り上げることにつながった。

ことの功罪は慎重に見きわめられなければならない。安倍晋三首相は談話において『万葉集』を「我が国の豊かな国民文化と長い伝統を象徴する国書」と紹介した。だが具体的に典拠とされる「初春令月、気淑風和」は和歌群の序文にあたり、中国古典の先行表現を多分に摂取した漢文で書かれている以上、典拠が「国書」たることの強調は浅薄な理解に基づくと言わざるをえない。同談話と百田尚樹『日本国紀』（幻冬舎）で『万葉集』の説明がよく似ているのは偶然だとしても、『万葉集』所載の歌々が現代の人々の眼にも魅力的に映りうるだけに、たとえば国家への奉仕へと人々を駆りたてる詐術の具として有為に利用される危険も、過去のものではあるまい。魅力ゆえの危うさは、陥穽と呼ぶに十分である。ではなぜ、魅力的なのか。

特に歌人にとって古典和歌が魅力的なのは、自分の用いる詩型と、数百年の時を隔てた歌人たちの採る詩型が共通しているからだろう。人麻呂、貫之、定家の作と同じ拍数、韻律で私も言葉を連ねることができる。その喜びがある。右に掲げた川野の作を古代和歌の挽歌の伝統とむすびつけて語ることもさほど困難ではない。そうして私は、千年以上にわたり維持されてきた不変の伝統があることを得心する。陶酔すると言ってもいい。

しかしこの認識には明らかに欺瞞がある。千年以上、日本や日本人の定義や範囲が一定であったはずはなく、時代と地域が違えば言語が変ずるのは当然である。私とはるかに時代を隔てた歌人たちが私と同質の精神性を持っていたとは考えず、千年以上の伝統を保持しているのは表層的な詩型の特徴に過ぎない。人々の精神は刻々と変化し、また作品の精神は読まれるたびに読者のうちに現出するものであるから、それが連綿とゆるぎなく保たれてあると考えるほうが不自然である。骨格や栄養状態は違っても演技や所作という身体的な振る舞いは真似ることができる、ということに近い。

一方で、だからその言葉の背後に何があるかは問えない、と考えるのも短絡だ。観念とともに表現が生まれ、表現によってのみ観念は示されうるのだから、表現から背後の観念を知ろうとするのは正当である。ただ、観念がそのまま表現なのではない。両者は徹底的に別のものである。『古今集』仮名序は「心」を「種」に、「言」を「葉」にたとえ、この差を見事に示す。

批評の言葉はどうか。「現代短歌」七月号は片山貞美らを中心とした会合の様子を記録した外塚喬『実録・現代短歌史 現代短歌を評論する会』(現代短歌社)をめぐる特集を組む。誌上にも紹介された玉城徹「批評綱領のために」なる文章は「その批評者が、どんな文学理論の上に立っているのか、いくら読んでも判明しないものは悪質である」という。「文学理論」は具体的な表現と関わりながら構築され、それを前提に批評が展開されるようなものではないとすれば、この態度は頑迷にも見える。しかしこの主張は、論理の普遍性や客観性を確保せよと促してもいる。批評の基盤を、読者の誰もがたしかめられるように見せよ、というのである。

批評は作品と読者を媒介する。とすれば批評が必要としているのは、自分には事態がこのように見える、という告白よりもなお、このように考えれば誰もがこのように事態を見ることができるはずだ、という論理である。そのためには評者の観念よりも、批評の言葉の振る舞いを、読者によく見せねばならない。そしてその振る舞いを真似られるように配慮せねばなるまい。この見立てをとることができるのは他ならぬ私だからだ、という自負を持ちつつも、同様の振る舞いをとりさえすれば誰であろうと同じ結論に着地できるはずだ、という確信が必要とされる。その苦しいせめぎ合いに批評の意味がある。

その点、加藤治郎の「ニューウェーブの中心と周縁」(「短歌研究」六月号)は不全感が残った。短歌における「ニューウェーブ」の展開をたどった力作だが、近しい人間関係の描写に情感がこもる。穂村弘の「遷都」九首を目にした加藤の様子はこうだ。「この男に会いたいと思った。才能に惚れたのである。(中略)手紙を書いた。きみの歌はとてもいい。何日か経って返事が来た。小躍りした。電話番号が書いてあった。一本の道が見えたのである。」青春小説のような筆致だ。個人的な回想である以上やむをえない面はあれ、論の全体が結局はごく限られた範囲での共通認識の紹介であるような印象が拭えない。遠い立場にまで届きうるか、疑問である。

現状が複雑なら、その批評も複雑になる。批評の形態は内容を規定し、一方で具体的な形態なしに内容は存在しえない。複雑な現状を単純な形態で批評することは不可能だ。可能だというのは虚偽に近い。簡明さは二の次にして、読者とともに低回したうえで新たな発見をもたらしてくれるような批評を、求めたい。

破船

魚村晋太郎

ゴッドファーザー愛のテーマを鳴らしては暴走族過ぎき少年の夜を

雲形定規おほよそは雲でないものをゑがきつつ葉桜の窓辺に

蜜柑の木は九年で母になると言ふわたしを産むまへの母がきて

たしかむかしあつたボート池、田園都市線急行で多摩川をわたる

おもひのほかやつれてなくてほつとしたふた月とすこしまへの曇り日

切り出された石の時間が灯籠としてたつてをりこの白日を

破船のやうな花虻の屍にとりすがる蟻の懸命にちさき影そふ
疎開先で十一の少女だつたことみづみづと四十九日の青葉
焼け跡の東京にもどり母親を亡くした母のうなじ汗ばむ
とりもどすべきものがなにかあるやうな五月の夕べ風の樹が若い
似顔絵を描く若者がけふはゐない三番出口雨の匂ひす
昭和をはるあの日の母の年齢になつてゐて黒霧島《くろきり》の水割り
ここがどこだか思ひ出すまでのんでゐるまだ脚のあるいうれいなれば
かさねてくるからだつめたく昧爽のいづみの底にふるへる小石
さかさまにならぶ硝子のコップごし月曜の朝のひかりはとどく

なにもせざりき

今橋愛

２０１７年11月

夜のなか
目が慣れて目をあけたまま
目をつむったら明日がくるから

車いすに乗せられ
からころ運ばれて
かんごふさんに思いやられる

そこにメガネ
目のまえにミーのたくらんだ顔
空調の音だけがする

待つ　横になって
痛いのが　なくなるのを
待つ
かけぶとん分のかるさを感じる

「妊娠中からのおっぱいケア」の冊子
ミーの横に かかっておりぬ

みぎめから　なみだ
ひだりに　にぎらされてるのは
ナースコールのボタンか

また　ここで　と
こんかいはねがえません
ねむいまま　ねむってもて
きえてしまいたい

12月2日　2時3分

わた、しの　そらまめあかちゃん　なんで
いき　とまったの
なんで

どこにいったの

クリスマスのことはかんがえられない
プレゼントのこともかんがえられない

友だちの家にいく
血をだらだらと　ながしながら
ここの手をひきながら

身体中を血がざあっと流れているよ
ぐらぐらの道　荷物が重い

ふつかめに子は家に帰りたいという
女友だちは皮ふにやさしい

2018年

うそのにゅういんしてるねんと　ここは言いて
にゅういんらしくじっとしている

検査

おびただしい数年の疲労困ぱいのわけがわかって
ほっとしている

なにをするにも　ちからが入らないのです
ほー　すつ　ほー　すつ
なにも　せざりき

※ミー……ムーミンの登場人物

しとりとてん

屋良健一郎

一晩を灯りてのちのほとおりを朝の川面に浮くサガリバナ

しとりとてんしとりとてんと降る雨にイソヒヨドリの声澄み渡る

カーテンの向こうに揺る木の影に呼ばれてわれを去るわれの影

じゃらじゃらと金貨銀貨の音立てて辺野古の海に土砂は降るらん

居酒屋に言う悪口を黙しつつ聞きおりビールのジョッキの耳は

ミヌダルを食むわが内にぬばたまのあまたの夜の孵化してやまず

垣根より顔を出したる夜香木の放物線に香りは届く

帰り路を遠回りしてケーキ買うくらいにはまだ妻を想えり

いずくへの空飛むらむかおさなごは上下左右に寝返りを打ち

床の間の夜の甕からほろ酔いの小人ら出でて舞うカチャーシー

「等」多き文案に「等」付け足せり　会議の外を滔々と雨

マウスホイール回しても出ぬ結論の鏡の迷路さまようわれか

おちみずと呼び合う夏のにわたずみ傷口のふちひびらく夜を

竹筒に耳を寄すれば先つ世の妻の声のす水琴窟より

勾玉のようにあなたの眠りいる世界を閉じて飲む夜半の酒

一日

花山多佳子

リビングを二羽のカラスが歩き回る夢さめてからカラスを追ひ出す

充電の済みしを告げてケータイは水湧くごとき音を立てたり

低空をかもめのやうな飛び方でよぎりゆきしは何の鳥なる

バス停にゐる女の子ジャンパーを脱げば人形をおんぶしてをり

スカンポを噛みしことなしうつすらと赤みをおびて掘割のほとり

黒鳥はカラスだけなりうつくしく若葉木立の間《あひ》をとびゆく

重大なことを忘れてゐるやうな気がするたとへば夜がくること

線路沿ひに茎立ち高くならびゐるブタナの花の黄が発光す

家のなかでひとり大声に唱歌うたふ〈風の音よ〉で声のとぎるる

二つづつ茎縛られた新たまねぎが箱いつぱいに詰まりゐて匂ふ

壜にさすからすのえんだう夕べには花を閉ぢたりそのままならむ

読みながら傍線を引くのみにして鉛筆は短くならず死ぬまで

咲き終りフリージアの球根がプランターの土よりみなはみ出せり

ジャンプしつつ前にすすめばガラス戸にキョンシーのごと迫りくる者

夜の空に出現したる白き塔　シートの覆ふ送電塔なり

平成後半、ごく個人的な。

駒田晶子

平成16（2004）年1月母死去、5月祖父死去、7月第一子誕生

消えて、消えて、生まれるいのち線香のけむり揺らぎながらのぼりぬ

平成18（2006）年12月改正教育基本法成立

日本語を母国語とする幼子のんまんまは鼻をやわらかく抜け

平成19（2007）年2月祖母死去

真夏日にウールベストを羽織る祖母の長生きしちゃったなぁの呟き

平成20（2008）年11月バラク・オバマ氏、アメリカ大統領に当選

いばりんぼのとらはきんいろのバターに。大好きだった『ちびくろさんぼ』

平成21（2009）年4月第二子誕生

レンタルの電動ゆりかごの中の子は眠らずに泣きつづけたり

平成23（2011）年3月東日本大震災、6月第三子誕生

たんぽぽにれんげにつつじにクローバーに子の触れるとき不安にゆれる

平成24（２０１２）年12月第２次安倍内閣成立

子の口にボウロふふませながら見る晴れ晴れしき顔の政治家たちを

平成26（２０１４）年４月消費税８％始まる／７月集団的自衛権行使容認の閣議決定／12月特定秘密保護法が施行

税込と税抜のちがい子は問えり遠足のおかしを買う午後に

「めめちゃんを泣かせたあの子をゆるせないって両手でつよく押しちゃったんだ」

咲く前のつばきがあかい剣山に挿して鋏で首を落としぬ

平成27（２０１５）年９月安全保障関連法が成立

Youtube の画面に唄う陽水の「傘がない」傘は必要ですか

平成28（２０１６）年５月オバマ氏広島訪問／８月天皇がお気持ち表明

あおあおと青葉をおしてゆく風よわたしにいつか還ってこいよ

クリネックスやわらかく切れ目なくつづきいつのまにかもうからっぽだった

平成29（２０１７）年６月「共謀罪」法が成立

戦争はしないと誓ったはずだったスモークツリーはうすく頷く

平成30（２０１８）年６月「十八歳成人」改正民法成立

さみどりのわが振袖に咲いている桜も牡丹も菊も椿も

佐藤弓生の歌会潜入！

神保町歌会

シンプルに、それぞれのペースで

このたび、第三十二回神保町歌会を取材させていただいた。

だれでも参加できる神保町歌会は、ほぼ月に一度、平日夜に東京都内でおこなわれている。少人数制のためか運営のフットワークがよく、勤めのある人も参加しやすい。

運営メンバーは、相田奈緒さん、睦月都さん、坂中真魚さんの三人。告知・募集や当日の司会を持ち回りで担当している。Twitter（@jimbocho_utakai）で次回の日程をアナウンスして、イベント開催支援サービスTwiPlaで参加表明を受け付けるしくみにより、そのつどメンバーが事前に公開される。

先着順で、いつも一両日中に定員に達するそうだが、情報をチェックしていれば申し込みはむずかしくない。

二〇一六年の春、たまたま三人とも千代田区神田神保町界隈で仕事をしていたことから発足したという当歌会はその後、新宿の貸会議室などにも会場を移しつつ、進行はシンプルな無記名互選方式で一貫しているという。

本日、二〇一九年四月十一日木曜日のメンバーは右の三人のほかに、左沢森さん、榊原紘さん、ながや宏高さん、沼谷香澄さん、山川仁帆さん、山本まともさん（五十音順）と筆者の計十人。お目にかかれるのをたのしみに、東京メトロ神保町駅近くの会場、レトロカフェ「神《かん》田伯剌西爾《だぶらじる》」へ向かった。

神保町での開催はひさしぶりとうかがい、かつ筆者はコーヒー党なので、会場名ですでに気分が上がる。明治の昔から大学街として知られた神保町は、いまも古書店めぐり、岩波ホールで映画鑑賞、などを目的に訪れる人でにぎわっている。老舗の飲食店も多く激戦区と言われており、通りを歩くと、どこからともなくコーヒーの香りや洋食の匂いがただよってくる。

歌会開始時刻の午後七時より早く着いてしまい、予約スペースでは別のお客さんがまだ談話中。風情のある古地図や調度品を見ているうちに、まず山川さんが入ってこられた。

ほどなく全員がそろい、まずは高さの異なるテーブルをがたがた動かしてくっつける。ブレンドコーヒーのメニューは「神田ぶれんど」「亜米利加ぶれんど」「仏蘭西ぶれんど」と地名シリーズになっていて、「伯剌西爾ぶれんど」はなかったがストレートのブラジルはもちろんあった。沼谷さんおすすめのシフォンケーキも注文してみることに。

さて、ようやく歌会である。ここまで関係ない話がいささか長くなったが、とりわけ平日はこうして、昼の仕事から夜の歌会へ脳を切り替えるくつろぎタイムが不可欠に感じられる。

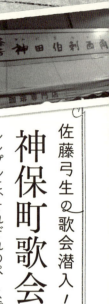

前日までに提出し、とりまとめられた詠草一覧を眺めるうちに、十五分ほどして司会の相田さんより「ではそろそろ……」と、おだやかな声がかかった。おのおの、無記名の詠草から二首を選んで、得票数の多い順に扱う。以下、掲載許可をいただいた方の作品を、若干の私見もまじえながら鑑賞順に。

ウチというのは鹿島のことで鹿島とはサッカーのことそんな後輩
山本まとも

注目点として次のようなことが挙がった。
・初句の「ウチ」から結句の「後輩」にいたる飛躍。集約でもある。
・サポーターがひいきのチームを「ウチ」と呼んだり、鹿島アントラーズというチーム名を地名「鹿島」で呼ぶのは、ありそうなこと。自分も誰かにとっての「そんな」人でありうる。
・都々逸的な繰り返しのリズムが、喜怒哀楽とは関係なく印象的。
・感情が書かれていないので後輩をどう思っているのかわからない。それにより、ある種の距離感が描写されている。

この歌を選ばなかった人からは、「ウチ」は一人称（自分のこと）なのに「鹿島」とイコールなのはすぐに飲み込めなかった、といった意見が出た。地元感覚のようなものにどこまで寄り添えるか、個人差がありそうだ。

レールが光りそして電車が入りきたりくちひらく夜の支度は長し
佐藤弓生

・車庫に入るところだろう。「支度」は自分の生活のことか。
・言葉の運びに流れがあり、情景が定まらない。トンネルに入るところだろうか。夜自体が「支度」をしているよう。
・「くちひらく」は強烈。「夜」にかかり、闇が明るくなる？
・待っていた電車が到着して、ドアがあいたことを「くちひらく」と言ったのでは。そして夜が始まる。

など、解釈が分かれた。上の句から下の句へ、視点の変化はあっても感触は同じという指摘も。「支度」は夜のために誰かがしているのか、夜そのものがしているのか、疑問が残る。

物事の良い面を見る　早生まれのばあい生年から一を引く
相田奈緒

・「良い面」は自分にとって。自分のことが問題。前半、詩的でない言葉を使っているところに注目。
・言い切りから始まるポジティブ思考、主体が「良い」と思っていることに好感を持つ。
・文章が変な感触である点、読者として良い体験を得た。ふたつの文章がどちらも終止形で終わり、手順書のよう。

その他、「ばあい」のひらがな表記をどうとらえるかなど。たとえば一九九〇年の一～三月に生まれた人が、一九八九年生まれと同級生であることに意味を見いだす、そんな一首。

寝室を宙にならべて僕たちも四角く区切られたものは好き
左沢森

・前川佐美雄の〈なにゆゑに室《へや》は四角でならぬかときちがひのやうに室を見まはす〉を連想。
・「寝室」は本来、機能にもとづく語だが、魔法的な使われ方。
・「僕たち」は相似した像。ベッドの中でひそひそ話をしていそう。自分たちの上にも寝室があり、ベッドが浮きあがるような。
・助詞「も」「は」は、外の文脈を必要としている。
・集合住宅で、自分たちの寝ている部屋を俯瞰しているようなイメージ。間取り図のバリエーション。
「僕たちも」というのは、読者もまた、という暗示か。自分の世界に変換する読みを誘われるため、個々に浮かべるイメージが割れるのでは、という話が出た。

風がいま手渡していった花びらの傷みはじめる兆しの、解離　山川仁帆

・序詞的に結句の「解離」を導きだすつくりになっている。解離の瞬間に浮きあがり、また風に戻ってゆくようだ。
・〝終わりの始まり〟が見える。つまり、花びらはまだ傷んでいないので、終わってはいない。
心理学用語「解離」は、自我同一性、自分が自分であるという感覚が失われる状態をいうそうだが、歌語として用いられるとカイリという音に乾いたひびきがあると、睦月さんによる披講を聞きながら思った。

冷凍のえびグラタンをあたためる　ひかりのなかでえびが生き返る　睦月都

・食べられる状態になることを「生き返る」と言っている。
・「生き返る」はアイロニーだろうか。それは軽く、未消化ではないか。ＯＫのほうに倒れるかどうか。
評言の解釈のほうがむずかしい感を受けたが、歌そのものはどうだろう。「ひかり」は現実の裂け目のようなものなのかも。

病院の明細は絵葉書じゃないのに捨てるのをためらう数秒　坂中真魚

・リズムがガタガタ。そこに魅かれた。
・明細書と絵葉書を見間違えたという現象に、そのガタガタが合っている。
相田さんによる披講はたしかに、やや読みづらそうだった。筆者は、請求書や領収書を大量に集めて配置した現代アートを思い出した。卑近な日常への愛着が、ふと漏れたような一首。

ガンガゼが空から降ってくるような日だからきみの傘は頑丈　ながや宏高

・ウニの一種ガンガゼはその長い棘に毒があり、ダイバーの敵。そう考えると、たいへんな世界。
・「ような」とあるけれど、この現象は察知できるのか？
ガンガゼを知っているかどうかで読みが変わるだろう。フィクショナルにも見えるが、ファフロツキーズ現象（魚などが空から降ってくる現象）のことを思うと現実味がある。

嫌いなら一緒に寝たりしないって判例も症例も言ってる　沼谷香澄

・上の句は、主体が誰かに言い聞かせているよう。自分自身に、ともとれる。恋愛について語っているのか、ペットについてなのか。
・「判例」という語は皮肉に見えるのでこれは社会詠？
語彙からなんとなく家庭内暴力のような解釈も浮かんだが、寝るという行為にはさまざまなシチュエーションがあり、特定しづらかったようだ。後半のコンパクトな表現には技あり。
夜、地下の静かなカフェの奥でこぢんまりとおこなわれた歌会には、どこか秘密集会のようなときめきがあった。大笑いはないけれど、お茶を飲みながら、それぞれのペースで。

歌会では、タイミングやメンバーの違いで歌の解釈や評価、好感度も異なってくるものだ。いろいろな歌会に参加してみることで、あたらしい価値観を知る機会が増える。

とはいえ休日に本格的な歌会に出向くのはそれなりに準備が必要で、ハードルが高い、たびたびは無理という人は、小回りがきいて気楽に参加表明できる神保町歌会を覗いてみてはいかがだろう。気楽だけれど、熱心な雰囲気を味わえるので。

この日は歌会終了後、カフェの前でしばらくがやがやしたのち、四人が離脱。なにしろ次の日も仕事がある。このあっさりかげんも平日の歌会ならでは。

残る六人は中華料理店「上海庭」へ。ここ、気に入ってます、と睦月さん。うってかわって明るく広いテーブルで海鮮などシェアしながら歌会の余韻にひたるうちに、ここでもひとりまたひとりとフェードアウトしてゆくのが、やはり都内の平日らしかった。

左より坂中真魚氏、睦月都氏、相田奈緒氏

第32回 神保町歌会 詠草集より

物事の良い面を見る　早生まれのばあい生年から一を引く　相田奈緒

ガンガゼが空から降ってくるような日だからきみの傘は頑丈　ながや宏高

冷凍のえびグラタンをあたためる　ひかりのなかでえびが生き返る　睦月都

ウチというのは鹿島のことで鹿島とはサッカーのことそんな後輩　山本まとも

病院の明細は絵葉書じゃないのに捨てるのをためらう数秒　坂中真魚

嫌いなら一緒に寝たりしないって判例も症例も言ってる　沼谷香澄

レールが光りそして電車が入りきたりくちひらく夜の支度は長し　佐藤弓生

風がいま手渡していった花びらの傷みはじめる兆しの、解離　山川仁帆

寝室を宙にならべて僕たちも四角く区切られたものは好き　左沢森

その論の

土岐友浩

いまいちど声をあたえよのどもとに架空の鳥をよびもどすとき　觜本なつめ

歌会は、自転車で行くものだった。

百万遍《ひゃくまんべん》という名前をご存じだろうか。京都大学の敷地に面した、東大路と今出川通の交差点のことで、そこから北に行けばラーメンで有名な一乗寺、西に行けば鴨川がある。

その百万遍の近くに小さな自転車屋があり、新入生は、だいたいそこで中古の自転車を調達していた。京大生が卒業するときに手放したものがほとんどで、安ければ三千円くらいで買えた。歌集一冊と同じ値段である。京都は自転車があればどこにでも行けるので、僕も生協でもらった『京大周辺ガイドブック』をバッグに入れて、授業がない日は、あちこちに出かけた。

二〇〇五年の春にガルマン歌会と出会って、僕の短歌のイメージは大きく変わった。もっと短歌を勉強しなければ、と京大短歌以外の歌会にも足を運び、塚本邦雄の本を探してブックオフや古本屋を巡った。本当に、毎日のように自転車に乗っていた記憶がある。

二〇〇五年以降の京大短歌は、よく言えば少数精鋭、会員の数だけで言えば「冬の時代」が続いた。なんとか会員を増やそうと、僕と光森裕樹さん、東郷真波さんの三人で、あらゆる手を打った。光森さんに作ってもらった格好いいビラを配ったり、東大路に、立て看板を出したり。さすがに立て看板はどこかに行ってしまったけれど、当時のビラは、まだ保管してある。長い「冬の時代」をなんとか乗りきることができたのは、二〇〇六年入会の笠木拓さんや吉岡太朗さんのおかげで、その話は別の機会にすることになるだろう。

この頃の歌会の平均参加人数は、五人か六人くらい。他にも、歌会には来ないけれど、籍はある、という会員もいた。その一人が、觜本《はしもと》さんだ。觜本さんが京大短歌に参加したのは二〇〇三年の秋からで、僕の一年先輩ということになる。

あれはなんだったのか、初対面のとき、觜本さんは「觜本なずなです」と名乗ったのをよく覚えている。「觜本なつめはわたしの姉で、もうひとり、短歌をつくる妹がいるんです」というような話をされて、途中から冗談なのだとわかった。

風消えぬ与謝野晶子の恋歌を女が女を恋うたとして　觜本なつめ

歌葉新人賞の候補作になった「渦」という連作の一首。同性愛をテーマにして、選考委員の加藤治郎さんから激賞された。

今だったら、この歌は、どう受け止められるだろうか。

『みだれ髪』は高校生のときに文庫本で読んでいた。そのイメージがあったので、晶子の情熱を「女を恋う」と読み替えてしまうのはどうなのだろうと、当時の僕は疑問を抱いていた。

しかし、それから多少なりとも短歌を学んで、晶子の恋は、山川登美子の存在を抜きには考えられなかったことを知った。登美子への恋、とまで言うつもりはないけれど、今風に言えば、晶子の胸中を思った「二次創作読み」の歌だったのかもしれない。

いや、それよりも大事なのは、短歌史に「女が女を恋ううた」が残らなかったという、その事実の重さだろう。少なくとも男性と比べて、女性の同性愛は、詠われてこなかった。詠われてこなかったからこそ、作者は晶子の歌に「女を恋ううた」の可能性を見た。近現代の短歌史への、痛烈な批評性。この歌から、そういうものを読み取れないかと、今の僕は考えている。

僕自身は歌会を一緒にした記憶はほとんどないけれど、二〇〇五年の秋に觜本さんの呼びかけで、歌葉新人賞の人たちが、京都に集まって歌会をした。斉藤斎藤さん、兵庫ユカさん、高井志乃さん、そしてしんくわさん。そのとき觜本さんが出したのが、冒頭の「架空の鳥」の歌だ。歌会のあとは、正岡豊さん、入交《いりまじり》佐妃《さき》さんも合流して、からふねや珈琲で、朝まで短歌の話をした。

そのときも、僕たちは何を話しただろうか。大学を卒業して、觜本さんは地元に帰ってしまい、消息は誰も知らない。本ムックの一号に、学生短歌会といえば歌会だと書いたばかりだけれど、歌会の雰囲気に、全員がなじめるわけではない。晶子や架空の鳥に託して觜本さんが詠いたかったものを、今にして思う。

京都は学生の街だ、と言われる。それは、卒業したら、もう京都に残ることはできない、という意味だ。

そのひとの作品の話なら、いくらでもすることができる。けれど、そのひとのことは、結局なにも知らない。というのが、学生短歌会の会員同士の距離感だと思う。

その論の器用大胆かつ不敵名もなきようだ異端か果ては

觜本なつめ

京大短歌の追い出し歌会で、觜本さんはこんな歌を提出した。追い出し歌会というのは、学生短歌会の、ある意味では最大の行事で、卒業する先輩と後輩が送別の歌を贈りあう。

普段の歌会とは違って、人の名前を詠み込むような遊び心のある歌が多い。これが最後だからとばかりに、短歌会への思いを作品に込めるのだ。（その思いの深さがどれほどのものかは、たとえば藪内亮輔さんの『海蛇と珊瑚』の「私のレッスン」という一連を読むと、伝わるのではないかと思う。）

觜本さんの歌は、お気づきだろうか。「きようだいたんかつふてき……」「……きようだいたんかはては」と「京大短歌」が二回詠み込まれている。二回は、すごい。きっと、二回詠まずにはいられない何かがあったのだろう、と僕は勝手な想像をする。

染野太朗とゆく!!　文学館めぐり③

大阪府南河内郡

西行記念館

今回の同行人：佐原キオ　竹村美乃里

二〇一九年五月三日（金）、大阪大学短歌会の佐原キオさん、竹村美乃里さんとともに、西行記念館を訪問した。超大型連休の真っ只中である。今回も天候に恵まれた。

私事で恐縮だが、今年に入って僕は二年間住んだ福岡を離れ、大阪に引っ越した。せっかくだから次の文学館めぐりは大阪で、と引っ越してすぐに思った。大阪にゆかりのある文人はもちろんたくさんいる。文学館や記念館の類いも多い。そのなかで今回僕がどうしても訪れてみたかったのが、西行記念館だった。

西行と言ってまず思い出されるのは、例えば『新古今和歌集』における「三夕《さんせき》の歌」の一首、

心なき身にもあはれは知られけり鴫立つ沢の秋の夕暮

あるいは『百人一首』の、

嘆けとて月やは物を思はするかこちがほなるわが涙かな

であろうか。そしてまたなんと言っても、

願はくは花の下にて春死なむそのきさらぎの望月の頃

という一首であろう。西行は、図らずも自らのこの歌をなぞるように、旧暦二月十六日、まさに満月の頃に亡くなった。二千首を超える歌を西行は残したが、そのうちの実に二百首あまりが花（桜）にまつわる歌なのだった（ちなみに旧暦二月十五日は釈迦入滅の日とされる。この歌の意図もそこにあったろう）。

西行は亡くなった直後から、人々によって伝説のカリスマのようにも扱われてきた。裕福な武士の家に生まれ、妻子をもち、しかしその妻子を残して二十三歳で出家、一方で、自分もまさに俗なる人間なのだということから目を背けることなく、漂泊の生涯を歌とともに生きた西行。劇的とも言えるそのありように加え、人柄もさることながら、例えば〈願はくは〉の歌のエピソードひとつをとっても、われわれを惹きつけてやまない。現代をわずかに見渡すだけでも、例えば小林秀雄や白洲正子、吉本隆明、歌人でも、窪田章一郎や宮柊二といった多くの批評家・文人たちによって、西行はその作品や人生を語られてきた。その生涯には不明な点が多々あるにもかかわらず、いや、だからこそ、フィクションも含めて、人々は西行に自らの理想や夢、憧れを託してきたのかもしれない。——と言えばずいぶんと予定調和に過ぎたもの言いなのだが。そして、ここ数年転々として住まいを変え旅にばかりうつつを抜かす僕自身のありようを漂泊の西行に重ねようなどという気も、まったくないのだけれど。

（染野）

※引用歌はすべて久保田淳・吉野朋美校注『西行全歌集』（岩波文庫）による。ふりがなは一部省略した。

西行（一一一八〜一一九〇）

西行は俗名を佐藤義清《のりきよ》といい、二十三歳で出家するまで武士の身分だった。祖先に藤原鎌足をもつ裕福な武家の家庭で育った西行は、北面の武士として出仕していた二十歳前後にはもう歌作を始めており、当時からその才能は抜きんでていたという。

出家して数年のあいだ陸奥などへの漂泊の旅を続けたのち、高野山に庵をむすぶ。その後三十年住み続けた高野山から伊勢へ移住したとき、西行はすでに六十歳を迎えていたが、その後もふたたび陸奥を旅したり京都に庵をかまえたりなど転々と住まいを変えた。そして西行は没する前年に空寂上人を求めて弘川寺《ひろかわでら》に移り、そのままその地で入寂している。

西行は「漂泊の歌人」とも呼ばれるように、生涯を通してさまざまに住処を変え、その先々で歌を作っている。彼は自然について詠むことを好み、特に桜と月をモチーフとした作品が多い。自らのそれまでの歌を西行自身が歌合形式で編纂した『宮河歌合』には次のような一番がある。

山桜頭《かしら》の花に折添《をりそ》へて限りの春の家づとにせん　左

花よりも命をぞ猶惜しむべき待ちつくべしと思ひやはせし　右

いずれも桜にまつわる歌であるが、左の歌は「山桜を白髪に合うように手折って添えて、もう最後であるかもしれない春の手土産としよう」と、自らの短い生い先を受け入れながらも桜へのこだわりを捨てきれない歌である。その一方で、右の歌は「桜よりも命を惜しむべきであり、なぜなら桜は命と違って待てばまた咲くはずだからだ」というもので、生に執着することでかえって桜への思慕を痛切なものにしている。

このように、西行は自然を客観的に精細に描写するわけではなく、むしろ多くを主観に依りながら、その景物が内側に秘める霊的なものを掬い取ろうとする態度であったといってよい。

一方で西行は恋の歌や童子と遊んだときの歌、海辺での生活詠なども作っている。その中でも、『山家集』に収録されている「恋百十首」という恋歌だけの連作には舌を巻く。

いとほしやさらに心の幼《をさな》びて魂切《たまぎ》れらるゝ恋もする哉

「自分のことながら不憫なことだ。心は子どものように分別がなくなって、魂がバラバラになるような恋をしてしまうことよ」。

周囲の人々から愛されながら、自身は俗世のしがらみに縛られることなく、求道にその生涯を捧げた西行の姿には、私も憧れるところがある。（佐原）

西行歌碑

弘川寺と西行記念館

弘川寺は、近鉄富田林《とんだばやし》駅からバスに揺られること三十分、終点河内駅バス停を降りてすぐのところにある。道中、遠くの山肌に藤がたくさん自生しているのが見えた。

弘川寺は、西行が晩年を過ごした寺だ。寺の歴史は古く、六六五年に創建されたと伝えられている。天武天皇の勅願寺となっているほか、行基や空海もこの寺を訪れている。中世に戦禍を被りその大半が焼失してしまったが、のちに再建された。また、江戸時代の歌僧・似雲法師は西行の足跡を追って弘川寺を訪れ、西行墳を発見ののち、ここに西行堂という庵を建立した。境内は木々に囲まれていて、重厚かつ穏やかな印象だ。

一九九〇年、西行記念館は西行八百年忌を記念し弘川寺内に創設された。記念館の中には、壁一面に西行・似雲にゆかりのある品々や弘川寺の寺宝が展示されている。

その中でも、のちの人々が西行の生涯や旅のようすを描いた作品が印象に残った。彼の入寂後まもなく、西行の旅は広く知られるようになった。「西行物語絵巻」(作者不詳)のように物語として語られていることもあれば、「西行やどり柳図」(土佐光起筆)のように旅の一場面を捉えたものもある。富士山を見る西行の後ろ姿を描いた「富士見西行」は日本画の題材の一つであり、西行記念館では狩野探幽が描いたものを見ることができる。「西行の庵もあらん春の庭」という句が書かれた松尾芭蕉の短冊もあり、芭蕉もこの地を訪れたことがうかがえた。さらに館内には「西行文庫」として、西行・似雲に関する歌集や研究書などが多く収蔵されている。わたしたち以外にも何組か記念館を訪れており、多くの人々が、西行を、西行の旅を愛していることを思わせる空間だった。

さらに、弘川寺内の山道を歩くと、前述の西行堂や西行墳・似雲墳を見ることができる。西行堂は小さな庵で、この中には西行の座像がまつってあるのだという。西行墳・似雲墳は山の開けた場所にあり、この二つの墳墓は向かい合っている。墳墓の付近には、両法師や彼らにまつわる歌碑が立っている。

西行記念館は、春季と秋季に一カ月半ずつしか開館していない珍しい記念館だ。境内と記念館をめぐるのにあわせて一~二時間程度。春は桜、秋は紅葉が有名だと聞いた。ほかの季節にも訪れてみたい。

(竹村)

開館期間	春季…4月1日~5月10日 秋季…10月10日~11月20日 (2019年は10月20日~11月30日)
開館時間	10時~17時
入館料	大人500円 小人200円 本坊庭園拝観料含む

～ちょっと寄り道～

富田林コロッケ寺内町店

富田林駅を南口から出て徒歩五分、四五〇年前の街並みを残す寺内町の中央にそのコロッケ屋はある。富田林コロッケの特徴は特産の海老芋をふんだんに使った、甘くてもっちりとした口当たり。私はチーズ入りを食べたが、まろやかなチーズと優しい芋の甘みがよく調和していて、幸福だった。持ち帰りのほか、イートインも可能。ぜひ熱々のコロッケを堪能してほしい。富田林コロッケ一三〇円、チーズ入り一六〇円。

（佐原）

営業時間　金曜10時～15時
　　　　　土日祝10時～16時
定 休 日　月～木曜

町家カフェ　栞

寺内町にあるカフェ。外観、店内ともにレトロで落ち着いた雰囲気だ。店内は畳のため靴を脱いで上がる。わたしたちはカフェメニューのローストビーフサンドセット、フレンチトーストセット、クロックマダムセットをおいしくいただいた。モーニング、ランチもあり、地場産品を取り入れたメニューが味わえる。店主はご夫婦そろって読書家で、店内の本棚にもおふたりの蔵書が約五〇〇冊、ずらっと並ぶ。店内で読むことも可能だ。

（竹村）

営業時間　10時～17時
定 休 日　月・火曜

石上《いそのかみ》露《つゆ》子《こ》（一八八二～一九五九）

西行の取材に来たはずだったが、寺内町を歩くなかでは石上露子の名を何度も目にした。寺内町に生まれ、二十二歳のとき「明星」でデビューした、今なお地元の人に愛される歌人だ。華やかで憂いのある詠みぶりが特徴。造り酒屋・杉山家の娘である露子の生家「旧杉山家住宅」が寺内町に残っており、見学が可能だ。国の重要文化財に指定されている上、彼女の生涯や作品に触れることができる。

（竹村）

狂ふまで我れを憎める人ありて悲しけれども生甲斐を知る　石上露子

海こえてこゆきちりくる夕などこひしさの身に湧きまさるかな　同

～文学館めぐりを終えて～

西行記念館に行くことが決まり、私はまず富田林という地区を調べた。そこは府内といえど「はるばる」行くような郊外である、という前情報だけを手に入れ、当日を迎えた。

記念館は確かに山の中にあった。西行が入寂した弘川寺が建てた記念館なのだから、それは自然の中にあって然るべきである。そこは大阪とは思えないほど喧騒からは遠く、まさに初夏のその初めの、さわやかな光と木々のさざめきにのみ満ちていた。弘川寺には、桜と天然記念物にもなっている海棠《かいどう》とが植えられているが、私たちの訪れた五月上旬にはすでに見頃を終えて花は無く、そのことがただただ心残りだった。

富田林駅前に戻り、寺内町を散策するとそこはかなり活気があった。前情報は大袈裟なものだった。市が観光に力を入れているらしく、特に旧家の邸宅や土蔵といった伝統的建造物を中心に、様々な建造物がある秩序を以て緊密に集まっている。現代的な一軒家と瓦葺きの家がモザイクのように建てられているその間を、細い石畳の道が交差しており、そこには確かに文化が感じられた。西行はこの町のことを知らないが、彼がもし生きていたら、この街並みを愛しただろうか。

海棠もさくらもなくてただ光さしこむさみどりに古《ふ》るる歌碑

大阪大学短歌会　佐原キオ

大阪に住んで二年ほどになりますが、富田林の方面には行ったことがありませんでした。同じ府内だけれど、小旅行に行くような気持ちで「文学館めぐり」に向かいました。

駅から弘川寺までバスで向かったのですが、普段三十分もバスに乗ることはないので、久しぶりでうれしい感じがしました。バスに長めの時間揺られるのは、去年一人で旅行したとき以来かな。うれしくて、バスに乗る前に遠足のおやつみたいなチョコを買いました。バスに揺られている道中、遠くの山肌の藤がとてもきれいだったのをよく覚えています。西行墳への山道も、道に沿ってシャガの花がたくさん咲いていました。わたしたちが弘川寺を訪れたのは五月の初旬でしたが、桜や紅葉の季節も景色がよいのだそうです。西行も同じように、この富田林の景色を見たのでしょうか。

西行が弘川寺に辿りついたこと、西行を追って多くの人々が旅をしたり弘川寺を訪れたりすること、そしてわたしたちも西行を知るためここにやってきたこと、全部つながっているような気がしました。この地を訪れる人々は、みんな西行を追う、というひとつの歴史の上に連なっているのです。みんなでひとつの歴史なんです。それってとてもロマンじゃないですか。きっとわたしたちの後ろにも、西行の物語は続いていくのです。

遠くに藤　チョコざらざらと手に出せばたちまち滲む暑い日のこと

大阪大学短歌会　竹村美乃里

吉田恭大『光と私語』（いぬのせなか座）

読む／光の体験

それは体験という言葉が一番近いと思う。ただただ良いひとときを過ごしたという柔らかい感触が残る。思えば日々、これでもか、これでもかという強烈な音と画像の体験を強いられている。この『光と私語』のように静かでほんのかすかな明暗を感じていたい。そういうときがある。

あれが山、あの光るのはたぶん川、地図はひらいたまま眠ろうか

幻像のような遠近感である。遠く山が見える。川らしきものが遠く光として感じられるばかりだ。それでいて自分は室内にいる。地図を見ての気ままな想念だったのかもしれない。

この作品を含む1部のレイアウトは控えめな感じであるが、少し意識的になるとありえないようなものであることが分かる。右ページの右端2センチと左ページの右端2センチに一行の短歌が置いてある。歌集においては初めての配置ではないだろうか。そして、右ページの余白にグレーの四角形がある。左ページの余白には何もない。同じグレーで右ページの右端と左右のページの下が1ミリほど縁取ってあるページもある。1部の約一〇〇頁五〇面がこの右端二首・四角形のレイアウトなのである。

もちろん、グレーの四角形に意味はない。テキストの妨げになることはない。ページによって四角形の大きさは変わるから、ある種のダイナミックスを経験する。その影響度は緻密に計量されている。

今まで写真やイラストと短歌作品が同一面にレイアウトされる試みは多くあった。それは目に楽しいものであった。

このグレーの四角形の有りようはそれらとは異なる。余白の明るさと呼応しあっているのだ。つまり、面の光量をコントロールしている。意味がないゆえに意識に軽微なインパクトのみを与える。それをとりあえず体験と言ってみたのである。

図像を含めたレイアウトがテキストのメタファーとなっていることは明らかである。意識を軽く連打するような表現効果がある。

「白いのがひかり、明るいのがさむさ、寒いからもう電車で行くね」

日めくりの尽きて明日も風力2、あるいは3を数えるだろう

このレイアウトは、吉田のテキストの厳密な解釈を起点としている。それがテキストに反射しているのだ。完成度が高い一冊である。

評者／加藤治郎

五十子尚夏『The Moon Also Rises』（書肆侃侃房）

エスプリとロマンチスト

まず、タイトルが目を引く。あとがきによるとヘミングウェイの『The Sun Also Rises』にちなんでいるとのことだが、エスプリが効いている。

作者のことは本書の刊行をとおして初めて知ったが、巻末の著者プロフィールでは一九八九年に滋賀県で生まれたということと二〇一五年に短歌を作りはじめたということのみが明かされており、そのほかの素性については謎につつまれている。

夜という夜の行き着く朝という朝まで君を抱きしめている

読み進めていくと、このような歌が登場する。内容は平易だが、言いまわしの妙とリズムのよさで印象に残る。

フィラデルフィアと君が言うたび遠ざかるフィラデルフィアの遠い街並み

フィリップ・モリスの煙に巻かれて(俗に言うアメリカ映画の顚末である)

ヘミングウェイにちなんだタイトルのように、全体をとおしてアメリカのムードが漂っている。作者は、アメリカ文化の影響を強く受けているようだ。

君がもう夏の終わりを告げたのでわたしの手にはディケンズがある

モノクロームの帝都に消える天の詩を紡ぐ地上のピーター・フォーク

アメリカの作家や俳優の名前を詠み込んだ歌も多く、詠み込まれた単語のイメージをもとにして、物語が重層的に立ち上がってくる。

同じ本手に取る二人が出会えない電子書籍の瞬く夜に

PASSWORD思い出せずに試し打つすべてかなしき女の名前

ロマンティックな描写が多く見られるのも特徴である。ロマンティックな描写が多いのに甘くなりすぎないのは、そこにエスプリがあるからだろう。両者のバランスが作者独自の文体を生んでいる。

海までの一つひとつの標識が夏の終わりを囁いている

朝焼けのマーキュリーから夕刻のユレイナスへと向く羅針盤

エスプリが効いた歌のあいだに垣間みえるこういった端正な歌に、作者の核となる美的感覚が表れているように思う。

アメリカ文化のムードに満ちた、愛誦性の高いリズムを持つロマンティックななかにもエスプリのある作者独自の歌を好む読者は、既存の短歌の読者以外にも多くいそうである。広く読まれてほしい一冊だ。

評者／伊波真人

二三川練『惑星ジンタ』（書肆侃侃房）

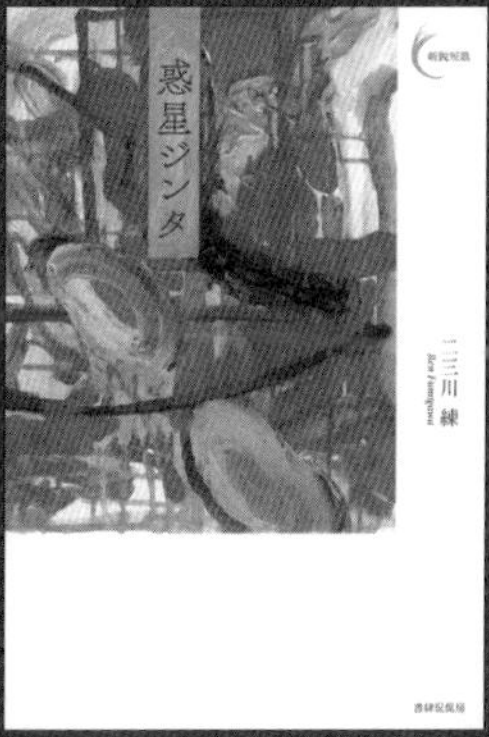

ジンタは何処へ

『惑星ジンタ』というタイトルにまず惹かれた。ジンタとは、サーカスや映画で演奏される物悲しい音楽である。この歌集の宇宙的な切なさにぴったりのタイトルだ。

うつくしい島とほろびた島それをつなぐ白くて小さいカヌー

呼ばれたら行こうと思う　橋をわたる電車の揺れがつたわってくる

たったいま生まれた街ですれちがう蝶と白紙の回答用紙

巻頭の「夏の収束」の一連から、心を鷲掴みにされた三首を引いた。

「うつくしい島」と「ほろびた島」とはどう違うのだろう。私たちがいるのはどちらなのか。考えているうちに、「それをつなぐ白くて小さいカヌー」の美しい形象が浮かび上がる。このカヌーこそ私たちの命なのかも知れない。

「呼ばれたら行こうと思う」のはどこへだろう。行かないで、行っては駄目と呟きながら、「橋をわたる電車の揺れ」に身を任せてしまう自分がいる。

「たったいま生まれた街」は、きっと一度死んだ街である。そこですれちがう「蝶」と「白紙の回答用紙」の命が眩しい。

わからない名前の鳥が夏空を雲にまぎれて雲にとどかず

つま先でふれる階段やがて死ぬすべての鹿の角つややかに

絶望とよぶには軽いかなしみの柚子をうかべた湯舟につかる

これらの歌には、一度死んだ者たちだけが持つ透き通った優しさがある。「わからない名前の鳥」はついに雲に届かないが、たしかに飛んだのだ。

つま先で誰かの身体のような階段に触れること、やがて死ぬすべての鹿の角がつややかであるのを願うことが、今この瞬間を生きる証ではないだろうか。

それは「絶望とよぶには軽いかなしみ」だが、孤独な柚子と人間の香気を爽やかに引き立てる。

踏み出せばすでに荒野だ　からっぽの宝箱両の手にあまらせて

「すでに荒野」を踏み出している人の「からっぽの宝箱」こそ、宇宙に開かれた言葉の虚構の身体なのである。死をくぐり抜けた歩みにジンタが流れる。

評者／水原紫苑

小野田光『蝶は地下鉄をぬけて』（書肆侃侃房）

生きるさみしさを知るあかるさ

初めて小野田さんの短歌に触れたのは、小野田さんが所属されている「かばん」の会誌だった。奇妙な家族、商店街、ホッケー選手。くるくると変わる視点から詠まれた歌たちは、月替わりの映画のようでどこかつかみどころがなく、ひとりの作者から生まれていることが不思議に思えた。

マリリンの巻き毛みたいなかつ節の光に満ちている乾物屋

風を待つ額に満ちるあかるさのようなオムライスを見つめたい

床に散るポップコーンを片づける銀幕だけの空爆ののち

見慣れた食べ物も、作者のカメラで切り取られると、特別な光をたたえていつもと違う風景として立ち上がる。明るく、世界を楽しげに見つめているのが伝わってきて、こちらまで楽しくなる。

歌集の後半は、幾分雰囲気が変わり、心の内面や孤独を感じる歌が多くなる。

ローム層にしずかな記憶抱く街で八万台の複写機光る

間違えた靴のままゆく舗装路が海になっても終わらない夢

無人の街で光る複写機。海へと還る舗装路。美しい静謐なその景色の中に暗さはない。悲しみや苦しみを嘆くのではなく、静かに受け入れ描いている。世界を面白がり、一瞬のひかりを見つける眼差しは、日々生きていくさみしさを知っている上でのものだったのだと気づいた。

岐路のない日常があり一度だけ渡った橋のかたい静けさ

＊

歌集のタイトルは『蝶は地下鉄をぬけて』であるが、歌集の中に一度も蝶は出てこない。けれども本を閉じたとき、暗闇を通り抜けて、あかるいほうへ、あかるいほうへとかろやかに飛んでいく蝶が見えた気がした。

評者・イラスト／カシワイ

東直子／穂村弘『しびれる短歌』（筑摩書房）

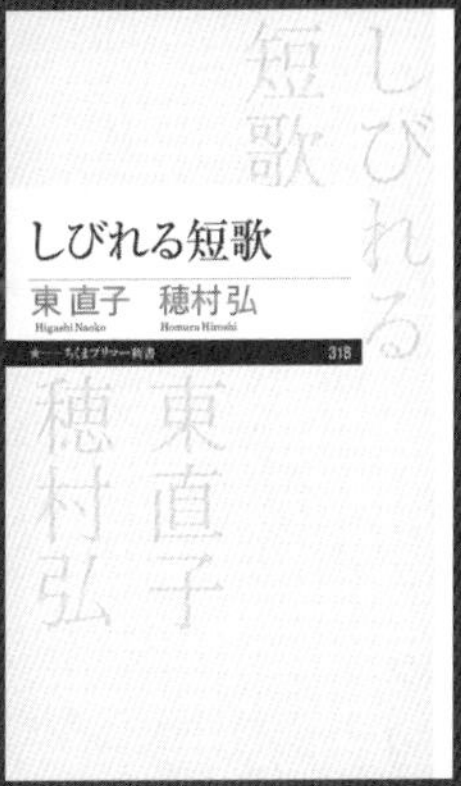

読みのフォーカス

『しびれる短歌』というタイトルにまず驚く。短歌で「しびれる」とは？

本書は、穂村弘と東直子の対談を収めた一冊である。『回転ドアは、順番に』などで既に共著の実績もある安定のコンビが、恋や家族、お金といった身近な題材を扱った短歌について語りあっている。

歌をテーマ別に論じるという方法が、この対談に活気を与えている。読者は一読して、二人の歌人のフォーカスの自在さに目をみはるだろう。たとえば「やっぱり基本は恋の歌」と題された第一章。穂村は「「恋」ってことで言うと、我々は動物であり人間であるという二重性を意識せざるを得ない部分がありますね」「恋と繁殖は〔……〕完全には重ならない」と切り出している。岡崎裕美子や与謝野晶子といった女性歌人の歌を引きながら語られているのは、実は恋とは何かというプラトン以来の巨大な問いなのだ。と同時に、「**もちあげたりもどされたりするふとももがみえる／せんぷうき／強でまわってる**」（今橋愛）を丁寧に読み解きながら「自分の体をモノとして扱われてるとき、人間としての意識を飛ばして、どこかで自分を扇風機と同化させている」と論じられるときには、細部を見落とさない練達の読みが冴えている。歌という微細な素材を、二人の鋭い読み手のレンズが捉え、自由闊達に意味を展開してゆく、その心地よさは、たしかに「しびれる」と言ってもよいのかもしれない。

普遍的な主題と微細な読み《ミクロ・レクチュール》の間に、もう一つ大事な視点がある。たとえば第六章「豊かさと貧しさと屈折と、お金の歌」で永井祐や俵万智の歌を読みながら二人がこだわるのは、現代のお金の歌が示す明るい絶望感とでも言うべきものである。「**パーマでもかけないとやってらんないよみたいのもありますよ　1円**」（永井祐）という歌の、この1円とは何なのか。本書のなかで明快な答えが与えられているわけではないが、この「1円」は現代のどのような感受性を示しているのか、それはかつての貧しさとどう違うのかを考えるヒントを、二人の対談は私たちに与えてくれている。

短歌の世界にある程度親しんでいる読者には、二人が（特に穂村が）時折見せる、〈短歌的叙情性〉へのある種の異議申し立ても興味深く映るだろう。「悲しいとか痛いとかも、素敵な悲しみ、素敵な痛みみたいなふうに書いちゃう」ことへの違和感は、単なる嗜好を超えて、短歌という詩型が持つ詩情の特性についても考えさせてくれる。

評者／安田百合絵

花山周子『林立』（本阿弥書店）

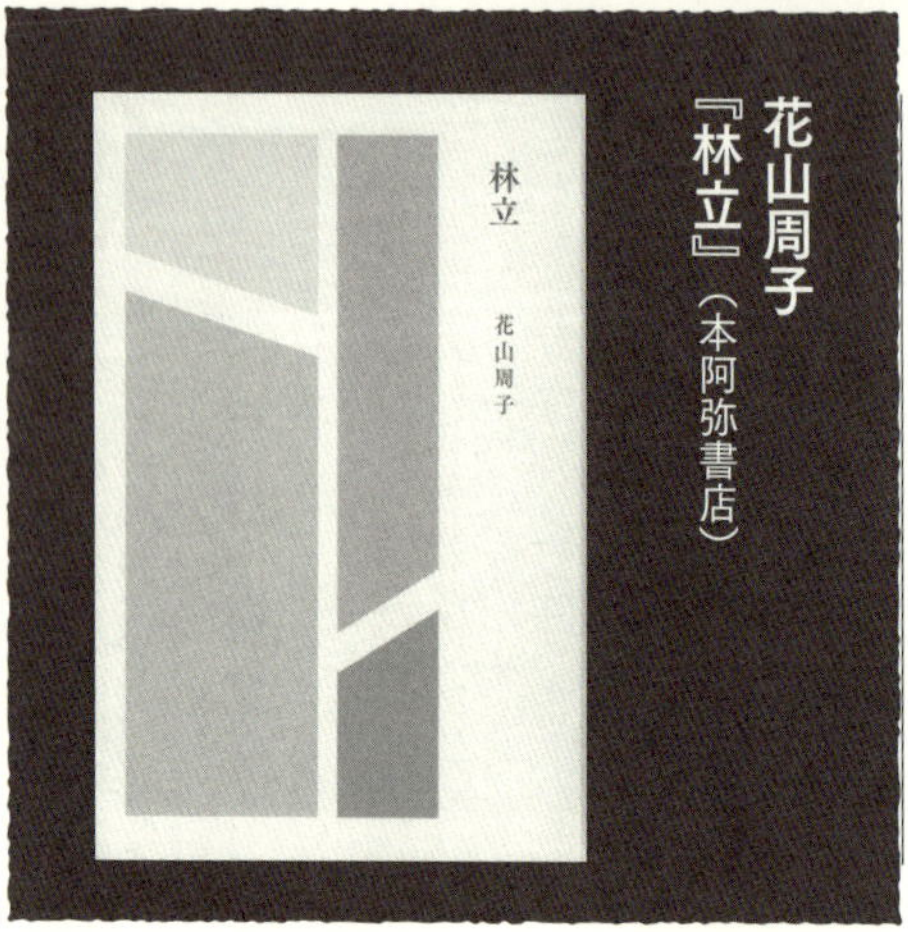

羽のような死生観

生臭くあかい夕日はたれながら本当にもう疲れた眼《まなこ》

感傷もロマンも与えない夕光の垂れ方が、ひりひりと悲しい歌だ。「あかい夕日はたれながら」という描写が生きているのである。特徴となる一首を引いた。

『林立』は、杉を題材にした群作である。それまで「日常を基盤に作っていた」作者には、杉に「日本とか国家とか戦争」を掘り下げていける予感があったという。国の発展のため、急速に杉が植林された時点から、国土と社会を深く見つめなおしていく群作だ。

「水のように透明な鼻水がとめどもなく流れ出し」杉大量植林の後の日本

枯草熱とうさびしき病患いて顔震わせて人は嚔《くさめ》す

約100℃の高温強制乾燥に杉が嘔吐せるべたべたのもの

作者は花粉症なのだろう。そこでまず、「杉大量植林」の以前と以後の日本を思いかえすのだ。季節性アレルギー症状の総称「枯草熱」の二首目、人と自然界の生態の違和がよく出ている。ことに、三首目の「べたべたのもの」の放つ生理の危うさはどうだろう。文献を基盤にした考察が、しだいに作者を変えていき、それが歌の姿に飛躍する。杉の考察が日常の感性を拓いて、次のようないい歌が生まれたように思われる。

放り出されてしまったようなわがからだ冬の日差しを吸って軽いな

ほとんど羽でできていたのか鳩ちらばってその羽の量　木のめぐりを埋める

野襤褸菊《のぼろぎく》ひらききらないような花コンクリートの罅より咲けり

簡単に手は放されて手は泣けり生きているのが厭だと泣けり

大人しき白いうさぎは大人しく死にゆきたればその死は淡き

疲労の深さが思われる一方、生死の境が淡々として軽やかである。杉の追究によって、作者にしか表せない羽のような死生観が生まれたのではないだろうか。

やがて、東日本大震災と出産を経て、寓話めいた子育ての一首が生まれる。

大海に子供を釣りぬこの子供われが育てん楽しく育てん

背景には津波に失われた子供たちがいる。その子ともどもにわが子を育ていく、そんな大きさに辿り着いた一首だ。

凄い速度で変貌する現代に、淋しいが、羽のように繊く軽やかな死生観を見せる歌集。何にも拠らない作者の存在が、素のままに感じられる歌集だった。

評者／佐伯裕子

吉川宏志『石蓮花』（書肆侃侃房）

二重の意味での誠実さ

結社誌「塔」の二〇一八年十二月号を読んだ時のことが忘れられない。

青蟬通信というコラムに吉川が母を亡くしたことを書いていた。

「この欄で個人的なことを書いていいのかどうか迷うのだが、今はこれしか書けない。母が秋に死んだ。」で始まる短文に母に癌が発見されてから亡くなるまでのことが書かれていた。

アビカンス、アビカンスと母は呟けり
検索すれば石蓮花《せきれんか》のこと

『石蓮花』という吉川の第八歌集の標題は、病床で母が呟いたという花の名前から採られた。

歌集の最後に置かれる母の死の連作には、直接的な感情はすこしも書かれないが、どこまでも静かな文体で描写される情景がふかく胸を打つ。

箸の持ちかた叱られし日のありしかな
大きな骨を挟み取りたり

母の骨上げの場面、その光景に母と吉川のこれまでが二重写しになる仕組みになっている。この一連には母の半生を浮かび上がらせる歌がいくつか置かれ、映像的である。

恥じらいを今も捨てえず夏の陽に顔灼
かれつつデモに混じりぬ

歌集には、母の死と並んで、政治詠が収められている。安保法案の国会での裁決の時に行われたデモだろうか。何回もデモに参加してなお恥じらいを感じること、そしてその恥じらいを感じながらもやはりデモに参加しようとすることに二重の意味での誠実さを感じる。

意識の単純化を拒み複雑な感情をそのままに認識する誠実さと、その複雑な感情を抱えたままなおデモに加わるべきという行動としての誠実さである。

いくたびも怒りいくたびも虚しさに耐
えしを聞けり海ぶどう食ぶ

沖縄の基地問題を詠んだ歌。解決はないまま怒りは虚しさへと変わることをいうが、しかし、怒りと虚しさを内包したまま、一種の救いが生じているように思う。

人はみな途中で死ぬとおもえども海暮
れて翁長雄志の途中

沖縄県の翁長前知事は、二〇一八年七月二十七日に辺野古の埋立ての承認を撤回する意向を示し、八月八日に急逝した。

これらの政治詠、母の死を詠んだ歌、そして娘の恋愛を詠んだ歌も一貫した文体であるところが吉川の短歌の美質であると思う。

評者／竹内亮

石川美南『架空線』（本阿弥書店）

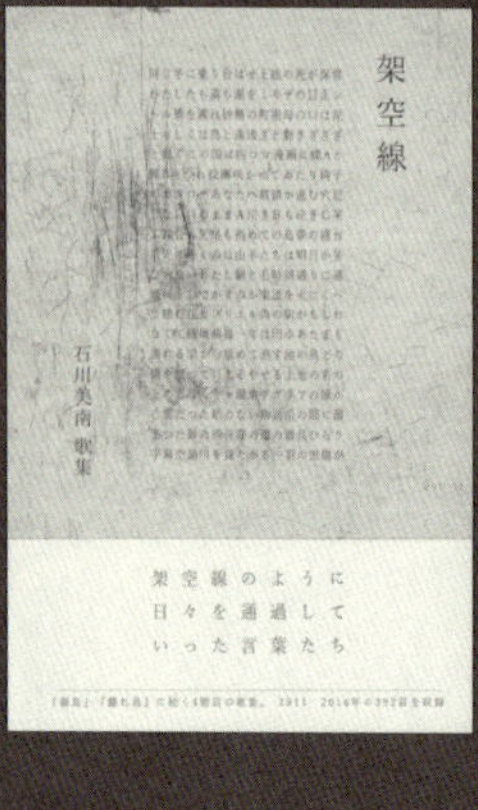

門外漢を疎外しない短歌

最初に出会ったのは「物語集」である。橋目侑季の活版印刷との美しいコラボレーションで作られたこの歌集に、まったくの短歌音痴が惹かれたことは少しも不思議ではない。一首一首にひとつの物語が入っているという作りは、門外漢を仲間に入れてくれる最良の装置である。「**コーヒーを初めて見たるばばさまが毒ぢやと暴るる話**」「**『発車時刻を五分ほど過ぎてをりますが』車掌は語る悲恋の話**」などはとにかく話として愉快だし、「**わたしなら必ず書いた、芳一よおまへの耳にぴつたりの話**」といった物語批判も鮮やかなら、「**陸と陸しづかに離れそののちは同じ文明を抱かざる話**」などの喚起力は、アメリカの作家ケヴィン・ブロックマイヤーがこれに触発されて短篇を書いたことからも窺える（「大陸漂流」、『MONKEY』12号に掲載）。

「物語集」に親しんだあと、それ以前に刊行された『砂の降る教室』もさかのぼって楽しんだし、双子詩集『裏島』『離れ島』は美しい装幀とも相まって大切な歌集でありつづけている。

そして、今回の『架空線』も堪能した、などと書評で言うのも馬鹿っぽいが、まずはそれが偽らざる実感。物語的な枠組みを生かし、門外漢を疎外しない作風はいっそう冴えている。〈コレクション〉という大枠にmatchという個別題が付された「**マッチ箱に二人暮らしてゐた頃の炊事洗濯ちいさな花火**」、〈犬の国〉の一首としての「**震へつつ渡る陸橋　教会も尻尾も持たぬ心細さに**」。異質な要素を短歌で組み合わせることは少しも珍しくないだろうが、「教会」と「尻尾」が乱暴にというか涼しい顔でというか、あっさり並置されるあたりが石川短歌の真骨頂という気がする。「**新しいあなたと出会ふ朝のため床に広げてある鯨瞰図**」「**口癖はみるみる増えて剝き出しの外階段があなたをめぐる**」――例はいくらでも挙げられる。

「架空線」とは、『日本国語大辞典』によれば「鉄道で、電気機関車や電車に電気を供給するために空中に張った電線。架線。〔電気訳語集（１９８３）〕」の意だが、むろんここでは「架空の線」の意も重ね合わされているだろう（というか、そっちが主か）。即物的な事柄とシュールな発想とが無理なく出会うこの人の作風が凝縮されてあらわれた書名である。

ベストは日替わりでコロコロ替わるが、今日のは〈ぴかり〉との枠を与えられた唯一の歌――「**それはこんな灯台だつたかいと言ひタクシーの運転手振り向く**」。

評者／柴田元幸

千葉聡『90秒の別世界　短歌のとなりの物語』（立東舎）

新しい宇宙を産むつもり

短歌は自我意識が表出しやすく、作者の脳や心の動きが見えやすいジャンルだ。右脳左脳どちらかに偏重するタイプ、思考と感情がせめぎあうタイプ、論理過剰故に異界が現れるタイプ、心の威力のみで産み落とすタイプなど様々で、人間のインプットとアウトプットの道筋とは実に個性的で多様なものだと驚嘆する。

千葉聡という作家の場合、これまでの歌集やエッセイでは一貫した傾向が見られたと思う。「真っすぐ」という言葉が似合い過ぎる自我が剝き出しで、愚直なまでの文学の才能への憧れ、絶対消えそうにない野望、誠実すぎて怖いほどの優しさやヒューマニズムなど、「こんなにもハートが熱く爽やかで正しい感じがする人間がいていいのか」と読む者をたじろがせる不気味な圧倒があった。

しかし、千葉聡初の小説集となる本作では、これまで剝き出しだった千葉聡の自我が埋没し、撹拌され、変容し、新しい側面が表出していて驚いた。この現象は、ひとつには章末に添えられた様々な歌人達の短歌が呼び水になって起きているだろう。作家は短歌を通して他の人間の脳と心に侵入することで、まるで他者というパラレルワールドの宇宙から何かを捕まえ、解体して煮込み料理にして食べてしまうように新たな世界を創っているようだ。そのため元来の千葉作品らしい爽やかさやヒューマニズム、名作文学への深いリスペクトの折り込まれた作品もある一方、「サーカスがやって来た」や「最後の男」など、これまでの千葉作品では見えづらかった残酷さや虚空や無間地獄を感じる一品がぼこぼこと現れてギクリとする。かと思えば、「怪力」という一品では、すっとんきょうな笑いにしてやられた。小説という散文表現は神視点で人間を動かす機能が強い。千葉聡が地を這って生きる自我意識から離れ、神視点から他者を俯瞰するとき、元来あった正しさや優しさに、新しく「残酷さ」が加わる。爽やかな千葉短歌になぜか得体の知れない不気味な匂いを感じたのは、実は背後で「残酷さ」が出番を待って蠢いていたせいではないだろうか。

本作全体を取りまく虚空や無間地獄を感じる空気に魅せられていると、ふいに83話目、「隣のホシ先生」の章で、ひとつの解答を目撃した思いがした。なるほど、千葉聡は、「新しい宇宙」を産むためにブラックホール化している最中なのだ。

きっと産まれるだろう長編小説の宇宙を心待ちにしたい。

評者／陣崎草子

吉岡太朗『世界樹の素描』(書肆侃侃房)

機微ということ

吉岡の歌は、人間関係や他者の心情の機微、あるいは景や物の肌理に対してきわめて敏感にひらかれている。短歌にとって、なんらかの機微に触れる、ということは決して特別なことではない。しかしそれでもやはり、吉岡の歌のいかにも繊細な手触りは、機微や肌理ということへの高い感度の上にこそ成り立つものだと思うし、読者としての僕の興奮や喜びは、吉岡が描出したその機微に触れるときにこそもっとも輪郭を濃くした。

葉が紅こうなる話などして君は会いたさをまたほのめかしとる

気づかずに近づいたから傷ついたすずめを羽ばたかせてしもうた

わかりやすいところではこのような歌が挙げられると思う。会いたさではなくそのほのめかしにこそ意識が向かうこと。気づかずに、しもうた、という心寄せがむしろその傷の痛々しさを増幅すること。他者が、吉岡の歌のなかで、さまざまなレベルでの生々しさを得る。

夜勤へとくちがひらけて歯ぶらしを他人のなかで動かしており

くちびるの動きを視野のひろがりに見ながらすくう次の一匙

介護職に携わる者として詠む。他人の歯を磨くときの感覚や自らの視野と動作の連なりに生じた肌理を、日常の感覚の惰性によって取り逃すことをしない。

機微を掬いとる眼差しは、僕たちがからめとられている一般的な価値観を相対化する視点とも切り離せない。

わしよりも闇のふかさをわかっとる封のなかなるポテトチップは

視覚的な闇と精神的な闇をあえて同一に扱った歌、というふうにも読めないだろうか。なんだか笑えるが、しかしその視点は同時に、人間における「闇」なるものを相対化するだろう。

にんげんが塔婆のように立っとってことばときもちしかつうじひん

通じるものとしてのことばときもち以外の存在(を仮定すること)が、人間の視野の外にあるなんらかの世界を歌のなかに呼び込む。その仮の世界のもとで僕たちは、人間とは何か、ということに大きく考えを及ぼすこともできる。

吉岡の歌に独特の、こまやかでなめらかな音運び、技巧としての関西の言葉、定型(拍数)を捉え直そうとする方法意識など、本歌集の語るべき要素は尽きない。しかしその根幹に、あらゆる機微を描出する眼差しと技術があることを、まずは強く意識しておきたい。

評者/染野太朗

錦見映理子『めくるめく短歌たち』（書肆侃侃房）

親愛の気持ちがつくるうねり

非常に志の高い本である。この本の元となったのは、「ＮＨＫ短歌」で二〇一三年十月〜二〇一七年三月に連載されていた「えりこ日記」。歌人ごとにエピソードを交えながら歌のことを紹介するエッセイだ。

例えば、山川藍の歌について語った「さくら　享年十五」という章ではこんな風に話が始まる。著者が山川と初めて会ったとき「絵を描いて」とお願いをした。気軽なイラストを描いてくれると思ったが、なんと山川は初対面の著者に対してつい先頃亡くなった愛猫の絵を描いて渡した。その真剣さに打たれると同時に、著者は山川の歌の魅力を直感する。

初対面の人に対して、一般的なかわいい猫のイラストを適当に描いて渡すような「社交」ではなく、自分の家族として死んだ唯一無二の猫の絵をまず手渡すことを選択するところに、山川さんの歌の力の根拠がある。そこには、自分には大事な猫が他人にとっては大事ではない、という真実を一瞬でひっくり返してしまうような、息詰まるほどの真剣さがある。

ねこの絵を描いてわたしは渡すだけ助ける／助けられないはない　山川藍

歌人から感じた印象と歌自身の魅力が混じり合って、大きなうねりのようになっている文章だと思う。どの章を読んでも、個々の歌人の人柄と短歌作品の読み解きが絡み合って展開され、しかもそれを敬意と親愛の情が支えている。結果、作品は唯一のものとして読者の心に残る。こんな短歌紹介本は他にはない。

さらに、この本ではこれまで適切に読まれてこなかった作品たちの読み直しを図っている。その代表例が二〇〇一年に刊行された飯田有子の歌集『林檎貫通式』だ。この歌集は刊行当時、アヴァンギャルドな口語表現ばかりが注目され、そのテーマ性についてはほとんど議論されてこなかった。しかし著者は「**のしかかる腕がつぎつぎ現れて永遠に馬跳びの馬でいる夢**」などの歌を読み返し、「この歌集がフェミニズムの思想に貫かれた一冊であることが自分のなかに明確に立ち上がってきた」と結論する。

短歌作品に対して新たな息吹を吹き込み、ひとつひとつを生きて動いたものにする。短歌に対する深く真剣な親愛の気持ちが、その難しい行為を可能にしている。この本の書き出しが「子どもの頃、母に『文学って何?』と聞いたことがあった」から始まることはずっと忘れないでいたい。

評者／堂園昌彦

西田リーバウ望東子『音程 INTERVALLE』（書肆侃侃房）

あのとき響いていた音を追うように

ピアノの鍵盤を一つ押す。一つの音が鳴る。だが、正確にいうと、一つではない。どの音も、その中には数々の倍音が共鳴しているし、私の体も、部屋の壁や天井も、すべて振動し、音を増幅させている。

論語の「徳は孤ならず」を真似して、ここでは「音は孤ならず」と言わせていただきたい。

秋の日のピアノの音はちよつとだけ天に近いよ天国のことだよ

小枝にはことりのつがひ五線譜のピアニッシモはそれほどの春

あまやかな出だしは危険　敏捷な指がちよつと震へてゐたね

西田リーバウ望東子は、ベルリン在住のピアニスト。この第一歌集は、西田の個人史をたどりつつ、演奏家として活躍する現在につながる感受性の萌芽を描いている。

音楽を詠んだ西田作品には、読者が過去に愛聴した楽曲の数々や、音楽に親しんだ経験を思い出させる力がある。短歌のことばで描かれた音楽は、その時の、一回限りの、かけがえのない存在として、リアルに描かれる。

どうしても浪漫派になる　譜めくりは君にまかせて連れ弾きの夜

昨日までの指遣い1をまづ4に変へもう一度〈フランス組曲〉

どの音も、さまざまなものと響き合っている。それと同じように、西田は自らの短歌を、誰かとの思い出や、日常の出来事や、その時だけの特別な思いと響き合わせながら残そうとしている。だから、ときどき歌のなかに、親しい人に話しかけるようなことばが混じり、それがかえって読者を引きつけることになる。

演奏は、その時だけの芸術だ。鮮明な録音として残すことは可能だが、演奏者の息遣いやステージの緊張感を残すことはできない。だから、もしかしたら西田は短歌という器で、過ぎ去る人生の一場面を残そうとしたのかもしれない。

雑踏に消えてしまつたチェリストのチェロのケースの水色を追ふ

人の後ろ姿を追う。その人の姿を忘れてしまっても、その何か一部分を覚えていて、追い続ける。憧れや愛情が残っている限り。

西田にとって、作歌は、かつて響いていた数々の愛する音楽を蘇らせる営みなのかもしれない。私たち読者は、その音楽とともにあった日々に思いを馳せる。

評者／千葉聡

藪内亮輔『海蛇と珊瑚』（角川書店）

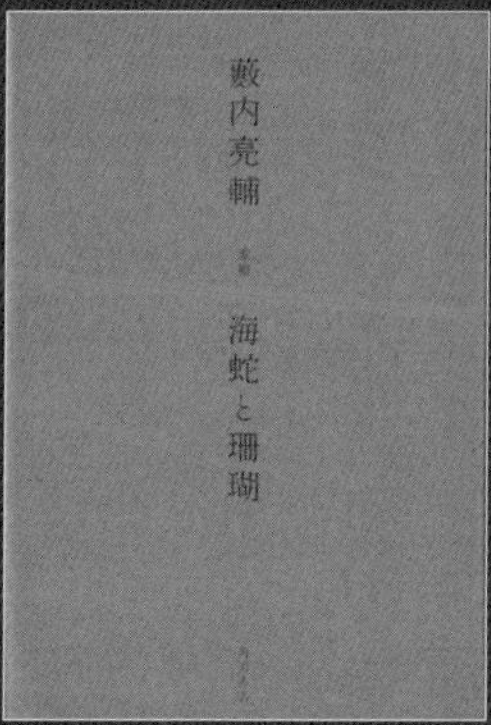

駄洒落について

歌集一巻の白眉は、読み返してみて、やはり冒頭の「花と雨」ということになろうと思う。（中略）次の歌集に「花と雨」以上の秀作を見たいと切に願っている。（永田和宏）

巻頭の「花と雨」一連が実にいい。（中略）後半の意欲的、冒険的な試みは氏の美質から逸脱したものに思われた。「花と雨」一連を一回性の輝きに終わらせてはならないと思う。（三枝浩樹）

藪内亮輔は、審査員が全員二重丸をつけるという前代未聞の高得点で角川短歌賞を受賞した作者である。全員が賞賛するなどという現象はそれ自体がなにかの間違いによる集団幻覚のようなものだとしか思えないけれど、みてしまった幻覚はみつづけたくなってしまうものでもある。そこから目を覚ますために、その受賞作「花と雨」にはすでに次のような歌も並んでいたことも思い出したい。

魂《たま》といふ凄き名前をもつてゐるやばい奴だぜ猫つていふは

息は生き、さう思ふまで苦しげに其処にゐるだけなのにくるしげに

これらの歌に用いられている言葉遊びは駄洒落だと思う。短歌には和歌から受け継がれてきた掛詞という技法があるけれど、ある言葉のなかにあくまでさりげなくべつの意味を聞きとらせる掛詞とこれらの歌は明らかに性質が異なる。そして、この二首がとくに例外的だというわけでもなく、〈**言葉つて野蛮だけれど鎮魂のなかにちんこがあるのだけは好きだ**〉〈**遺影《イエーイ》と言い合ふうちにぎしぎしと空が混み合つて来たけどイエーイ**〉などと、あるいは他にも多数、あまりにベタな駄洒落が使われた歌は無視できない勢いで歌集中に並ぶ。件の受賞作「花と雨」にみられるいっけん端正で秀歌性の高い歌の数々もいわば伝統的な短歌に対する駄洒落であり、〈**この歌は岡井すぎると言はれをりほの暗き花の暗喩のあたり**〉と自ら言及する岡井隆の文体模写も、岡井隆についての駄洒落なのである。

そして駄洒落の急所は批評性のなさにこそある。批評の対象に対して批評が機能するほどの距離を取らないこの作者の性質は、たとえばわたしが思うところのこの歌集の白眉、第二部に収録されている連作「愛について」では原子炉に人類の巨大な影としての姿を与えることを成功させたともいえるだろう。

評者／平岡直子

梅﨑実奈の新刊歌集レビュー③

文鳥は一本脚で夢をみる

吉川宏志『石蓮花』（書肆侃侃房）
戸田響子『煮汁』（書肆侃侃房）
小坂井大輔『平和園に帰ろうよ』（書肆侃侃房）
藪内亮輔『海蛇と珊瑚』（角川書店）

たったひとりの愛と信仰

　令和元年連載第三回夢脚文鳥やってきました、こんにちは。俳人の小澤實に〈神護景雲元年写経生昼寝〉という大らかなる名句がありますけれども、令和元年、と宣ってみたくキーを打ち込んだもののこのパソコン、データがアップデートされてないので、れいわ、が一発変換できないんですよね。あたらしい時代、あたらしい思考、あたらしい価値観って、一発変換みたいに即やってくるようなものなんかじゃなくって、じわじわとそして点滅するカーソルのように小さくひそやかに、しかしすでにしてあった、というもののような気がして、いつもそれを見逃さないようにありたい。そう思いながら今回も点滅する光をみた歌集四冊、ご紹介していきます。

　一冊目は**吉川宏志『石蓮花』**です。みなさん吉川宏志の短歌って読んだことありますか。よく知らないやという方に簡単に説明させていただきますと、彼の歌って「ザ・うまい」なんです。ただのうまいじゃないです。ザ・うまい、です。みずからの目でものを見る能力がとてつもなく高く、しかもその見たものをなにか別のものにたとえてみせるのがザを付けたくなるほどにうまい。このうまさにはものの存在を通常よりつよく感じさせることができる、実感増幅のパワーがあるんです。

自販機のなかに汁粉のむらさきの缶あり僧侶が混じれるごとく

夏つばき地に落ちておりまだ何かに触れたきような黄の蕊が見ゆ

紫は高貴な色でそれが僧侶という連想と、俗世からやや浮いてるっていう連想にもつながってる。お汁粉ってたしかに水とかお茶とかジュースが並んでる自販機のなかで異様な存在感を放ってますよね。

　道端に落っこちてる椿の花、花びらに包まれた蕊がまだ一本一本しっかり真っ直ぐ立ってる。椿の蕊ってイソギンチャクの触手にちょっと似てて、何かに触ろうとしてるような気配がある。触れたいっていう欲望が蕊の先の空中に感じられて、落ちてるとしても命が終わったようには思えない。どちらもただ汁粉や椿とだけ書くよりも、圧倒的に存在が増幅して感じられます。

秋陽さす時計台とも見比べて腕の時計に人を待ちおり

海の場面に変わる映画のひかりにて腕の時計の針を読みおり

　時計見ますねわたしたち。どちらも文字盤を見て時間を確かめるって歌だけど、どのように見てるのかをすごく丁寧に観察して描いてる。この丁寧さ、細やかさっていうのもうまさにつながる要素且つ、歌集全体を貫く大切なポイントでもあるんです。

　しかしながら「目で見る」ことについて思いを馳せるとき、いつもどこか引っかかってしまう問題がある。それは実際直接この目で見て確かめることができない物事についてはどうすればいいのか、ってこと。たとえば、目の前で遭遇していない事件や事故、過去や現在進行形の戦争など。こういう社会的な物事について詠まれた作品は短歌の世界では「社会詠」と呼ばれるのですが、たとえ見ていなくとも我ら人間たるもの想像力の翼を持って翔べ！　などとたやすく言えない難しさがあります。もちろん想像力は社会という他者と生きていく場において最も重要なものです。だけど想像すればそれで終わりでいいのか。その想像の内容自体のバージョンは更新されていなくてもいいのか。言うは易し、決して単純なものではないと思います。

　実際には見ることのなかった物事についてこの歌集でとられるのは、飽くことなくまたどこまでも「丁寧に描く」という方法です。

初めのほうは見ていなかった船影が海の奥へと吸いこまれゆく

水に揺れる紅葉見ており濃緑《こみどり》のときも映っていたはずなのに

　最初読んだときはなんてバカ正直なんだろうと思いました。だって見ていなかったってことをそのまま描いてるんですよ。見なかったってこと自体を丁寧に描く、これって想像力を前にして足踏みしてるように思えるかもしれないけど、直接見ることをベースにいったいどこまでいけるのかと問う揺るぎない現場主義を感じるんです。徹底された実感主義といってもいい。ここには華やかさはないし、どこにもまだ翔んでいけてもいないのかもしれない。でもひとつの方法として、実感主義がつぎのバージョンへ向かう点滅として、この歌集は静かにしかし確かにここに現れた。そんな風に感じました。

　見たものを徹底的に追いかける歌集の一方で、見えないものと付き合いつづける歌集もある。そんな二冊目が**戸田響子**『煮汁』です。煮汁ってアンタ、なんでそんなタイトル……だって……煮汁だよ……？　煮物でもないんだよ…トンデモでおもしろいけどシュールすぎんか…タイトルについてだけでひたすらぶつぶつ呟けてしまいそうなんですが、一旦置いておきましょう。

『煮汁』の歌っていくつかのバリエーションがあるんですが、その根源に共通してあるのは幼児的不安感なんだと思います。子どもの頃ってすっごく小さなことに執着して、もうこれで自分はだめかもしれない、生きていけないかもしれないっていう不安や絶望にわりとたやすく陥りがちな気がします。たとえば体育の授業で赤白帽持ってくるの忘れたとか、みんなの前で先生に当てられて簡単な問題に答えられなかったとか。それだけでもう、ああだめだ死ぬしかない、と。なんでそうなるかっていうと、選択肢が少ないってことなんですよ。少ないというか、選択肢自体を知らない、気付いていないってことなんだと思うんです。経験を得た大人になっていくと帽子なんて次回気をつけますでいいってわかるし、思い詰めなくても選択肢は他にもあるって知ってる。でも子どもは選べないからその不安ばっかり見つめてたやすく絶望してしまうんじゃないか。年齢的に大人になってもこの感覚を引きずる人、たくさんいると思う。

珠のれんがバラバラになる予感だけずっとしている子供のころから

早朝のバスタブ朝日がつき刺さり音階のようなものが聞こえる

宅急便の複写紙に強く強く書く強くなければ届かぬ気がして

クレーンがあんなに高いとこにある罰せられる日が来るのでしょうか

強迫観念みたいなものがつまってるこれらの歌。見えないものを敏感に感じ取ってひとつのことを信じ込んでる。でもどこか、ばかみたいに純粋さがある。選択肢がない、これしかないんだと信じ込んでるっていう状態は苦しいけど、心を矢のように射抜いてくる。ほかのことが見えてないのを端から見てると手を差し伸べたくなるけど、この手ってほんとに必要なんだろうか。

　バリエーションのひとつとして、帯に引かれてる〈**三本締めが終わった後の沈黙に耐えられなくて服を脱ぎだす**〉とか〈**塀越しによくしゃべってた隣人の腰から下が人間じゃない**〉とかトンデモタイプの歌もあります。これらも根源にあるのは幼児的不安感と、その不安からの逃走経路としての選択肢までぶっ飛んじゃってる社会的バグみたいな歌なんじゃないか。こういう歌も面白いけど、でも『煮汁』って歌集に惹きつけられてやまないのは、次のような歌たちが特に輝いていたからなんです。

かみさまの言葉を忘れてゆく子供擬音つかわず「かみなり」という

アルコール消毒液を手に受ける小さなくしゃみのようなささやき

カチューシャと呟いたとき後ろからとうもろこしの匂いがしてた

歯みがき粉の最後の最後を出したくて全力をこめ「神様」と言う

ここでもまた、見えないものばかり、小さくて小さくて、でもそれでも信じていて、たったひとつの言葉を、ささやきを、呟きを、自分だけの神様を。短歌は三十一文字で短いとよく思われるけど、わたしは短歌って短いんじゃなくて小さいんだと思うんですよね。極小のこの言葉が極小のはかない独りの信仰をやさしく包み込んでる。タイトルの話に戻ると、『煮汁』ってある意味まちがったサービス精神のような気がするんです。まちがった、ってそれは、選択肢がちゃんとたくさん存在してる「社会的」に。一般的に本はシュールが入ってると読者を限定するから、むしろそれじゃないなら何でもいいのに、〈煮汁〉って言葉をわざわざ選んでしまうたったひとりの信仰。短歌が小さいこととその強度というのは逆説的である、という三十一文字の可能性を体現しようとする、『煮汁』は夢をひめた歌集なのです。

三冊目は**小坂井大輔『平和園に帰ろうよ』**です。電化製品のコマーシャルを観てるとたまに「こんな家庭いったいどこにあるんだ……」と考えてしまうことがあって、美しいパパとママと素直な笑顔を見せる子どもと、植物が豊富に飾られた天井の高い素敵なおうち。そこにまた機能性に優れた電化製品を投入することによって、日々の生活がもっとプレミアムなものになる。コマーシャルは理想を売るための媒体ですから曇りのない景を見せることは当然なんだけど、このリアリズムの薄さを観ていると、はて生活とは、はて庶民とは理想とはということが、ほんの一瞬わからなくなる。

家族の誰かが「自首　減刑」で検索をしていたパソコンまだ温かい

一発ずつだったビンタが私から二発になって　進む左へ

甥っ子に五十メートル何秒と聞かれた喪服ばかりの部屋で

蛇を首にかけた写真があるといい母は自分の部屋に戻った

『平和園に帰ろうよ』の歌たちはプレミアムな理想の生活とはだいぶ真逆な世界を生きています。しかも結構ハードな環境の。自首の歌はそれまで当たり前に生きてきた時空間が歪んでしまうような生温かい衝撃があるし、ビンタが自分の番から二発に変わるのにも世知辛さを噛みしめてしまう。だけど何だろう、暗くないんです。少なくとも「こうだから辛い」のだと断末魔をあげ助けを求めるような姿勢の文体ではない。甥っ子と母の歌はどこか間抜けな感じがあって、このノイズのような出来事こそがリアリズムだなと思わせる。そしてやっぱりちょっと笑ってしまって暗さを感じさせない。決して暗さ重さだけに転ばない。文体によって明るさや軽やかさを生み出すって、すごい美質だし才能でしょう。

わたくしは夢の中では清らかで町内の犬を全部逃がした

世の中は金だよ金、と言うたびに立ってる焼け野原にひとりで

犬の糞を入れた袋をひったくられなんて美しい世界なんだろう

たましいが土地です肉体が家です気持ちは湯船に浮かぶアヒルです

こういう歌たちを読むと、大事なのは環境なんかじゃなくて魂そのものなんだという気持ちにさせられる。いや、そんなのもしかしたら綺麗事なのかもしれない。お金は大事。環境は大事。でもそう思ったとき心のアヒルはプヒプヒまぬけな音を出してる。『平和園に帰ろうよ』は際だってキャラクターが濃く、そしてそれはどこまでもユーモアと明晰さに満たされた本のかたちをした人間のようで、好きになってしまう魅力にあふれています。
　最後は**藪内亮輔『海蛇と珊瑚』**です。この歌集、やたらと攻撃的なんですよね……。読む者を一度ならず二度三度突き放すので、戸惑うひともいるかもしれない。でもこの攻撃性、よく読むと痛いほどわかってくるんです。伝わってくるんです、希求してやまないものが何なのかが。

悼むのも傷むのも野蛮なだけだ　五月雨の川しぬほど光れ

無垢であることをゆるされてはならず薔薇には薔薇のきらめきがある

「正義」とふ青銅の瓶のやうなことば使ひ方は斯うだ叩き付けてつかふ

　この歌集は**〈傘をさす一瞬ひとはうつむいて雪にあかるき街へ出でゆく〉〈きらきらと波をはこんでゐた川がひかりを落とし橋をくぐりぬ〉〈月の下に馬頭琴弾くひとの絵をめくりぬ空の部分にふれて〉**などの歌にみえるような、繊細さと技巧力が高く評価されているようなのですが、魅力はそこだけではありません。この歌集は世の中にあふれるやさしくあたたかな「正」の価値観に対峙して、ほんとうにそれはいいものなのか、欺瞞なのではないかと疑念を突きつけ打ち崩そうとする、いわばダークヒーローのような歌がつまっているのです。

魚《うを》と魚《いを》その薄氷《うすらひ》の異なりににくしみながらあなたを赦す

寄りながら暗き言葉をうちかはす我らの肌で焼死せよ雪

なかゆびを立ててゆき降る窓をみるそのやうに愛してゐた何もかも

「愛」とはいったいなにか。この青臭くも永久に途絶えぬ問いへの答えのように、この歌集では中途半端な寄り添いを徹底的に拒絶します。これは連載第一回で紹介した大森静佳『カミーユ』の**〈ずっと味方でいてよ菜の花咲くなかを味方は愛の言葉ではない〉**という歌にもかなり近い感覚なんじゃないか。常にあたたかく寄り添うことは心地いいが、それをたやすく愛と呼ぶべきか。寄り添うことだけが愛なのか。やさしくあたたかいことだけが愛なのか。ここにはとてつもなくつよい葛藤があります。
『海蛇と珊瑚』には雨、雪、花などの自然物が何度も登場してくるんですが、それらは必ずと言っていいほど一見静かで美しく、だが激しさを内に潜ませている。表面的には静かで美しくとも、それはあくまで表面、ある一面にしか過ぎないのだと。愛や正義も同じように多面的なものです。繰り返し出てくる雨や雪や花には、この歌集が求めつづける欺瞞のない姿や生のあり方が多分に託されていると感じます。

ゆめみるために暗き心を　暗き火を　何をも燃やさないつよき火を

雨はふる、降りながら降る　生きながら生きるやりかたを教へてください

　欺瞞だらけのなかでも夢をみたいと願うわたしたちにはなにが必要なんだろう。生き方、誰もそれを教えてはくれないし、教えられなくても生きていくしかない。ドライアイスが激しい姿で昇華していくように、内からの圧をエネルギーに文体もテーマも研ぎ澄まされた稀有な歌集『海蛇と珊瑚』。きっと冷暗なる熱に心が焼かれるはずです。

『石蓮花』

『煮汁』

『平和園に帰ろうよ』

『海蛇と珊瑚』

編集委員の目

青いポートレート

大森静佳

昨年、山元彩香さんという同年代の写真家を知った。たった一人でロシアや東欧諸国を何ヶ月も旅しながら、少女から老女まで、女性のポートレートを多く撮影しているという。ポートレートの背景の壁はくすんだブルー。ことごとくブルー。これはなぜかというと、旧共産圏の廃墟で撮影しているためで、その時代の壁はなぜか青が多いらしい。

私のお気に入りの一枚（作品名はすべて「Untitled」）はロシアで撮影されたもので、しみだらけの青い壁を背に、短く刈りあげた金髪の女性が立っている。首元が詰まったブラウスから伸びる痩せた首、骨格のくきやかな顔立ち、半開きの分厚い唇、そういった部分部分の存在感を、中性的な佇まいが包みこんでいる。

特に印象的なのは薄くひらいたグリーンの瞳で、右目は部屋の暗さのためにほとんど翳ってしまっているのに対し、左目は窓から射しこむ光によって照らされているのだ。ひとつの顔のなかに宿る闇、そして光。

一見すると魂が抜けたような表情こそ、本当の祈りにつうじる気がする。縁あって何度か会ううちに、山元さんはふっとそんなことを口にした。

モデルは旅先で偶然出会う村の女性たち。撮影には素顔で来てもらい、撮られているという自意識が表情から抜けるまで、何時間もかけて撮影するのだそうだ。そういえば、彼女が撮った女性たちの顔は眼も唇も半開きで、きわめて遠いまなざしをたたえている。

昨年刊行されたばかりの写真集『We are Made of Grass, Soil, and Trees』には、こんな言葉がある。

ファインダーをじっとのぞいていると、さっきまで見ていた彼女ではない「何か」に変化する瞬間が存在する。それはこの世のものとは思えないくらい崇高かつ理解を超える瞬間で、心が震えるのを必死に落ち着かせながらシャッターを押す。その一瞬は、彼女に蓄積されてきた時間のレイヤーや彼女らしさと呼ばれるものを全て取払い、自身も気づかず内に宿している「何者か」を露にする。

私たちは普通、その人らしい表情をとらえたポートレートをいいポートレートだと考えている気がする。でも山元さんは、その人らしさではなく、その人のなかの誰も見たことのない一面を引き出したポートレートを撮りたい、と言うのだ。

骨格の内に林を育てきつ　自分を説明する人きらい

永田紅『日輪』

自分を説明する人、きらい。私もそう思う。

自分ってこうなんですよ、こういう人なんですよ、とわかったように説明した時点で、その「自分」はひとつの箱に閉じこめられて、その箱以上の大きさに膨らんでいかない気がする。本当なら、自分でも気づかないところで、終わりなく膨らんだり揺れたりするはずのものなのに。

「らしさ」はどこまでいっても平面の「らしさ」で、めくるめく立体的なその人自身と完璧なイコールにはならない。

短歌は、ときに自分らしさを語ってしまいやすい器のように思う。自分や世界を語ることと、自分らしさや世界らしさを語ることは、まったく違うことだと思うのだけれど、その区別がなかなか難しい。

丘の樹がけふこぼしゆく百枚の葉よまひるまのわたしがずれる

昏れやすきあなたの部屋の絵の中にすこし下がるとわたしが映る

蠟燭に火をうつしゆく人の目の中をとほのくつめたいきつね

木下こう

木下こう『体温と雨』は二〇一四年に砂子屋書房から刊行された歌集で、数年間入手困難だったが、大阪の牛隆佑さんの尽力によって最近新たな装幀の私家版が登場した。

ここには、わかりやすいその人「らしさ」は存在しない。

おびただしい落葉のきらめきを感知したとたんに、自分から自分が「ずれる」という不思議な感じ。夕陽の加減によって、「あなた」の部屋に掛かる絵と自分の姿が溶けあうような感じ。せつないほどの力で、透明な、ゼロの自分を感じようとした結果、山元彩香さんが言うところの「自身も気づかず内に宿している『何者か』」が一首に淡く浮かびあがっている。自分という存在のつかみどころのない浮遊感が、とても純粋なかたちで一首に切り取られていると思う。

まつぶさに眺めてかなし月こそは全き裸身と思ひいたりぬ

白菊はみだらなるかもかぎりなき舌にひとつの言葉をもたず

白猫をひろげしやうな真昼間の空《くう》にわが居ずわがこゑきこゆ

たそがれの部屋に飛ぶ蛾の紋様にあはれなるかな小《ち》さきわたくし

水原紫苑

歌集の復刊といえば、少し前のことになるけれど、水原紫苑『びあんか／うたうら』（二〇一四年深夜叢書社）は、それぞれ一九八九年と九二年に雁書館から出された二冊の歌集の合冊版。私も短歌を始めたばかりの頃にくりかえし読んだ歌集なので、比較的安価な、しかもひきしまった美しい造りの本になっていて嬉しい。

本当の意味で、ものを、世界を見つめるということ。月の月らしさ、白菊の白菊らしさ――水原紫苑の歌もまた「らしさ」を遠く振り切って、月や白菊の、誰も見たことのない一面を自在に掬いあげている。

足拍子ひたに踏みをり生きかはり死にかはりわれとなるものを踏む　**水原紫苑**

私は誰だろう。その問いに答えることが詩であり、答えないこともまた詩、なのかもしれない。

二二野歌《にいにいのうた》

ゆふやみに海となりたるグランドに帆をはるごとく白線をひく

楠　誓英

考えを翻すとき本物の風がきて前髪を分けていく

相田奈緒

photographs:Otsuka Aroma
design:Higashi Kahori
illustrations:Higashi Naoko

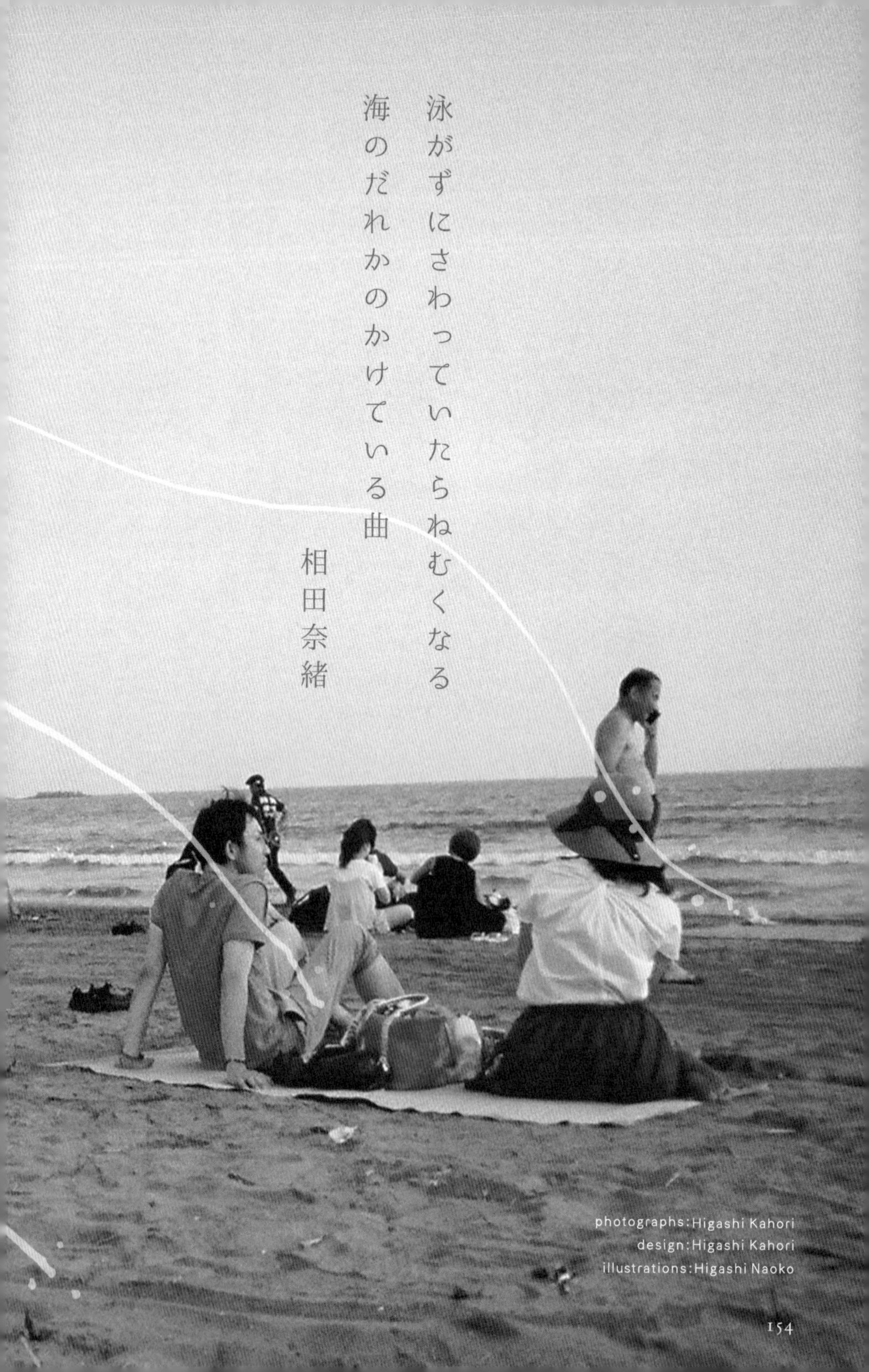

泳がずにさわっていたらねむくなる
海のだれかのかけている曲

相田奈緒

photographs:Higashi Kahori
design:Higashi Kahori
illustrations:Higashi Naoko

体内にゆらぐ原始の昏さありひとは
なにゆゑ海を見たがる

楠　誓英

笹井宏之への旅③

〈私の選んだ一首〉食パンの耳をまんべんなくかじる　祈りとはそういうものだろう

笹井宏之『てんとろり』

私は笹井宏之さんの「よい読者」ではないとおもう。笹井さんに会ったこともない。自分の歌すら満足に覚えていないくらいなので、間違いなく暗唱できる笹井さんの歌も決して多くない。それに比べれば、笹井さんの歌を私より愛する人はたくさんいるだろう。——そんな私が、彼の第二歌集『てんとろり』の制作に参画した(詳しくは「制作ノート」に書いた)。その理由は、私は彼を歌の仲間だと勝手に思っていたからであり、『てんとろり』の制作そのものが、私にとっての彼への祈りだったからだ。

短歌は、祈りの結晶体だ。雨を乞うために踊り、あるいはからだを決まった順番で洗い、あるいはラグビー選手がボールを蹴るときにルーティンを守るのと同じ。「こうなってほしい」「こうなりますように」と未来へ願いを送るときの、自分のための儀礼、自分だけのジンクスがだれにもある。そういうジンクスの照り返しをことばに定着させたものが短歌なのではないか。——笹井さんの歌について思いを巡らせると、こういう考えにたどり着く。

笹井さんの歌には祈りがあふれている。笹井さんにとっては「食パンの耳をまんべんなくかじる」ことがなにかに対するジンクスだったかもしれない。この歌に、笹井さんがどんな願いを込めたのかはわからないが、ささやかな現実を積み重ねて未来に願いを送ろうとしていたんじゃないか、とは想像できる。祈りの本質を示すだけでなく、笹井さん自身の祈りを感じることができる一首だ。

彼とたった一度、メールのやり取りをした。私の第一歌集を読んで励まされたこと、箱の装画が見えるように本棚に置いていることが書かれていた。この一通が嬉しかったから、私は彼を仲間だと思った。彼の歌集を未来に届けたいと思った。もうしばらく、私は彼のいない未来に向けて私自身の祈りを結晶化させつづけようとおもう。

中島裕介

短歌に癒されて

筒井孝司

宏之のパソコンの中に整理されているデータファイルには短歌のほかに詩、俳句・川柳、エッセイ、短編小説なども数多く残されています。日記形式で日々の日常も綴っています。

２００６年7月21日～11月6日までの短い期間でしたが、ある方と「ゆうなぎ手帖」というブログで短歌交換日記を交わしており、その中で、こんなことを書いています。


訴えたいことが先にあると、うまく作品がつくれない。

ぴんときたことばをおもうにまかせて組み立てていったときいちばんしっくりくる歌ができる。

歌いたいこと自体をつくってゆく。

時間をかけて、歌いたかったことを引き出す。

そうして作品が出来ても、自分がなにを訴えたかったのかわからないことは多い。

感覚は〝じっくり〟状態なのに。

そういうときは、作品をぽーんと放って読む人にまかせてしまうしかない。


このようにして、一つ一つのことばを大事に紡いでいたようです。この交換日記の中で、私たち家族のことも紹介していますが、母親のことをこんな風に書いています。

２００６年8月26日

ざわわ　ざわわ
さとうきび畑の唄をうたいきり夏大根ざくりと刻む母

笹井宏之

母の鼻歌にはおおきな特徴がある。
・途中で半音、あるいは一音転調する（無意識に）
・安定したビブラート（小学校の頃からどうしてもかかってしまうとか）
・まるでソプラノ歌手見習いのような声（10年発声練習をやったらしい）
・リズム感、ゼロ

最後の一点がなければ、由紀さおりにも負けないくらいなのに。（ちなみに本人は由紀さおりがあまり好きではない）
まあでも、歌は楽しむことがいちばん。
詠むほうも、唄うほうも。

私のことも次のように書いています。

2006年7月23日

日曜日

息抜きをしているひとに栓をする　すべてがぬけてしまわないよう

笹井宏之

父は激務に追われている。たぶん、人気のあるアイドル歌手ぐらい忙しい。
会社勤めで、華やかなところへ出ることは滅多にないけれど正しいと思ったことのためにだけ、働いている。
日曜、テレビの前でくたくたになっている父へ冷たい麦茶をいれてやった。

もう一つ24歳の時の日記を紹介します。

「ともにあゆむ道を考えよう」

闘ってもどうしようもない。

目指すは、喧嘩ばかりしていたのだけどいつの間にか金婚式を迎えていた夫婦。
こころにつらいものを持つひと（どうも〝病気の人〟とは呼びたくない）にとっての一生をかけての課題。
自分の具合とうまく付き合っていくこと。

音楽をやっている人を見かけると、こころが痛くなる。
自分もほんとうはもっと音楽がやりたい。
でも、からだの具合が追いつかない。
自暴自棄になる。
かと思いきや、どこからか「短歌があるよー」と聞こえてくる。

ありがとう。

学生を見かけると、またべつの部分が痛くなる。

高校っておもしろそうだなー。

ちょうど高一の夏休み前に寝込んだから、二学期は出席する予定だったのだけど、もう何年夏休みやっているんだか。

ことしでもう24歳になるよ。

ちょっと、55歳から64歳になるのとはちがって、なにかがおおきいよ。

投げやりになる。

かとおもいきや、「おまえさんにゃ、短歌があるじゃねぇか」と聞こえてくる。

ありがとう。


そんなこと言われると、治れないじゃないか。

でも、その〝治る治らない〟を捨てることからはじめなくては。

よく母親が「あんたがキツイとか具合悪いっていうのは、呼吸してるってゆーのと同じなのよ！　ばーか」と微妙にはげましてくれる。

ありがとう（ばーか）。


仕事柄……って会社勤めなんだけど、父親は「息子さん、どうしておられますか？」ときかれることがしばしばある。

そのときは「なーんも問題なく、よう育っとりますよ」と答えているらしい。

ありがとう（もう年なんだし徹夜は控えたほうがよい）。


ってな感じで、まわりの理解とか環境とかがあれば、つらくても、なんとかやっていけるものです。

というか、やってこられたのだし。


そういうわけで、将来は古生物学者でも詩人でもなく児童相談員になりたい。

いや、本気で。

カウンセラーって、日本でつかうとまだまだヘンな捉え方する人が多いし、まあ、かぼちゃのオッサンでいいや。

相談員は聞くのが仕事。


ともにあゆむ道を考えよう、と自分にいいきかせながら、その〝ともにあゆむ道〟をだれかと一緒に考えていく。
そんなかぼちゃのオッサンに、なりたい。

そのためには、あるていど動けるくらいのかぼちゃになっていなくてはならない。
短歌に癒される日々は、まだまだ続きそうです（↑ホームドラマの最終回風）。

私は古典落語が好きでしたのでよくカセットで聴いていましたが、宏之もそのせいかよく若手落語家の噺を聴いていました。軽妙洒脱な歌が宏之の作品の中に多くみられるのは古典落語を嗜んでいたことに由るものが大きいと思います。「ことばを遊ぶ」ことに長けていました。

私とはよく「ことば遊び」のようなものをしました。仕事が忙しく真夜中に帰宅することが度々でしたが、その日の出来事をネタにして小咄的なものを仕込んでおき、私の帰宅を待ち構えていて、私が食事をしている傍らでそのネタを披露してくれました。その話の出来栄えを私が「上」「中」「下」で評価し、「今日の噺は上の下かな？」とか「中の上だな」などと応じると本人は納得していつものやさしい笑みを浮かべていました。親の贔屓目ではなく本当にウィットに富んだ「上質の笑い」が多かったのも事実です。

疲れて帰宅してきた私にとって、宏之とのこの語らいは楽しい時間帯でした。

ウエディングケーキのうえでつつがなく蝿が挙式をすませて帰る

『ひとさらい』より

このケーキ、ベルリンの壁入ってる？（うんスポンジにすこし）にし？（うん）

『ひとさらい』より

廃品になってはじめて本当の空を映せるのだね、テレビは

2006年6月「笹短歌ドットコム」より

ある時、宏之から「英語俳句を投稿したいので英訳を頼みたい」というメールが届き、俳句6句と翻訳サイトによる適当な英訳が添えられていました。それには私なりの俳句の解釈と直した英訳を付けて返信しました。結局、宏之との共同作品は選には入りませんでしたが、今となってはとてもいい思い出です。

「すばらしい天気なものでスウェーデンあたりのひとになってます。父」

『ひとさらい』より

「いま辞書とふかい関係にあるからしばらくそっとしておいて。母」

『ひとさらい』より

亡くなる2ヶ月半ほど前のブログに次のようなことを綴っています。

誰かの痛みが
ぼくの創作のみなもとであったことに
いまさら気づく。

もっと、いろんなひとの痛みにふれよう。

そして、
ぼくはそれを
きちんと痛みながら、うたおう。

２００８年11月2日（日）ブログ『些細』「はがねの海」より

無題

笹井宏之

わたしのすきなひとが
しあわせであるといい
わたしをすきなひとが
しあわせであるといい
わたしのきらいなひとが
しあわせであるといい
わたしをきらいなひとが
しあわせであるといい

きれいごとのはんぶんくらいが
そっくりそのまま
しんじつであるといい

２００９年1月　最後のブログより

永井祐選 特選

味のないみかんのような朝が来て夢より寒いキッチンに立つ（埼玉県　さとうよしこ）

いい人じゃないと思った。くしゃみする声にしたってこわすぎたから（東京都　いわまむかし）

あなたから借りっぱなしのゆーえすびーポケットのなか握って歩む（東京都　窪田悠希）

①「味のないみかんのような朝」はいいフレーズだと思う。とらえどころのない朝の感触が伝わる。下句も、だんだん目が覚めて「立つ」までを言っているようでいいと思う。ただ、フレーズの切れ味に比して歌の形はやや型にはまっている印象。初句二句四句の穴埋め問題の模範回答のようにも見える。短歌は自分なりの形を見つけて創るのがたのしいのでそちらにもトライしてみてほしい。

②獣のようなくしゃみに引いた、という物の見方の角度がよかった。①と逆でこちらは語り口に味がある。「いい人じゃないと思った」は言い過ぎなようだけれど、「したって」からそもそも不信感は別の所にあったことがわかる。「こわすぎた」は今どきの言い回しで上手くはまっている。

③USBは道具として不思議で、ここではいきていると思う。何かが保存された大事なものでもあり得るし、安価でてきとうに使い回すものでもある。「あなた」はもうそのUSBは要らないのかもしれない。それを半分わかりつつもわたしはUSBを「握る」という意味のない行為をしてしまう。平仮名書きにわたしの恥ずかしさが表われているようだ。

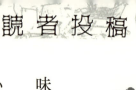

野口あや子選　特選

嘘みたいな歌詞だったのでもう一度歌ってみたのが最後の夜だ　（東京都　窪田悠希）

山手線ホームドア下銀色のフープピアスは三度踏まれる　（埼玉県　さとうよしこ）

言葉には何の力も無いんだな殴られるたび「やめて」と言った　（岩手県　八重樫拓也）

①夢の続きのような、夢オチのような、ふわりとして訥々と続く文体に惹かれました。その歌詞を歌い慣れていながら、改めて嘘みたいな歌詞だと気づく、まどろむような歌声と意識が浮かんできます。一人で観に行った単館映画のような、ほのぐらいダルさと切なさが漂う作品です。「だ」と言い切られているのに余韻が残るのもポイント。

②東京の何気ない景ですが、「銀色のフープピアス」「三度」という徹底して没個性的な描写にかえってすごみを感じさせます。「ホームドア下」という低い位置に視点が固定されていることであらわれる臨場感。ふわふわしたゆるい部分がなく、描写が的確で、削ぎ落とされている。簡単なようで実はとても難しいことです。

③「言葉には何の力も無い」ということを詩歌で言うのはひとつの「型」ではありますが、なぜかと読んでいくと「いじめ」「暴力」を描いているところ、讃えあげられる詩より、日常のすさまじさ、容赦なさを歌った歌として説得力があります。それでいて描写は送り漫画のようにパカパカと動いていてコミカル。言葉に力なんてないということに言葉を尽くす、ひとつの荒技ですね。

永井祐選

準特選

山手線ホームドア下銀色のフープピアスは三度踏まれる　（埼玉県　さとうよしこ）

フープピアスは輪の形になっているピアスのこと。クリアに映像が浮かぶ歌で、なぜだかそれをじっと見つめてしまい、踏まれる数まで数えてしまう心はわかる気がする。忙しく人が行き来するホームだからこそだろう。

点滅するライトとはわかりあえない浅い夜の奥から自転車　（長崎県　公木正）

夜に歩いていて向こうから自転車がくる。少し危うい感じで歩いているのが「わかりあえない」や破調のリズムから読み取れる。特に「浅い夜」と言いながら急にその「奥」を言い出す矛盾した感じが不安定さをリアルに伝えている。

左腕にはちみつの瓶寝かせつつ星の見えないふるさとに着く　（京都府　石村まい）

お土産に蜂蜜の瓶を持って帰省する。左腕に寝かせるという言い方がやさしく、「星の見えない」には小さな裏切りがある。言葉の連なりにリアルから半歩ずれたやわらかいコーティングがあって、故郷の親密な空気を想像する。

キューヘレと検索すればキューヘレがきっちりと出る　生理のように　（福岡県　坂中茱萸）

キューヘレはドイツの揚げパン。この歌の言うように検索すると出る。ネットの検索にまつわる不合理なしんどさが「生理」と結びつけられるところに思考の働きがある。そのしんどさは「きっちりと」に宿っているのだろう。

（なあ俺とめっちゃ悪いことせえへんか）録画を1・3倍で観る　（愛知県　枝豆みどり）

「めっちゃ悪いこと」が下句の内容なのかと思った。スピードを早めて観るのは別に悪いことではない気もするし、ボタン一つでこちらの都合通りに本来の時間の進み方を変えるのは決定的な悪いことのような気もする。「悪」観としてユニーク。

野口あや子選　**準特選**

なんだか遠くへ行って帰ってきたような顔だね　青い夕暮れ

（東京都　窪田悠希）

かなりの破調ですが、呼吸のリズム感がありすっと読めました。「行って帰ってきたような顔」ということは相手はどこからも動いていないのでしょう。対象との霞のような距離感を歌っています。「青い夕暮れ」という色合いも、微妙にシュール。

自殺してどうすんだバカあいつらの鼻に金属バットだろうが

（岩手県　八重樫拓也）

（おそらく友人の）自殺を憂う歌としてここまで露悪的でバカっぽいのは初めて見ました。自殺しないための解決策として「あいつらの鼻に金属バット」は絶対正解じゃないし……。ツッコミどころ満載ですが、ヤンキー with 短歌としては絶対正解。

マッチングアプリを入れる　マッチング　アプリをやめるまでワンセット

（東京都　片田夕日）

内容が最強にくだらなく、しかも「マッチングアプリ」「ワンセット」という跳ねる軽やかな音感、気づいたらついつい口ずさんでいました。定型の盛り上がる部分を狙ってしっかりと音が跳ねていて、大変くだらなくて楽しい作品です。（褒めてます）

悪くない暮らしのためにスマホには煩悩の数ほどのパスワード

（福岡県　須藤歩実）

現代にうごめいている「悪さ」として、「煩悩の数ほどのパスワード」はとても悪いなと思って読みました。比喩としての「煩悩の数」の妙な華やかさ、下句のだるっとしたままの句跨りもとっても悪い感じ。今回、一番悪さを感じた歌でした。

春の日のすこし虹めく夕まぐれ君の死に目に居合わせたいよ

（石川県　黒井いづみ）

ふんわりした上句で始まりながら、居合わせたいのが「君の死に目」！　そしてそれをやわらかな語調でまとめているというところに惹かれました。繊細な飴細工で背後から心の臓までバキバキに刺してくるような甘やかさとしたたかさがあります。

読者投稿

永井祐選 佳作

真夜中の「送信」きみの手のひらに霧雨ほどの言葉が届く
（福岡県　須藤歩実）

教科書がゴミ箱の中に落ちている　悪夢はきっとこういうかたち
（東京都　榎本ユミ）

ふはははぶはははははむははははは（脱衣所にレゴブロックばらまく
（東京都　タカノリ・タカノ）

悪口は楽しいけれど悪口はたくさん言ったら多分ダメです
（埼玉県　雨月茄子春）

わるいことひとつもせずにこの街で伝言ゲーム的にいなくなる
（大阪府　toron*）

道端でデコポンを売るおじさんの空想の中走るきょうりゅう
（島根県　川原まりも）

二の腕を怪我すれば二の腕のかゆみ　機械でなくて何なのだろう
（愛知県　鹿又冬実）

歩きつつ書かれた文字が傾いて傾いて傾いて　はじまる
（東京都　窪田悠希）

かろうじてパンダとわかる置物のある公園へ行けばはつなつ
（北海道　細川街灯）

おぢさんがゆつくり鳩をよけていくまづいなんだかすきになりさう
（東京都　大野惠未）

納豆をひとつぶひとつぶ切り離す生活に悪がぽつぽつ宿る
（新潟県　山崎柊平）

ぼんやりと窓にひかりがさしこんで悪路を越えたバス誇らしい
（東京都　シロソウスキー）

駅ばかり撮る父といて自分から離せなくなった手を見てた春
（東京都　新井将）

柔らかく息をしている人参がならぶ深夜のスーパーの棚
（新潟県　長谷川美緒）

アルバムで夏の野菜を食べている幼い姉の鼻歌を聴く
（大阪府　浅間俊之）

ねぇきみの直腸のくびれ大好きだ　力餅食べて動かしてみて
（兵庫県　湯かずみ）

唇がだらしないのかこぼれちゃうコーラやビールやカレーや言葉
（東京都　赤片亜美）

最悪が口癖のひと　この後もどうか薄めの最悪であれ
（栃木県　他人が見た夢の話）

君の親指のタコへの手紙が宛先不明でポストに還る
（山形県　武田真子）

枇杷ひとつ剝けないくせえらそうに公務員とかなるなよ、バーカ
（福岡県　坂中茉莢）

野口あや子選 佳作

「絞られるためにあなたも生きましょう」そんな陽射しのやさしい視線
（神奈川県　安西大樹）

まなうらをもやしつづけるまぼろしの炎よおまえのせかいはきれい
（東京都　穂崎円）

それまでの会話を止めて葉桜を見上げるときの首筋　嫌い
（埼玉県　雨月茄子春）

わたくしはド庶民貴族LAWSONで１０８円のオムすびを買う
（福岡県　守賀日奈子）

張り切っている君たちに悪いけど私は風と凧揚げをする
（大阪府　久保哲也）

アルバムの最後の曲が鳴り終えて見覚えのある十字路にでる
（東京都　窪田悠希）

鼻から血すなわち鼻血出ておりぬそんな事より君が好きです
（徳島県　原田英一）

悪さするかるびらーめんぽてちすしかれーいちごみるくもんぶらん
（群馬県　轟美咲）

桃色と黄色を春の色と決め中途半端なあぜ道を行く
（埼玉県　さとうよしこ）

でも夏は終わってしまう悪ふざけみたいに指をからめるうちに
（北海道　細川街灯）

窓の外階段をいち段おりてまで月なんか見てなんになる
（長崎県　公木正）

悪くなるまでが甘くて坂道を転がってゆく桃を見ている
（千葉県　英田柚有子）

「こういうの好きなんでしょう?・」微笑んでハエトリグサにハエを与える
（東京都　鯨井蛍）

自由／鼻だけは切り取らないであの夏をもう一度だけ僕にください
（東京都　池田輔）

騒音に包まれたまま夜だった　悪い夏だった　ひどく笑った
（東京都　杉倉葉）

枇杷ひとつ剝けないくせえらそうに公務員とかなるなよ、バーカ
（福岡県　坂中茱萸）

ヨーヨーがミイラ化していくこれでいい　どうせ君にはもう会えないし
（宮崎県　能勢絢子）

この国にもしも正義があるならばどうか定価で売ってください
（岩手県　八重樫拓也）

完全超悪。超、超、超、感じ悪い。染めてからけっこう経ってっしね。
（東京都　街田街道）

危険です危険ですその赤ちゃんは全てを捧げてしまいたくなる
（福岡県　古野こと）

執筆者紹介（五十音順）

●**相田奈緒**（あいだ・なお）
一九八三年北海道生まれ。二〇一一年より短歌をはじめる。「神保町歌会」運営などで活動。二〇一七年「短歌人会」入会。二〇一九年高瀬賞佳作。

●**浅野大輝**（あさの・ひろき）
一九九四年秋田県能代市生まれ。二〇〇九年、作歌を開始。二〇一二年、東北大学短歌会を設立。二〇一三年、「さみしがりやの生態系」三十首で歌壇賞最終候補。二〇一五年、「氷雨」三十首で塔短歌会新人賞次席。同年より全国高校生短歌大会（短歌甲子園）審査員を担当。二〇一九年現在、塔短歌会所属。短歌同人誌「かるでら」「かんざし」「Ｔｒｉ」参加。旧仮名。Twitter：@ashnoa

●**尼崎武**（あまがさき・たけし）
一九七九年佐賀県生まれ。枡野浩一に影響を受け二〇〇二年ごろから短歌を作り始める。二〇〇九〜二〇一一年、同人誌「屋上キングダム」に参加。二〇一七年、第一歌集『新しい猫背の星』を上梓。神奈川県在住。

●**天野慶**（あまの・けい）
一九七九年東京都三鷹市生まれ。「短歌人」同人。歌集に『つぎの物語がはじまるまで』。かるた「はじめての百人一首」（幻冬舎）シリーズを考案。ＮＨＫラジオ「ケータイ短歌」「ラジオ深夜便」出演や、「ＮＨＫ短歌」テキスト「短歌station」連載など。絵本『ママが10にん!?』は「日本絵本賞」にノミネートされた。朝日小学生新聞にて連載した「枕草子いとめでたし!」の単行本をこの夏刊行予定。

●**阿波野巧也**（あわの・たくや）
一九九三年大阪府生まれ。京大短歌会、塔短歌会を経て、現在「羽根と根」同人。大阪・京都を中心に「一番星歌会」を開催中。

●**飯田彩乃**（いいだ・あやの）
一九八四年神奈川県生まれ。「未来短歌会」所属。第二十七回歌壇賞受賞。第一歌集『リヴァーサイド』（本阿弥書店、二〇一八年）にて神奈川県歌人会第一歌集賞受賞。

●**石井辰彦**（いしい・たつひこ）
一九五二年横浜市生まれ。歌人。一九七三年に「七竈」五十首でデビュー。連作性や視覚効果をも考慮した急進的な言語実験を特徴とする。著書に『ローマで犬だった』『現代詩としての短歌』など。映画関係の論攷に「二人の歌舞伎役者――彼等は映画でどう演じたか」（岩波書店『日本映画は生きている』第五巻『監督と俳優の美学』所収）がある。初期作品を中心に編まれた『石井辰彦歌集』が《現代短歌文庫》に収められる予定。

●**伊波真人**（いなみ・まさと）
一九八四年群馬県高崎市生まれ。埼玉県さいたま市在住。早稲田大学文学部卒。二〇一三年、「冬の星図」により第五十九回角川短歌賞受賞。歌人集団「かばん」会員。雑誌、新聞を中心に短歌・エッセイ・コラム等を寄稿。ポップスの作詞等も行う。歌集『ナイトフライト』（書肆侃侃房）、共著『エンドロール』（PAPER PAPER）。

●**今橋愛**（いまはし・あい）
一九七六年大阪市生まれ大阪在住。歌人。一児の母。大学在学中に岡井隆の授業で現代短歌に触れ、二十三才で短歌をつくりはじめる。二〇〇二年北溟短歌賞受賞。未来短歌会、同人誌「ｓａｉ」に所属。花山周子との「主婦と兼業」。歌集に『Ｏ脚の膝』、『星か花を』、『としごのおやこ』。共著に『いまドキ語訳越中万葉』、『トリビュート百人一首』。

●**井村拓哉**（いむら・たくや）
一九九四年愛知県名古屋市生まれ、京都市在住。二〇一六年から「上終歌会」に参加、作歌をはじめる。二〇一九年、「揺れないピアス」五十首で第一回笹井宏之賞文月悠光賞を受賞。

●**岩倉文也**（いわくら・ふみや）
一九九八年福島市生まれ。二〇一八年、「ユリイカの新人」に選ばれる。同年、詩と短歌を収めた第一作品集『傾いた夜空の下で』（青土社）を刊行。

●**魚村晋太郎**（うおむら・しんたろう）
一九六五年神奈川県生まれ。京都市在住。一九九〇年頃から詩歌の朗読やパフォーマンスを行う。一九九六年、「玲瓏」に入会し塚本邦雄に師事。二〇〇〇年、左岸の会に参加し岡井隆に親炙。二〇〇三年、第一歌集『銀耳』（砂子屋書房）で現代歌人集会賞受賞。第二歌集『花柄』（砂子屋書房）。

●**牛尾今日子**（うしお・きょうこ）
一九九四年生まれ。京大短歌を経て現在は「羽根と根」「八雁」に所属。

●**内山晶太**（うちやま・しょうた）
一九七七年千葉県生まれ。一九九二年より作歌をはじめる。一九九八年、第十三回短歌現代新人賞受賞。二〇一二年、第一歌集『窓、その他』を刊行。翌二〇一三年、同歌集で第五十七回現代歌人協会賞を受賞。「短歌人」編集委員、「ｐｏｏｌ」同人。

●**梅﨑実奈**（うめざき・みな）
一九八三年東京都生まれ。批評家。「純粋病者のための韻律」（「ユリイカ」二〇一六年八月号）、「現代詩って謎」（「現代詩手帖」二〇一六年十月号／穂村弘との対談）、「完成しない未来図」（「俳壇」二〇一七年三月号）など。

●**梅内美華子**（うめない・みかこ）
一九七〇年青森県生まれ。「かりん」編集委員。歌集『横断歩道』『若月祭』『エクウス』『真珠層』他、歌書『現代歌枕　歌が生まれる場所』他。角川短歌賞、現代短歌新人賞、芸術選奨新人賞、短歌研究賞等受賞。

●**大森静佳**（おおもり・しずか）
一九八九年岡山市生まれ。高校生の頃、短歌に出会う。「京大短歌」在籍中の二〇一〇年に「硝子の駒」五十首で第五十六回角川短歌賞を受賞。二〇一三年に第一歌集『てのひらを燃やす』（角川書店）、二〇一八年に第二歌集『カミーユ』（書肆侃侃房）を刊行。現在、京都新聞で「季節のエッセー」を連載中。「塔」短歌会編集委員。京都市在住。

●**奥田亡羊**（おくだ・ぼうよう）
一九六七年京都府生まれ。早稲田大学第一文学部卒。「心の花」会員。歌集に『亡羊』（現代歌人協会賞）、『男歌男』（前川佐美雄賞）、編著に『シリーズ牧水賞の歌人たち〜佐佐木幸綱』がある。

●**小黒世茂**（おぐろ・よも）
一九四八年和歌山県生まれ。大阪市在住。塚本邦雄に師事。「玲瓏」編集委員。一九九九年第十回歌壇賞受賞。歌集に『隠国』『猿女』『雨たたす村落』『やつとこどつこ』『舟はゆりかご』、エッセイに『熊野の森だより』『記紀に遊ぶ』など。

●尾崎まゆみ（おざき・まゆみ）
一九五五年愛媛県生まれ。一九八七年塚本邦雄と短歌にほぼ同時に出会う。大学の先輩は寺山修司。第三十四回短歌研究新人賞受賞。歌集に『微熱海域』、『真珠鎖骨』、『明媚な闇』、『奇麗な指』など六冊。他に共著『山中智恵子論集』など。現在、神戸新聞文芸短歌選者、伊丹歌壇選者。「玲瓏」選者、編集委員。近刊『レダの靴を履いて』（書肆侃侃房）。

●小佐野彈（おさの・だん）
一九八三年東京都世田谷区生まれ。二〇〇七年、慶應義塾大学経済学部卒業。二〇〇九年、同大学大学院経済学研究科修士課程修了。二〇一七年、「無垢な日本で」で第六十回短歌研究新人賞受賞。二〇一八年、第一歌集『メタリック』（短歌研究社）刊行。同作で第六十三回現代歌人協会賞受賞。二〇一九年、第十二回（池田晶子記念）わたくし、つまりNobody賞受賞、小説『車軸』（集英社）発売。「かばん」所属。

●小津夜景（おづ・やけい）
一九七三年北海道生まれ。句集『フラワーズ・カンフー』（ふらんす堂）、翻訳と随筆『カモメの日の読書　漢詩と暮らす』（東京四季出版）。現在ウェブマガジン「かもめの本棚」にて、音楽家の須藤岳史氏との往復書簡「LETTERS 古典と古楽をめぐる対話」連載中。

●貝澤駿一（かいざわ・しゅんいち）
一九九二年神奈川県生まれ。「かりん」「ｇｅｋｏの会」所属。

●カシワイ
神奈川県出身。イラストレーター・漫画家。短編漫画集『107号室通信』（リイド社）、児童書『ナニュークたちの星座』（著者：雪舟えま、イラスト：カシワイ、アリス館）等。

●春日いづみ（かすが・いづみ）
一九四九年東京都生まれ。「水甕」副代表。歌集に『問答雲』（第十二回日本歌人クラブ新人賞）、『アダムの肌色』、『八月の耳』、『塩の行進』（第四十六回日本歌人クラブ賞）。岩波ホール上映作品のシナリオ採録を三十年間務める。また、二〇一八年刊行された『聖書　聖書協会共同訳』の日本語を担当した。

●加藤治郎（かとう・じろう）
一九五九年愛知県名古屋市生まれ。現在も名古屋市在住。一九八三年、未来短歌会に入会、岡井隆に師事する。一九八六年、「スモール・トーク」にて第二十九回短歌研究新人賞を受賞する。現在、未来短歌会選者。毎日歌壇、朝日新聞東海歌壇の選者を務める。歌集に『サニー・サイド・アップ』（第三十二回現代歌人協会賞）、『昏睡のパラダイス』（第四回寺山修司短歌賞）、『しんきろう』（第三回中日短歌大賞）、『Confusion』など。

●門脇篤史（かどわき・あつし）
一九八六年島根県生まれ。「未来短歌会」所属。「toolate」同人。第六回現代短歌社賞授賞。

●川上まなみ（かわかみ・まなみ）
一九九五年岐阜県生まれ。岡山大学短歌会を卒業。「塔」「ｕｒａ」所属。

●川谷ふじの（かわたに・ふじの）
二〇〇〇年東京都生まれ。中学三年の秋に毎日歌壇への投稿を始める。第六十一回短歌研究新人賞を受賞。

●川野芽生（かわの・めぐみ）
一九九一年神奈川県生まれ。二〇一〇年、大学入学とともに東京大学本郷短歌会入会、作歌を始める（二〇一七年解散）。二〇一四年、短歌同人誌「穀物」結成。二〇一五年、「怪獣歌会」結成。二〇一八年、第二十九回歌壇賞受賞。二〇一九年三月〜八月、「現代短歌」歌壇時評欄担当。

●木下龍也（きのした・たつや）
一九八八年山口県生まれ。書肆侃侃房より歌集『つむじ風、ここにあります』『きみを嫌いな奴はクズだよ』を、ナナロク社より岡野大嗣との共著歌集『玄関の覗き穴から差してくる光のように生まれたはずだ』を出版している。怪談が大好きで、しいたけが大嫌い。

●紀野恵（きの・めぐみ）
一九六五年徳島県生まれ。高校生の頃より短歌を作り始める。歌集『さやと戦げる玉の緒の』『架空荘園』『La Vacanza』『午後の音楽』『歌物語　土左日記殺人事件』『白猫倶楽部』など。「七曜」代表、「未来」選者。

●楠誓英（くすのき・せいえい）
一九八三年神戸市生まれ。第一歌集『青昏抄』（現代短歌社、二〇一四年）。

●工藤吉生（くどう・よしお）
一九七九年千葉県生まれ。宮城県在住。二〇一一年に枡野浩一選『ドラえもん短歌』に出会い、作歌をはじめる。二〇一五年「未来」入会。二〇一七年度未来賞受賞。第八回中城ふみ子賞次席。第六十一回短歌研究新人賞受賞。ツイッター、ブログでも活動をおこなっている。ぬらっ。Twitter：@mk7911

●國森晴野（くにもり・はれの）
一九七六年栃木県生まれ。第一歌集『いちまいの羊歯』（書肆侃侃房／二〇一七年）。同人誌「砂糖水」に参加。

●倉阪鬼一郎（くらさか・きいちろう）
一九六〇年三重県生まれ。一九八九年、短歌から俳句に転向、『魑魅』『悪魔の句集』など四冊の句集を上梓、「豈」同人。一九九八年に専業小説家となり、多彩な作品を発表。二〇一七年、約三十年ぶりに第二歌集『世界の終わり／始まり』（書肆侃侃房）を刊行。他に『怖い俳句』『元気が出る俳句』など。「諸国集」で第四回攝津幸彦記念賞優秀賞を受賞。

●九螺ささら（くら・ささら）
一九六八年神奈川県生まれ。青山学院大学文学部英米文学科卒業。二〇〇九年春より独学で短歌を作り始める。二〇一〇年、短歌研究新人賞次席。二〇一八年六月、初の著書『神様の住所』（朝日出版社）を刊行。同書で第二十八回Bunkamuraドゥマゴ文学賞受賞。同年八月に初の歌集『ゆめのほとり鳥』（書肆侃侃房）を刊行。新潮社の電子書籍「yomyom」で「きえもの」を連載中。

●栗木京子（くりき・きょうこ）
一九五四年愛知県名古屋市生まれ。京都大学在学中に短歌と出合う。歌集に『夏のうしろ』（二〇〇三年刊行・若山牧水賞・読売文学賞）、『けむり水晶』（二〇〇六年刊行・迢空賞）、『ランプの精』（二〇一八年刊行・毎日芸術賞）など。歌書に『現代女性秀歌』（二〇一四年刊行）など。「塔」選者。読売新聞、西日本新聞などの歌壇選者。現代歌人協会理事。

●黒川鮪（くろかわ・まぐろ）
一九九七年熊本県生まれ。福岡県在住。九大短歌会所属。インドカレーばかり食べます。

●黒瀬珂瀾（くろせ・からん）
一九七七年大阪府生まれ。春日井建に師事。歌集に『黒耀宮』（ながらみ書房出版賞）『空庭』『蓮喰ひ人の日記』（前川佐美雄賞）。「未来短歌会」選者。富山市呉羽の願念寺住職。

●駒田晶子（こまだ・あきこ）
一九七四年福島県福島市生まれ。「心の花」所属。『銀河の水』（ながらみ書房／二〇〇八年）により、現代歌人協会賞、ながらみ書房出版賞、宮城県芸術選奨新人賞受賞。『光のひび』（書肆侃侃房／二〇一五年）。宮城県仙台市在住。

●惟任將彥（これとう・まさひこ）
一九七五年兵庫県加古川市生まれ。大学時代に塚本邦雄ゼミに所属、作歌を始める。「玲瓏」所属。二〇一八年、第二十八回玲瓏賞を受賞。同年、第一歌集『灰色の図書館』（書肆侃侃房）を刊行。名古屋市在住。日本語教師。

●佐伯裕子（さえき・ゆうこ）
一九四七年東京都生まれ。「未来」選者。歌集に『春の旋律』『未完の手紙』（第二回河野愛子賞）『流れ』（第四回日本歌人クラブ賞）『感傷生活』など。エッセイ集に『影たちの棲む国』『斎藤史の歌』『生のうた死のうた』などがある。

●佐々木遥（ささき・はるか）
一九九六年生まれ。高校二年生のときに短歌を始める。早稲田短歌会を経て、現在は一九九六年生まれ短歌同人「ぬばたま」、歌人集団「かばん」に所属。

●佐藤弓生（さとう・ゆみお）
一九六四年石川県生まれ。二〇〇一年、第四十七回角川短歌賞受賞。著書に歌集『世界が海におおわれるまで』『眼鏡屋は夕ぐれのため』『薄い街』『モーヴ色のあめふる』、詩集『新集 月的現象』『アクリリックサマー』、掌編集『うたう百物語』、共著・共編著に『怪談短歌入門』『短歌タイムカプセル』などがある。歌人集団「かばん」会員。

●佐原キオ（さわら・きお）
一九九五年石川県生まれ。二〇一五年に大阪大学短歌会に入会、歌作を始める。同人「CA-U」「手稿録」「はなぞの」に参加。

●柴田葵（しばた・あおい）
一九八二年神奈川県生まれ。東京都在住。詩・俳句・短歌同人「Qai（クヮイ）」、育児クラスタ短歌サークル「いくらたん」に参加。第二回石井僚一短歌賞次席。「母の愛、僕のラブ」で第一回笹井宏之賞大賞受賞。年内に第一歌集を出版予定。

●柴田元幸（しばた・もとゆき）
一九五四年東京都生まれ。翻訳家。雑誌「MONKEY」責任編集。主な著書に『アメリカ文学のレッスン』『翻訳教室』『柴田元幸 ベストエッセイ』。オースター『幽霊たち』、ミルハウザー『イン・ザ・ペニー・アーケード』、ダイベック『シカゴ育ち』、エリクソン『黒い時計の旅』、ブラウン『体の贈り物』、トウェイン『ハックルベリー・フィンの冒けん』などアメリカ文学の翻訳多数。二〇一七年、早稲田大学坪内逍遙大賞受賞。

●嶋田さくらこ（しまだ・さくらこ）
一九七五年滋賀県生まれ、滋賀県在住。二〇一〇年一月からツイッターで短歌を始める。二〇一四年十二月に第一歌集『やさしいぴあの』（新鋭短歌シリーズ）を刊行。短歌なｚｉｎｅ「うたつかい」企画、発行、編集長。

●白井健康（しらい・たつやす）
一九五五年静岡県浜松市生まれ。静岡県在住。獣医師。二〇一一年第二十二回歌壇賞次席。二〇一四年未来短歌会入会、加藤治郎に師事。二〇一七年『オワーズから始まった。』（書肆侃侃房）を刊行。

●陣崎草子（じんさき・そうこ）
一九七七年大阪府生まれ。歌人、絵本作家、児童文学作家。小説『草の上で愛を』で講談社児童文学新人賞佳作を受賞し作家デビュー。歌集に『春戦争』（書肆侃侃房）。長編に『片目の青』（講談社）、『桜の子』（文研出版）、『ウシクルナ!』（光村図書）。絵本に『おむかえワニさん』（文溪堂）、『おしりどろぼう』（くもん出版）など著作多数。

●杉田協士（すぎた・きょうし）
一九七七年東京都生まれ。映画監督。二〇一二年に『ひとつの歌』で劇場デビュー。第二作『ひかりの歌』が二〇一九年現在全国順次公開中。二〇一二年に枡野浩一第四短歌集『歌 ロングロングショートソングロング』（雷鳥社）の写真を担当。小説「河の恋人」（二〇一四）、「ひとつの歌」（二〇一五）が「すばる」（集英社）に掲載。

●鈴木加成太（すずき・かなた）
一九九三年愛知県生まれ。大学在学中は大阪大学短歌会に在籍、二〇一五年に第六十一回角川短歌賞。二〇一八年大阪大学大学院文学研究科を修了、専門は近世日本文学。現在「かりん」所属、図書館職員。

●染野太朗（そめの・たろう）
一九七七年茨城県生まれ。大阪府在住。「太朗」「まひる野」所属。第一歌集『あの日の海』（本阿弥書店、二〇一一年）、第二歌集『人魚』（角川書店、二〇一六年）。第十八回日本歌人クラブ新人賞受賞。

●高野公彦（たかの・きみひこ）
一九四一年愛媛県生まれ。東京教育大学国文科を卒業し、出版社（河出書房編集部）に勤務。学生時代に短歌を作り始め、歌誌「コスモス」に入会、宮柊二先生に師事した。歌集『汽水の光』、歌論集『地球時計の瞑想』など著書多数。最新の著書は、歌集『無縫の海』、評伝的歌人論『明月記を読む』（上・下）。現在「コスモス」編集人。

●高山由樹子（たかやま・ゆきこ）
一九七九年東京都生まれ。歌誌「日月」所属。第三十回歌壇賞受賞。同人誌「砂糖水」に参加。

●田口綾子（たぐち・あやこ）
一九八六年茨城県水戸市生まれ。二〇〇五年、早稲田短歌会入会。二〇〇八年、第五十一回短歌研究新人賞受賞。二〇一二年、短歌結社「まひる野」入会（翌年から「マチエール」欄所属）。二〇一八年、第一歌集『かざぐるま』上梓。同歌集で第十九回現代短歌新人賞受賞。

●竹内亮（たけうち・りょう）
一九七三年茨城県日立市生まれ。東直子に師事。現代歌人協会会員。第一歌集『タルト・タタンと炭酸水』（新鋭短歌シリーズ19／書肆侃侃房）。

●竹村美乃里（たけむら・みのり）
一九九八年広島県生まれ。二〇一四年、高校の文芸部の活動にて作歌を始める。二〇一七年、大阪大学短歌会に入会。

●田中槐（たなか・えんじゅ）
一九六〇年静岡県生まれ、縁あって現在徳島在住。短歌は「未来」、俳句は「澤」に所属。第三十八回短歌研究新人賞受賞。歌集に『ギャザー』（短歌研究社）、『退屈な器』（鳥影社）、『サンボリ酢ム』（砂子屋書房）。今年、砂子屋書房のウェブサイトにて月のコラム「歌の上枝、詩の下枝」を連載中。素数が好きです。

●谷川由里子（たにがわ・ゆりこ）
一九八二年神奈川県生まれ。早稲田短歌会への参加を経て、二〇〇五年に「ガルマン歌会」連絡係をはじめる。

●千野帽子（ちの・ぼうし）
福岡市生まれ。文筆家。パリ第四（ソルボンヌ）大学博士課程修了。著書に『人はなぜ物語を求めるのか』『物語は人生を救うのか』（ちくまプリマー新書）《文藝ガーリッシュ》シリーズ（二冊、河出書房新社）『読まず嫌い。』

（角川書店）『文學少女の友』（青土社）『俳句いきなり入門』（NHK出版新書）、編著に『富士山』『夏休み』『オリンピック』（角川文庫）『ロボッチイヌ　獅子文六短篇集モダンボーイ篇』（ちくま文庫）。

●**千葉聡**（ちば・さとし）
一九六八年生まれ。教員歌人。「かばん」会員。第四十一回短歌研究新人賞を受賞。著書に『飛び跳ねる教室』『短歌は最強アイテム』など。共編に『短歌タイムカプセル』『心に風が吹いてくる　青春文学アンソロジー』など。「短歌研究」にて「人生処方歌集」を連載中。

●**筒井孝司**（つつい・たかし）
一九五一年佐賀県有田町生まれ。上智大学外国語学部英語学科卒後、佐賀県窯業試験場（現・佐賀県窯業技術センター）にて陶芸を学ぶ。大有田焼振興協同組合に約三十年勤務後、有田観光情報センター（現・有田観光協会）事務局長に就任。現在、有田ニューセラミックス研究会事務局長。碗琴奏者。笹井宏之氏の父。

●**寺井龍哉**（てらい・たつや）
一九九二年生まれ。歌人、文芸評論家。短歌史誌「Tri」同人。高校在学中より短歌の新聞投稿を開始し、岡井隆氏、穂村弘氏の選を受ける。二〇一二年に本郷短歌会参加。短歌研究新人賞候補などを経て、二〇一四年に評論「うたと震災と私」にて第三十二回現代短歌評論賞を史上最年少受賞。二〇一七年九月号より月刊「現代短歌」（現代短歌社）で「歌論夜話」連載開始。剣道三段。

●**寺井奈緒美**（てらい・なおみ）
一九八五年ホノルル生まれ。愛知育ち、東京在住。所属なし。二〇一九年四月、新鋭短歌シリーズ『アーのようなカー』（書肆侃侃房）刊行。

●**堂園昌彦**（どうぞの・まさひこ）
一九八三年東京都生まれ。二〇〇〇年、高校生のときから作歌をはじめる。早稲田短歌会を経て、現在短歌同人誌「pool」所属。ガルマン歌会などで活動。二〇一三年、歌集『やがて秋茄子へと到る』（港の人）刊行。

●**土岐友浩**（とき・ともひろ）
一九八二年愛知県生まれ。大学在学中、京大短歌会に参加し短歌をはじめる。同人誌「町」などを経て、現在所属なし。歌集『Bootleg』（書肆侃侃房）。

●**永井祐**（ながい・ゆう）
一九八一年東京都生まれ。歌集『日本の中でたのしく暮らす』（Amazonで売っています）。ブログ『短歌のピーナツ』。短歌雑誌等に作品や文章を発表するほか、ガルマン歌会などで活動。

●**中島裕介**（なかしま・ゆうすけ）
一九七八年兵庫県生まれ。『oval/untitleds』『もしニーチェが短歌を詠んだら』（KADOKAWA）、『Starving Stargazer』（ながらみ書房）。近刊に『memorabilia/drift』（書肆侃侃房）。二〇一四年以降、大阪大学や東北大学等で、短歌を通じた創造性開発ワークショップを実施。

●**永田紅**（ながた・こう）
一九七五年滋賀県生まれ。父永田和宏、母河野裕子、兄永田淳も歌人。十二歳で「塔」短歌会に入会。「京大短歌会」在籍中に歌壇賞受賞。歌集に『日輪』（現代歌人協会賞）『北部キャンパスの日々』『ぼんやりしているうちに』『春の顕微鏡』、エッセイ集に『家族の歌』（共著）等。京都府文化賞奨励賞受賞。「塔」短歌会編集委員、細胞生物学研究者。現在、京都新聞で「現代のことば」、南日本新聞で「論点」等を連載中。京都市在住。

●**ながや宏高**（ながや・ひろたか）
一九八八年生まれ。かばん会員。元「かばん」編集人。杉﨑恒夫作品の調査研究を行なっている。

●**中山俊一**（なかやま・しゅんいち）
一九九二年東京都生まれ。歌人、映像作家、脚本家。歌集『水銀飛行』（書肆侃侃房）。二〇一二年、UFPFF国際平和映像祭入選。二〇一五年、水戸短編映像祭グランプリ受賞。二〇一九年、口語詩句奨学生選考委員。

●**浪江まき子**（なみえ・まきこ）
一九八七年埼玉県川越市生まれ。「短歌人」所属。日本大学芸術学部写真学科卒業。二〇一一年より短歌をはじめる。短歌zine「めためたドロップス」、本郷短歌会への参加を経て、二〇一六年に「短歌人」入会。第十六回髙瀬賞受賞。第一回笹井宏之賞染野太朗賞受賞。

●**西村曜**（にしむら・あきら）
一九九〇年滋賀県生まれ。未来短歌会所属。第一歌集『コンビニに生まれかわってしまっても』（書肆侃侃房）。
Twitter：@nsmrakira

●**野口あや子**（のぐち・あやこ）
一九八七年岐阜県生まれ。名古屋市在住。高校在学中、第四十回短歌研究新人賞を受賞。第一歌集『くびすじの欠片』で第五十四回現代歌人協会賞を最年少受賞。ほか歌集に『夏にふれる』『かなしき玩具譚』『眠れる海』。三角みづ紀との共著に『気管支たちとはじめての手紙』（電子書籍）。近年は朗読活動に力を入れ、機を得てフランスでの短歌朗読を行う。またエッセイ、コラボレーションも精力的に行っている。

●**初谷むい**（はつたに・むい）
一九九六年兵庫県生まれ、北海道育ち。獏短歌会、短歌同人誌「ぬばたま」。二〇一八年、第一歌集『花は泡、そこにいたって会いたいよ』（書肆侃侃房）を刊行。

●**花山多佳子**（はなやま・たかこ）
一九四八年東京都生まれ。千葉県柏市在住。一九六八年、京大短歌会、塔短歌会入会。塔選者。歌集に『木香薔薇』（砂子屋書房）、『胡瓜草』（砂子屋書房）、『晴れ・風あり』（短歌研究社）など。歌書に『森岡貞香の秀歌』など。

●**濱松哲朗**（はままつ・てつろう）
一九八八年東京都生まれ。茨城県笠間市出身。立命館大学文学部在学中の二〇一〇年、「塔」入会。のちに「立命短歌」へ参加。二〇一四年、塔創刊六十周年記念評論賞受賞。二〇一五年、第三回現代短歌社賞次席。現在、「塔」所属（二〇一八〜一九年「短歌時評」執筆担当）、「京都ジャンクション」「穀物」同人、短歌史プロジェクト「Tri」メンバー。個人サークル「遠足前夜」。

●**林和清**（はやし・かずきよ）
一九六二年京都府生まれ。二十三歳で創刊間もない「玲瓏」に入会、塚本邦雄に師事。現代歌人集会理事長。一九九一年、第一歌集『ゆるがるれ』で現代歌人集会賞受賞。以後、『去年マリエンバートで』まで四歌集。『日本の涙の名歌百選』（新潮文庫）ほかの著書も多数。カルチャーセンターで『源氏物語』『万葉集』『枕草子』など、一カ月五十講座以上を担当。ウィキペディアに「阪神ファン」と記載されているが、そんなに熱心ではないので、心苦しい。

●**東直子**（ひがし・なおこ）
一九六三年広島県生まれ。歌人、作家。一九九六年、第七回歌壇賞、二〇一六年『いとの森の家』で第三十一回坪田譲治文学賞受賞。歌集に『青卵』『十階』、小説に『とりつくしま』『薬屋のタバサ』『晴れ女の耳』、エッセイ集に『七つ空、二つ水』、共著に『しびれる短歌』、共編著に『短歌タイムカプセル』など著書多数。「東京新聞」「公募ガイド」選者ほか。イラストレーションも手がける。

●**平岡直子**（ひらおか・なおこ）
一九八四年生まれ。長野県出身。早稲田短歌会への参加を経て、「町」「率」など同人誌を中心に活動。二〇一二年、連作「光と、ひかりの届く先」で第二十三回歌壇賞受賞。

●**藤原龍一郎**（ふじわら・りゅういちろう）
一九五二年福岡市生まれ。一九七二年、「短歌人」入会。現在、編集人。一九九〇年第三十三回短歌研究新人賞受賞。歌集に『東京哀傷歌』『嘆きの花園』『ジャダ』ほか。詩人・柴田千晶との詩と短歌のコラボレーション作品集『セラフィタ氏』。日本歌人クラブ中央幹事。

●**フラワーしげる**（ふらわー・しげる）
一九五五年二月生まれ。歌集に『ビットとデシベル』。趣味は管楽器と語学。二〇一六年のフジロックでトラッシュキャン・シナトラズのバックを務める。

●**本多忠義**（ほんだ・ただよし）
一九七四年仙台市生まれ。歌集『転生の繭』『パパはこんなきもち。～こそだてたんか～』（いずれも書肆侃侃房）など。今号の「懐かしい背中」のなかに、お気に入りの一首を見つけてもらえたらうれしいです。細々と日記のように始めたツイッターは、子育てネタ中心です。

●**本多真弓**（ほんだ・まゆみ）
一九六五年静岡県生まれ。未来短歌会所属。岡井隆に師事。第一歌集『猫は踏まずに』（六花書林）。本多響乃もわたしです。

●**町屋良平**（まちや・りょうへい）
一九八三年東京都台東区生まれ。埼玉県越谷市育ち。二〇一六年「青が破れる」で第五十三回文藝賞を受賞。二〇一八年「1R1分34秒」で第百六十回芥川龍之介賞受賞。書籍は『青が破れる』『しき』『1R1分34秒』『ぼくはきっとやさしい』『愛が嫌い』。

●**水原紫苑**（みずはら・しおん）
一九五九年横浜市生まれ。春日井建に師事。歌集に『びあんか』『うたうら』『客人（まらうど）』『光儀（すがた）』『えぴすとれー』など。エッセイに『桜は本当に美しいのか』など。

●**盛田志保子**（もりた・しほこ）
一九七七年岩手県生まれ。未来短歌会所属。二〇〇〇年短歌研究臨時増刊号「うたう」作品賞受賞。二〇〇三年第一歌集『木曜日』（ブックパーク）刊行、二〇〇四年「未来年間賞」受賞、二〇〇五年著書『五月金曜日』（晶文社）刊行。

●**八重樫拓也**（やえがし・たくや）
一九八六年岩手県生まれ。第一回笹井宏之賞にて野口あや子賞。

●**安田百合絵**（やすだ・ゆりえ）
一九九〇年東京都生まれ。「心の花」所属。東京大学・パリ第七大学博士課程在籍。現在はリヨン在住。

●**矢田部吉彦**（やたべ・よしひこ）
一九六六年パリ生まれ。銀行勤務、英仏駐在・留学を経て映画業界へ転身。映画配給・宣伝を手がける一方、ドキュメンタリー映画のプロデュースなどに携る。二〇〇二年から東京国際映画祭にスタッフとして参加。二〇〇四年から上映作品選定を担当し、二〇〇七年よりコンペティション部門のディレクターに就任、現在に至る。

●**柳谷あゆみ**（やなぎや・あゆみ）
一九七二年東京都生まれ。「かばん」所属。第一歌集『ダマスカスへ行く 前・後・途中』で第五回日本短歌協会賞。アラブ文学の翻訳も行う。訳書にザカリーヤー・ターミル『酸っぱいブドウ／はりねずみ』（白水社）など。ふだんは非常勤講師として各地で勤務。専門は中世アラブ政治史、最近は書簡研究にも取り組んでいる。趣味・交友僅少。

●**山川藍**（やまかわ・あい）
一九八〇年愛知県名古屋市生まれ。「まひる野」所属。二〇一一年第五十六回まひる野賞受賞。二〇一八年第一歌集『いらっしゃい』（角川書店）刊行。

●**山川創**（やまかわ・つくる）
一九九〇年三重県生まれ。二〇一六年、作歌を始める。二〇一七年、同人「gekoの会」結成。二〇一八年、「短歌人会」入会。二〇一九年、第五回詩歌トライアスロン受賞。合唱団での担当パートは主にバリトン。

●**屋良健一郎**（やら・けんいちろう）
一九八三年沖縄県生まれ。二〇〇四年に竹柏会「心の花」入会、佐佐木幸綱に師事。名桜大学上級准教授。研究テーマは前近代の日本と琉球の関係史、琉球和歌史、種子島の歴史など。二〇一七年より「琉球新報」琉球歌壇選者。

●**ユキノ進**（ゆきの・すすむ）
一九六七年福岡県生まれ。歌人、会社員、草野球選手。十三歳の時に寺山修司と出会い短歌を読み始める。長い読者歴を経て二〇一一年に歌作を開始。第二十五回歌壇賞次席。二〇一八年、歌集『冒険者たち』（書肆侃侃房）。

●**涌田悠**（わくた・はるか）
一九九〇年東京都生まれ。ダンサー／振付家。近年は自作の短歌を踊る〈短歌deダンスシリーズ〉を精力的に展開。二〇一七年、同シリーズ「涌田悠第一歌集」が台北の劇場に招聘され中国語字幕付きで上演された。これまでにKENTARO!!／ジュリー・アン・スタンザック（ピナ・バウシュヴッパタール舞踊団）／岩渕貞太（いわぶちていた）など国内外の振付家作品に出演。Twitter：@wakutaharuka1

●**渡部泰明**（わたなべ・やすあき）
一九五七年東京都生まれ。東京大学教授。専門は、和歌史・中世文学。著書に、『中世和歌の生成』（若草書房）、『和歌とは何か』（岩波書店）、『古典和歌入門』（岩波書店）、『中世和歌史論 様式と方法』（岩波書店）などがある。

私と鰐と妹の部屋　大前粟生

本体1300円＋税　四六判／並製／144ページ／ISBN978-4-86385-357-7

きもちのいい奇天烈。たぶん、きもちがいいのは、それが本能とか骨とかに刻まれた、文様のようなものだから。知らなかった世界なのに、自分を見つけた気もしてる。……最果タヒ

妹の右目からビームが出て止まらない。薔薇園にいくと必ず鰐がいた。眠たくて何度も泣いた。紙粘土で上司たちの顔をつくった。三人でヤドカリになった。サメにたべられて死にたいだけの関係だ。あたらしい名前がいる。おばけになっているときはなにも話してはいけない。肩車をした拍子に息子の股間が私の首にくっついてしまう。隠れ家的布屋さんは月に進出している。私は忍者で、すごいのだけれど、あんまりみんな信じない。……可笑しさと悲しみに満ちた53の物語。

新装版　春のお辞儀　長嶋有

本体1,500円＋税　四六判／並製／160ページ／ISBN978 - 4 - 86385 - 363 - 8

「NHK俳句」新選者（2019年4月～）唯一の句集、新装版刊行！

二十年の軌跡

1995年～2014年にかけ、同人誌、私家版のミニ句集、文芸誌、俳句誌などの雑誌、またテレビ番組や公開句会の場で発表してきた中からの279句を精選収録。『春のお辞儀』（2014年4月20日）刊行から5年。新作44句を加えた、名久井直子の装幀による新装版。

お砂糖とスパイスと爆発的な何か

不真面目な批評家によるフェミニスト批評入門　北村紗衣

本体1,500円＋税　四六判／並製／240ページ／ISBN978 - 4 - 86385 - 365-2

ポップでシャープでフレッシュ！フェミニズム批評とは、男女問わず世界の見方を何倍にも豊かにしてくれる超強力なツールであり武器なのだということを、この快著は教えてくれる。……ライムスター宇多丸（ラッパー／ラジオパーソナリティ）

フェミニストの視点で作品を深く読み解けば、映画も演劇もこんなにおもしろい。自由に批評するために、自らの檻をぶち壊そう！映画と演劇を年に200本観るシェイクスピア研究者によるフェミニスト批評絶好の入門書。ウェブサイト「wezzy」の人気連載、待望の書籍化！

近刊予定

『レダの靴を履いて～塚本邦雄の歌と歩く～』

尾崎まゆみ

本体1,500円＋税　四六判／並製／192ページ／ISBN978 - 4 - 86385 - 374-

ゆきたくて誰もゆけない夏の野のソーダ・ファウンテンにあるレダの靴

塚本邦雄の短歌をやわらかく、わかりやすい言葉で紐解く、塚本の薫陶を受けた著者ならではの一冊。塚本ファンはもちろん、塚本初心者の読者にこそ届けたい。塚本邦雄の短歌の魅力「美しい空白」を味わうために——。

現代歌人シリーズ

◎新刊

24.『遠くの敵や硝子を』　服部真里子

四六判変形／並製／176ページ
2,100円＋税

わたくしが復讐と呼ぶきらめきが通り雨くぐり抜けて翡翠《かわせみ》

25.『世界樹の素描』　吉岡太朗

四六判変形／並製／144ページ
1,900円＋税

君の見る夢んなかにもわしはいてブルーベル咲く森をゆく傘

26.『石蓮花』　吉川宏志

四六判変形／並製／144ページ
2,000円＋税

初めのほうは見ていなかった船影が海の奥へと吸いこまれゆく

お詫びと訂正

本誌前号（vol.2）に掲載の作品15首「大停電の夜に」（北山あさひ）に誤りがありました。お詫びして訂正いたします。正しいものは左記の通りです。

大停電の夜に

北山あさひ

平成三十年九月六日　北海道胆振《いぶり》東部地震

梔子の鉢がことこと鳴っている暗くて小さな私の部屋で
人だけが人を見ているゆうぐれの手信号　まだ滅んでいない
タクシーを停めたい人の手のひらが白く浮かんで流れてゆけり
しゃぼん玉けむりのように立ちこめて公園に一〇〇人のこどもたち
先輩はトイプードルをわたくしはわたくしを抱き非常階段《かいだん》のぼる
窓に顔、顔の向こうに札幌の抜け殻、抜け殻にも窓がある
捨てられたような気がしてでも捨てたような気もする　夜　広いひろい
東京にもう憧れることもなくお湯がなければ水で体を
「投げて」って言われて投げる　福太郎、今宵を土に睡る人がいる
犬がくさい、くさいがきみは生きているそれっぽっちの尻尾を振って
テレ朝と喧嘩していた先輩のごぼうのようなたましいが好き
酔いどれの男がふたりゆらゆらと闇の向こうへ消えてゆきたり
テレビ塔　市電のレール　タチアオイ　「中国料理　布袋」の看板
元気とはちがうちからで生き延びる　そうだね不死身の杉元佐一
ひと月後——めがねを割って大吉を引いてゆかいに暮らしています

編集後記

「笹井宏之への旅」三回目の原稿のことを話し合うために、有田の筒井さん宅にうかがった。筒井さんは宏之さんの良き友であり、家族でもあった三匹の猫を次々に失い、最後の一匹が息を引き取ったばかりで、意気消沈しておられた。だが、締切というのは恐ろしい。なんとか最後のピースをはめていただいた。今号も多くのみなさんの助力により、誌面が出来上がっていった。どうぞ、多彩なパズルをお楽しみください。

編集長・田島安江

福岡の「本のあるところ ajiro」を訪れたとき本誌編集担当の藤枝さんに薦めて頂いたアリ・スミス『両方になる』を夢中で読み終えた。この小説にはなんと「第一部」が二つあって、どちらから読んでも物語が響きあう。「ねむらない樹」も、どこから読んでも面白い本にしていきたい。

大森静佳

短歌を「読む」人と「作る」人の数は近いと言われますが、体験としては「読む→惹かれる→作ってみる」という順が一般的でしょう。今号の特集2では「読む」と「作る」の間にあったことを、実作者のみなさまにうかがいました。短歌入門的な視点でも楽しんでいただけると思います。

佐藤弓生

例えば映画と短歌の共通点なんて、あってはいけないと僕は思う。でもそれを見つけようとし、また互いに越境しようとすることそれ自体は、映画や短歌を鑑賞することによく似ている。ジャンル、ということそのものへの敬意を忘れたくない。第二回笹井宏之賞、ご応募お待ちしております。

染野太朗

十九歳の最後の日、大学で一緒に演劇をやっていた女の子が『サラダ記念日』をプレゼントしてくれました。帰りの電車で一気読み。本を閉じて顔を上げると、世界が一変していました。「ねむらない樹」の読者のみなさんにも、そんな体験をしていただきたいです。

千葉聡

呼吸を忘れるような感動、いつまでも消えない記憶、そういうものが表現の本質的な部分にあるらしい。わかりあえなさを嘆くより、わかりあえる予感を見つめたほうがいい。あつまった原稿を読みながら、そんなことを考え、思考が変容する興奮を味わいました。執筆者の皆様に心から感謝します。

寺井龍哉

表紙の女の子が乗っている提灯のような花は「サンダーソニア」という名前です。根津でふと買った花でした。映画って、ずっと枯れない小さな花のように、場面の記憶がときどき灯るところが好きです。ところで、2号からの連載「二二野歌」は、写真→短歌→絵→デザインの順で作っています。

東直子

読者投稿について

次号の読者投稿欄の募集は、8月1日からを予定しています。テーマは「カーテン」または自由、選者は内山晶太さんと花山周子さんです。ツイッター（@nemuranaiki）にて詳細をお知らせします。

原稿の投稿を受け付けています

短歌に関する評論、批評など、原稿を随時募集しています。

定期購読について

定期購読のお申込みを受け付けております。毎号送料サービスにてお送りします。お支払いは各号ごとに郵便振替用紙をお入れしますので、届いてからお支払いください。

短歌ムック **ねむらない樹 vol.3**

二〇一九年八月一日 第一刷発行

発行人／田島安江
発行所／株式会社書肆侃侃房（しょしかんかんぼう）
〒八一〇-〇〇四一
福岡市中央区大名二-八-一八-五〇一号
電話 〇九二-七三五-二八〇二
FAX 〇九二-七三五-二七九二
http://www.kankanbou.com
info@kankanbou.com

編集長／田島安江
編集委員／大森静佳、佐藤弓生、染野太朗
千葉聡、寺井龍哉、東直子
編集／藤枝大（書肆侃侃房）
装画／東直子
表紙・本扉デザイン／東かほり
挿絵／富田恵子
本文デザイン／片岡好（片岡好デザイン事務所）
DTP／黒木留実（書肆侃侃房）
印刷・製本／アロー印刷株式会社

ISBN 978-4-86385-370-6 C0492